HEYNE BÜCHER

ALAN DEAN FOSTER

ALIEN 3

Roman

Deutsche Erstausgabe

WILHELM HEYNE VERLAG
MÜNCHEN

HEYNE ALLGEMEINE REIHE
Nr. 01/8490

Titel der Originalausgabe
ALIENS 3
Aus dem Amerikanischen übersetzt
von Thomas Hag

2. Auflage

Redaktion: Dr. Uta Kreuter

This edition published by arrangement with
Warner Books, Inc., New York

Printed in Germany 1992
Umschlagillustration: Twentieth Century Fox
Innenillustrationen: Twentieth Century Fox
Umschlaggestaltung: Atelier Ingrid Schütz, München
Satz: (1168) IBV Satz- und Datentechnik GmbH, Berlin
Druck und Bindung: Ebner Ulm

ISBN 3-453-05615-9

I

Böse Träume.

Diese Alpträume haben etwas Seltsames an sich. Sie sind wie eine in regelmäßigen Abständen wiederkehrende Krankheit. Mentale Malaria. Gerade wenn man glaubt, mit ihnen fertiggeworden zu sein, dann schlagen sie wieder zu, schleichen sich von hinten heran, wenn man sie am wenigsten erwartet, wenn man völlig entspannt und unvorbereitet ist. Man kann nichts dagegen machen. Überhaupt nichts. Es gibt keine Tabletten und Mixturen und man kann auch nicht um eine retroaktive Spritze bitten. Das einzige Heilmittel ist ein guter, gesunder Schlaf; und gerade dieser Schlaf nährt die Infektion.

Also versucht man nicht zu schlafen. Aber in der Tiefe des Weltraumes hat man keine Wahl. Wer die Hyperschlafkammern meidet, den tötet die Langeweile während einer langen Reise durch den Raum. Oder schlimmer noch, man überlebt, als betäubtes, vor sich hin murmelndes Wrack, das zehn, zwanzig oder dreißig Jahre geopfert hat, in denen es ohne jeden Sinn bei Bewußtsein war. Das ein ganzes Leben damit vergeudet hat, auf Instrumente zu starren, und gehofft hat, in dem beständigen Glimmen von bunten Kontrollanzeigen so etwas wie eine Erleuchtung zu finden. Man kann lesen, sich Videos anschauen, Gymnastik machen und sich vorstellen, wie es gewesen wäre, wenn man versucht hätte, der Langeweile durch den Hyperschlaf zu entgehen. Es gibt nicht viele Berufe, wo es von Vorteil ist, bei der Arbeit zu schlafen. Eigentlich ist es kein schlechter Deal. Die Bezahlung ist gut, und man erhält die Gelegenheit, die sozialen und technischen Veränderungen von einer einzigartigen Position aus mitzubekommen. Den Tod hinauszuzögern ist zwar nicht das gleiche wie Unsterblichkeit, aber immerhin eine brauchbare Imitation.

Bis auf die Alpträume. Sie sind der unvermeidbare Nachteil, wenn man auf einem Langstreckenraumschiff Dienst tut. Das Beste, was man gegen einen Alptraum machen kann, ist aufzuwachen. Aber im Hyperschlaf kann man nicht aufwachen. Das erlauben die Maschinen nicht. Es ist ihr Job, dich unten zu halten, die Körperfunktionen zu verlangsamen, das Bewußtsein zu verzögern. Nur haben die Wissenschaftler bis jetzt noch nicht herausgefunden, wie man die Träume und ihre dunklen Brüder, die Alpträume, unterdrückt. So wurden mit der Atmung und der Blutzirkulation auch diese unbewußten Gedanken in die Länge gezogen, verlangsamt und ausgedehnt. Ein einziger Traum konnte ein, zwei Jahre dauern. Ein einziger Alptraum auch.

Unter gewissen Umständen war es vielleicht vorzuziehen, sich zu Tode zu langweilen. Aber im Hyperschlaf hat man keine Wahl. Die Kälte, die regulierte Atmosphäre, die Nadeln, die stechen und sondieren, sie steuern deinen Körper, dein Leben. Wenn man sich in den Hyperschlaf begibt, dann übergibt man seine Entscheidungsfähigkeit in die Obhut der Maschinen. Man vertraut ihnen und verläßt sich auf sie. Und warum auch nicht? Über Jahrzehnte hinweg haben sie sich als weitaus verläßlicher erwiesen als die Menschen, die sie konstruiert haben. Maschinen nehmen nichts übel und kennen keine negativen Gefühle. Die Urteile, die sie fällen, basieren ausschließlich auf Wahrnehmung und Analyse. Emotionen sind etwas, daß sie nicht quantifizieren brauchen, und wonach sie schon gar nicht handeln.

Die Maschine namens *Sulaco* erledigte ihren Job. Die vier Schläfer an Bord träumten und ruhten in regelmäßigen Intervallen. Sie hielten sich an ihren vorprogrammierten Kurs und ließen sich von der besten Technologie verwöhnen, derer die Zivilisation fähig war. Sie hielt sie am Leben, kontrollierte ihre Körperfunktionen und reparierte momentane kleine Aussetzer in ihren Systemen. Ripley, Hicks, Newt und sogar Bishop, auch wenn das, was von Bishop noch übrig war, ziemlich leicht zu warten war. Er war es gewohnt, an- und ausgeschaltet zu werden. Er war der einzige der vier, der nicht träumte, also auch keine Alpträume hatte, was er sehr bedauerte. Es schien eine solche Zeitverschwendung, zu schlafen ohne zu träumen. Aber die Ingenieure der erweiterten Androiden-Serie, zu der er gehörte, hatten das Träumen als eine kostspielige Frivolität betrachtet und daher überhaupt nicht daran gedacht, sich diesem Problem zu widmen.

Selbstverständlich kam auch niemand auf die Idee, die Androiden zu fragen, was sie darüber dachten.

Nach Bishop, der technisch gesehen Bestandteil des Schiffes war und daher nicht zählte, war Hicks von den Schläfern am übelsten dran. Nicht etwa, weil seine Alpträume schlimmer waren als die seiner Begleiter, sondern weil die Verletzungen, die er vor kurzer Zeit erlitten hatte, keine Vernachlässigung duldeten. Er brauchte die ganze Fürsorge einer modernen, kompletten medizinischen Einheit, und was dem am nächsten kam, lag noch sehr weit weg, zwei Reisejahre entfernt.

Ripley hatte für ihn getan, was sie konnte. Die endgültige Diagnose und die Behandlungsmethode mußte sie dem medizinischen Instrumentarium der *Sulaco* überlassen, aber da keiner vom medizinischen Personal die Sache auf Acheron überlebt hatte, war die Behandlung gezwungenermaßen auf ein Minimum beschränkt. Zwei Jahre im Hyperschlaf waren einer raschen Heilung nicht gerade förderlich. Sie konnte nicht viel mehr tun, als zu sehen, wie er in die schützende Bewußtlosigkeit glitt, und hoffen.

Während das Schiff sein Bestes tat, gab sich sein Körper alle Mühe, den Schaden zu reparieren. Die Körperfunktionen zu verlangsamen, war von Vorteil, denn dadurch wurde gleichzeitig die mögliche Ausbreitung einer Infektion verlangsamt, aber die inneren Verletzungen konnten weder der Körper noch das Schiff beheben. Bisher hatte er durch seine Willenskraft überlebt und von seinen Reserven gelebt. Jetzt brauchte er einen Chirurgen.

Im Hyperschlafraum bewegte sich etwas, das kein Teil des Schiffes war, aber auch dieses Etwas wurde von einer Art Programmierung vorwärts getrieben, die der gleichgültigen Kälte der Flure, durch die es kroch, sehr nahe kam. Ein einziger Impuls steuerte seine unablässige Suche, trieb es vorwärts ohne nachzudenken. Es war nicht Nahrung, denn es war nicht hungrig und aß auch nicht. Nicht Sex, denn es hatte kein Geschlecht. Einzig und allein das Verlangen nach Fortpflanzung trieb es vorwärts. Es war zwar organisch, ähnelte aber eher den Computern, die das Schiff steuerten, auch wenn es einen Willen besaß, der diesen Maschinen völlig fremd war.

Wenn es überhaupt einem irdischen Lebewesen ähnelte, dann am ehesten einer Königskrabbe mit einem beweglichen Schwanz. Es bewegte sich auf ausgeprägten Beinen, die mit einem ungewöhnlich kohlenstoffhaltigen Gewand ausgestattet waren, über den glatten Boden der Hyperschlafkammer. Sein Körperbau war einfach, zweckmäßig und diente nur dazu, eine einzige biologische Funktion zu erfüllen, und zwar effizienter als jede bekannte vergleichbare Konstruktion. Eine Maschine hätte es nicht besser machen können.

Es wurde von Sinnesorganen geleitet, die eine einzigartige Mischung aus Primitivität und Verfeinerung darstellten, und von dem eingepflanzten Ziel vorwärtsgetrieben, das bei keinem anderen Lebewesen so ausgeprägt war, huschte es durch den Hyperschlafraum.

Für ein Wesen mit einer solch einzigartigen Ausstattung war es ein leichtes, auf den glatten Zylinder zu klettern, der eine der Schlaftruhen bedeckte und der aus durchsichtigem metallischem Glas bestand. Darunter schlief eine kleine organische Gestalt; erst halb ausgebildet, blond und unschuldig, bis auf ihre Alpträume, die genauso ausgeprägt und manchmal sogar noch heftiger waren als die der Erwachsenen, die neben ihr lagen. Ihre Augen waren geschlossen, und sie schlief weiter, ohne das schreckliche Wesen zu bemerken, das die dünne Kuppel erkundete, von der sie umschlossen wurde.

Gerade jetzt träumte sie nicht. Gerade jetzt war der Alptraum Wirklichkeit geworden, und es war wohl weitaus besser, daß sie nichts von seiner Existenz ahnte.

Ungeduldig erkundete das Ding den Schlafzylinder, indem es am unteren Ende begann und sich sorgfältig bis zum Kopfende vorantastete. Der Behälter war dicht verschlossen und dreifach versiegelt, eigentlich sicherer als der Rumpf der

Sulaco selbst. Auch wenn es unruhig war, so kannte das Wesen doch keine Frustration. Daß sein biologisches Ziel in greifbare Nähe gerückt war, regte es an und trieb es zu noch größeren Anstrengungen. Der ausfahrbare Fühler, der aus der Bauchseite hervorlugte, ertastete die undurchdringliche Glaskuppel, die den hilflosen Körper schützte, der auf den für das Wesen so unerreichbar fernen Kissen ruhte. Seiner Beute so nahe zu sein, veranlaßte das Wesen zu rauschartiger Betriebsamkeit.

Es glitt auf die Seite des Zylinders und entdeckte schließlich die hauchdünne Naht zwischen der durchsichtigen Kuppel und dem metallenen Unterbau. Winzige Klauen bohrten sich in den kaum sichtbaren Spalt, während sich der ungeheuer kraftvolle Schwanz an der Instrumententafel am Kopfende des Zylinders einen Halt schaffte. Das Wesen übte einen geradezu unglaublichen Druck aus, und sein kleiner Körper zitterte vor Anstrengung. Die Versiegelung drohte zu brechen, die Anstrengungen der Kreatur ließen nicht nach, und seine Kraftreserven schienen unerschöpflich.

Schon zeigte die untere Kante der durchsichtigen Kuppel einen Riß. Dann barst das Glas in einer Linie, parallel zum Fußboden. Ein Splitter des Materials, scharf wie ein chirurgisches Instrument, bohrte sich mitten durch den Körper des Wesens. Aus dem Zylinder strömte kalte Luft, bis das interne Notsiegel sein atmosphärisches Gleichgewicht wiederhergestellt hatte.

Newt lag mit dem Bauch auf dem Bett ihrer unguten Träume und stöhnte leise, den Kopf zur Seite gewandt, aber sie wachte nicht auf. Das Gleichgewicht der Truhe war im letzten Moment wieder erreicht worden und hatte ihr so das Leben gerettet.

Der tödlich verletzte Kriecher wand sich zuckend auf dem Fußboden und stieß unregelmäßige, unirdische Schmerzenslaute aus. Beine und Schwanz schlugen vergeblich nach dem durchsichtigen Splitter, der seinen Körper durchbohrte. Schließlich landete es auf dem Zylinder, in dem Hicks bewegungslos ruhte, und klammerte sich wild zuckend mit den Beinen an die Kuppel. Zitternd und bebend hielt es sich an dem Glas fest, während säurehaltige Körperflüssigkeit aus der Wunde strömte. Sie fraß sich durch das Glas, durch den Metallsockel des Zylinders und schließlich durch den Boden. Von unten stieg Rauch auf und erfüllte den Raum.

Sofort erwachten hier wie auch im ganzen Schiff Warnzeichen zum Leben, Alarmsignale leuchteten auf und Sirenen heulten. Die Schläfer konnten sie nicht hören, aber das änderte nichts an der Reaktion der *Sulaco*. Sie tat ihre Arbeit, so wie es ihre Programmierung vorgesehen hatte. Immer noch stieg Rauch aus der ausgefransten Öffnung im Fußboden auf. Das Wesen auf Hicks' Zylinder preßte sich wie in einer obszönen Geste gegen das Glas, während weiterhin Zerstörung aus ihm heraus blutete.

Eine weibliche Stimme, ruhig und mit dem Ernst der Künstlichkeit, echote ungehört durch die Hyperschlafkammer. »Achtung. In der Hyperschlafsektion sammeln sich explosive Gase an. Ich wiederhole: in der Hyperschlafsektion sammeln sich explosive Gase an.«

Versenkbare Ventilatoren begannen in der Decke zu summen und saugten das umherwirbelnde, sich verdickende Gas ab. Aus dem nun bewegungslosen, toten Kriecher tropfte immer noch Säure.

Unterhalb des Fußbodens explodierte etwas. Helles, strahlenförmiges Licht blitzte auf, dann schoß eine gelbe Stichflamme empor. Dunkler Rauch begann sich mit den dünneren Gasen zu vermischen, die nun durch den Raum waberten. Die Deckenleuchten flackerten nervös.

Der Ventilator schaltete sich aus.

»Feuer in der Hyperschlafsektion«, wiederholte die unerschütterliche Stimme, die klang wie etwas, das nichts zu verlieren hatte. »Feuer in der Hyperschlafsektion.«

Ein Rohr schraubte sich aus der Decke, um die eigene Achse rotierend, wie eine Miniaturkanone, die sich ein Ziel sucht. Schließlich stoppte es und zielte auf die Flammen und das Gas aus dem Loch auf dem Boden. Flüssigkeit spritzte aus der Öffnung und ergoß sich über das Feuer. Einen kurzen Augenblick lang schien es, als seien die Flammen erstickt.

Plötzlich schlugen Funken aus dem Unterteil des Rohres. Der kräftige Strahl versiegte, und nur ein paar Spritzer tropften noch wirkungslos aus der Öffnung.

»Feuerlöschsysteme inaktiviert. Feuerlöschsysteme inaktiviert. Ventilationssystem inaktiviert. Ventilationssystem inaktiviert. Feuer und explosive Gase in der Hyperschlafkammer.«

Motoren erwachten brummend zum Leben. Die vier arbeitenden Hyperschlafzylinder wurden durch hydraulische Hebel aus ihren Wiegen gehoben. Mit blinkenden Warnleuchten bewegten sie sich auf die andere Seite des Raumes zu. Rauch und sich vermehrende Flammen verdunkelten ihren Weg, konnten sie aber nicht aufhalten. Der tote Kriecher glitt von dem fahrenden Sarg ab und fiel auf den Boden. Der Glassplitter, der ihn durchbohrt hatte, steckte noch immer in seinem Körper.

»Die gesamte Mannschaft sofort zu den Rettungsfahrzeugen«, ordnete die Stimme mit unverändertem Tonfall an. »Vorsichtsmaßnahme: Evakuierung in einer Minute.«

Hintereinander wurden die Hyperschlafzylinder in eine Transportröhre gelenkt und bewegten sich mit großer Geschwindigkeit durch die Eingeweide des Schiffes, bis sie die Steuerbordschleuse erreicht hatten, wo sie von automatischen Greifern in die RFs geladen wurden. Außer ihnen war niemand darin. Unter der transparenten Kuppel wälzte sich Newt in ihrem Schlaf.

Lichter blitzten auf, Motoren begannen zu arbeiten. Eine gleichmäßige Stimme, die niemand hörte, verkündete: »Alle RFs werden in zehn Sekunden von Bord geworfen. Neun...«

Innere Schleusen wurden geschlossen, äußere öffneten sich, während der Countdown weiterging.

Bei Null ereigneten sich zwei Dinge gleichzeitig: Zehn RFs, neun davon leer, wurden aus dem Schiff geschleudert und der Anteil der entweichenden Gase in der beschädigten Hyperschlafkammer reagierte kritisch mit den Flammen, die aus dem säurezerfressenen Loch im Boden drangen. Einen kurzen eruptiven Augenblick lang erglühte die gesamte

Vordeckseite der *Sulaco*, als wolle sie den fernen Sternen feurige Konkurrenz machen.

Die Hälfte der fliehenden RFs wurde von der Explosion schwer beschädigt. Zwei gerieten völlig außer Kontrolle und taumelten im Weltraum umher. Ein weiteres ging auf eine kurze Kurvenbahn, die es in einem weitausholenden Bogen zu eben jenem Schiff zurücktrug, das es ausgestoßen hatte. Ohne die Geschwindigkeit zu senken, raste es auf seine ehemalige Schutzhülle zu und krachte mit voller Geschwindigkeit in die Seite des Transporters. Eine zweite, noch größere Explosion erschütterte das Fahrzeug. Schwer verwundet schleppte es sich durch die Leere des Raumes. Von Zeit zu Zeit stieß es dabei unregelmäßige Licht- und Hitzewellen aus, wobei es die makellose Welt um sich herum mit geschmolzenen, zerhackten Teilen seines irreparabel beschädigten Selbst verunreinigte.

An Bord des Rettungsfahrzeuges, das die vier Hyperschlafzylinder beherbergte, blinkten Kontrollanzeigen und Schaltkreise flackerten und glühten. Die kleineren, weniger leistungsstarken Computer des RFs bemühten sich, die Schäden, die die erste Explosion in letzter Sekunde verursacht hatte, zu lokalisieren, zu minimieren und zu beheben. Die Außenwand des Fahrzeuges war nicht durchbohrt worden, aber die Erschütterung hatte empfindliche Instrumente beschädigt.

Es versuchte, vom Mutterschiff eine Zustandsbeschreibung zu erhalten, und als keine Antwort kam, begann es selbst, seine unmittelbare Umgebung abzutasten. Mitten in der eilig durchgeführten Untersuchung brach das benötigte Instrumentarium zusammen, konnte aber durch ein Notsystem schnell wieder zum Leben erweckt werden. Die *Sulaco* hatte sich weit ab von den ausgetretenen Photonenpfaden bewegt, ihre Mission hatte sie bis an die Grenzen dessen geführt, was Menschen erkundet hatten. Als sich die Katastrophe ereignete, lag erst ein kleiner Teil ihrer Heimreise hinter ihr. In diesem Abschnitt des Weltraums war der Mensch alles andere als allgegenwärtig, seine Außenposten lagen weit voneinander verstreut.

Doch der Steuerungscomputer des RFs fand etwas. Nichts verlockendes, keinesfalls erste Wahl. Aber unter den gegebenen Umständen gab es keine andere Alternative. Das Schiff konnte nicht abschätzen, wie lange es angesichts der schweren Schäden, die es davongetragen hatte, noch funktionieren würde. Seine Hauptaufgabe war es, das menschliche Leben, das es in sich trug, zu schützen. Ein Kurs wurde gewählt und eingegeben. Unter Stottern, immer noch bemüht, sich selbst zu reparieren, erwachte der Antrieb des kompakten Schiffes zu zuckendem Leben.

Fiorina war kein beeindruckender Planet, und was man sehen konnte, ließ ihn noch weniger einladend erscheinen, aber es war der einzige innerhalb des Neroid-Sektors mit einem aktiven Funkfeuer. Die Datenbanken des RFs klinkten sich in das gleichmäßige Signal ein. Zweimal verlor das beschädigte Navigationssystem den Leitstrahl, doch es konnte den vorgegebenen Kurs halten, und es gelang ihm auch, das Signal wiederzufinden. Die Informationen über Fiorina waren spärlich und veraltet, was wegen seiner Lage und seines merkwürdigen Status nicht verwunderlich war.

»Fiorina ›Fury‹ 161«, begann die Mitteilung. »Äußerer Gürtel, Erzraffinerie, Einrichtung für Maßnahmen zur Verbesserung der Arbeitsfähigkeit, oberste Sicherheitsstufe.« Für den Schiffscomputer bedeuteten diese Worte nichts, aber um so mehr hätten sie den Passagieren gesagt, wären sie in der Lage oder in dem Zustand gewesen, irgend etwas zu lesen. Die Computerschrift blinkte beflissen auf: »Weitere Informationen gewünscht?« Als die richtige Taste nicht gedrückt wurde, schaltete sich der Bildschirm gehorsam aus.

Einige Tage später hatte das Rettungsfahrzeug die dunkle, aufgewühlte Atmosphäre seines Bestimmungsortes erreicht. Die grauen Wolken, die über der Oberfläche des Planeten hingen und die Sicht auf ihn versperrten, hatten nichts Einladendes an sich. Kein blauer oder grüner Schimmer drang durch sie hindurch, kein Hinweis auf irgendeine Form von Leben. Aber laut Planetenverzeichnis gab es hier eine menschliche Ansiedlung, und das Funkfeuer leuchtete in immer kürzeren Abständen in die Leere.

Die Computersysteme an Bord fielen weiterhin mit deprimierender Regelmäßigkeit aus. Der Hauptcomputer bemühte sich, das Raumschiff unter Kontrolle zu behalten, während ein Notsystem nach dem anderen zusammenbrach. Wie Kohlenstaub zogen Wolken an den unbesetzten Heckfenstern vorbei, und Atmosphärenblitze prallten bedrohlich von den gekühlten und versiegelten Särgen ab.

Der Computer hatte keine besonderen Schwierigkeiten, als er versuchte, das Rettungsfahrzeug sicher hinunterzubringen. Es bedurfte keiner außergewöhnlichen Maßnahmen. Er hätte genauso funktioniert, wenn der Himmel klar und der Wind sachte gewesen wäre, wenn seine internen Systeme optimal funktioniert hätten, anstatt in immer kürzeren Abständen zu versagen und schließlich ganz zu erlahmen.

Die Landevorrichtung des Schiffes hatte auf das Kommando zum Ausfahren nicht reagiert, und es blieb weder Zeit noch Energie, es ein zweites Mal zu versuchen. Wegen der unebenen und abschüssigen Oberfläche in direkter Nähe des Leitstrahls und des offiziellen Landeplatzes, entschloß sich der Computer zu einer Notlandung auf dem relativ weichen Sandstrand.

Zu dieser Landung benötigte das RF zusätzliche Energie, und es stellte sich heraus, daß diese zusätzliche Energie nicht existierte. Der Computer bemühte sich, das war sein Job. Doch das Raumschiff verfehlte den Strand und schlug in einem gefährlich spitzen Winkel auf dem Meer auf.

Die Wände und Verstrebungen stemmten sich gegen die Wucht des Aufpralls. Metall- und Karbonteile stöhnten auf, von Kräften gepeinigt, für die sie nicht gebaut waren. Stützstreben brachen oder verbogen sich, Wände erzitterten. Der Computer konzentrierte all seine Bemühungen darauf, die vier Zylinder in seiner Obhut zu schützen, so daß für alles andere nur wenig Zeit blieb. Um sich selbst kümmerte er sich nicht. Egoismus war eine Funktion, mit der man ihn nicht ausgestattet hatte.

Die Oberfläche Fiorinas war genauso abweisend wie sein Himmel. Eine wilde Ansammlung schwarz-grauen Gesteins, durch die ein heulender Wind fegte. An einigen geschützten

Winkeln der Felsen hatten sich ein paar verdrehte und verkrüppelte Büsche halten können. Prasselnder Regen peitschte auf dunkle, kalte Pfützen.

In dieser traurigen Landschaft ruhten verstreut die unbelebten Formen riesiger Maschinen und Fahrzeuge. Lader, Transporter, Greifbagger und Hebegeräte lagen dort, wo man sie verlassen hatte. Sie waren zu groß, und es wäre teuer gewesen, sie von den unglaublich ergiebigen Abbaustellen fortzuschaffen, an denen ihre Anwesenheit einst so dringend benötigt worden war. Drei riesige Schaufelbagger hockten im Wind wie ein Trio gigantischer fleischfressender Würmer. Ihre Bohrmäuler schwiegen, und die Fahrerkabinen waren dunkel und leer. Um sie herum standen kleinere Fahrzeuge und Maschinen wie ein Haufen Parasiten, die nur darauf warteten, daß eine der großen Maschinen wieder zu neuem Leben ansprang, damit sie an ihren Seiten eifrig Krümel auflesen konnten.

Weiter unten brachen dunkle Wellen unablässig gegen den schwarz glänzenden Sandstrand und vergeudeten ihre Energie an einer leblosen Küste. Über die Oberfläche dieser düsteren Bucht glitten keine eleganten Gliederfüßer, keine Vögel schossen mit geübtem, suchenden Flügelschlag auf die zerfransten Kanten der hereinkommenden Wellen hinab, um sie auf kleine, eßbare Dinge zu überprüfen.

Doch es gab Fische im Wasser, seltsame, längliche Kreaturen mit glubschigen Augen und kleinen scharfen Zähnen. Die menschlichen Besucher, die Fiorina ihr Zuhause nannten, diskutierten gelegentlich über die wahre Natur dieser Wesen, aber da angeregte Unterhaltungen über die Probleme der Evolutionstheorie ihnen nicht so recht lagen, einigten sie sich darauf, daß diese Wasserwesen ungeachtet ihres seltsamen Aussehens eßbar waren, und beließen es dabei. Frische Lebensmittel, egal welcher Art, waren selten, und deshalb schien es nicht angebracht, sich allzusehr um die Herkunft dessen zu kümmern, was im Kochtopf landete, solange es genießbar war.

Der Mann, der den Strand entlangging, war in Gedanken versunken und hatte es nicht eilig. Sein intelligentes Gesicht wirkte fast abwesend, ansonsten drückte es keine Emotionen aus. Eine leichte Plastikbekleidung schützte seinen vollkommen kahlen Schädel gegen Wind und Regen. Ab und zu trat er wütend nach den fremdartigen Insekten, die um seine Füße herumkrabbelten und versuchten, sich einen Weg unter das glatte, beschichtete Plastik zu bahnen. So wie Fiorinas Besucher immer wieder den dubiosen Reichtum der gefährlichen Gewässer zu ernten suchten, so bemühten sich die primitiveren Lebensformen an Land nach allen Kräften, sich an den Besuchern schadlos zu halten.

Mit ruhigen Schritten ging er an verlassenen Drehkränen und fast schon versteinerten Bohrtürmen vorbei, ganz mit seinen Gedanken beschäftigt und mit ernster Miene. Seine Haltung drückte eine stille Duldsamkeit aus, die nicht daher rührte, daß er ein bestimmtes Ziel verfolgte, sondern die das Ergebnis einer allgemeinen Gleichgültigkeit war, so als kümmere er sich wenig darum, was morgen geschah, oder ob es überhaupt ein Morgen gab. Er fand es weitaus interessanter, in sich hineinzuschauen. Seine ihm nur allzu bekannte Umgebung bot ihm wenig Anlaß zur Freude.

Er hörte ein Geräusch und blickte auf, blinzelte und wischte kalte Regentropfen von seinem Gesichtsschutz. Ein fernes Donnern veranlaßte ihn, in den Himmel zu schauen. Plötzlich gebar eine niedrige Wolke ohne Vorwarnung drohend einen Klumpen herabstürzenden Metalls. Er glühte sanft, und die Luft brüllte, während er herabfiel.

Der Mann sah zu der Stelle im Ozean, wo er aufgeschlagen war, und hielt einen Moment lang inne, bevor er weiterging.

Nach der halben Strecke des Strandes blickte er auf seine Armbanduhr und begann, seinen eigenen Spuren folgend, wieder zurückzugehen. Ab und an warf er einen Blick auf das Meer, aber da er dort nichts entdecken konnte, erwartete er auch nicht, etwas zu finden. Deshalb war seine Überraschung groß, als er vor sich auf dem Strand einen zusammengekrümmten Körper liegen sah. Er ging etwas schneller und beugte sich über die Gestalt, während die Wellen seine Füße umspülten. Jetzt erst begann sein Puls etwas schneller zu schlagen. Der Körper war der einer Frau, und sie lebte noch.

Er drehte sie auf den Rücken und starrte in Ripleys bewußtloses, salzbedecktes Gesicht.

Der Mann blickte um sich, doch er hatte den Strand immer ganz für sich allein. Für sich und diesen so völlig unerwarteten Neuankömmling. Sie hier liegenzulassen, um Hilfe zu holen, bedeutete, daß die lebensnotwendige Versorgung sich verzögern würde, ganz zu schweigen davon, daß sie den kleinen, aber enthusiastischen Kriechtieren, die den Strand und Teile von Fiorina bevölkerten, wehrlos ausgeliefert gewesen wäre.

Er packte sie unter den Armen und zog sie hoch. Mit einem kräftigen Ruck gelang es ihm, ihren Körper auf seine Schultern zu hieven. Mit wackeligen Beinen erhob er sich und ging langsam auf die Wetterschleuse zu, aus der er vor kurzem herausgekommen war.

Drinnen angekommen, hielt er kurz an, um Atem zu schöpfen und um zur Wanzenwäsche zu gehen. Hier waren gerade drei Gefangene, die draußen gearbeitet hatten, eifrig damit beschäftigt, sich zu entlausen. Nackt standen sie unter dem heißen, gleichmäßigen Strahl, der Wasser und Desinfektionslösung auf sie herabsandte. Als Gefängnisarzt verfügte Clemens über eine gewisse Autorität, die er nun einsetzte.

»Hört mal zu!« Die Männer drehten sich um und betrachteten ihn neugierig. Clemens sprach nicht viel mit den Gefangenen, wenn sie sich nicht gerade bei ihm krank meldeten. Normalerweise hätten sie relativ gleichgültig reagiert, aber der Anblick des Körpers auf seinen Schultern war etwas anderes. »Ein RF ist gerade notgelandet.« Die drei Männer blickten einander an. »Steht nicht einfach so rum«, fuhr Clemens sie an, auch, um sie von der Last auf seinen Schultern abzulenken. »Sucht den Strand ab, vielleicht sind da noch mehr. Und benachrichtigt Andrews.«

Nach kurzem Zögern setzten sie sich in Bewegung. Während sie die Duschen abstellten und nach ihren Kleidern griffen, starrten sie auf die Frau, die Clemens trug. Er wagte nicht, sie abzusetzen.

II

Andrews benutzte den Kommunikator nicht gerne. Jedesmal gab es einen Eintrag in seinen Lebenslauf. Weltraumkommunikation war teuer, und er hatte Instruktionen, das Gerät nur im absoluten Notfall einzuschalten. Es war durchaus möglich, daß sich seine Einschätzung nicht mit der eines glattärschigen Holzkopfs im Hauptquartier deckte, und das konnte bedeuten, daß man ihm den angesammelten Lohn kürzte oder ihn bei der nächsten Beförderung übersah. Er hatte noch nicht einmal eine Chance, sich zu verteidigen, denn wenn man ihn aus diesem Höllenloch namens Fiorina abkommandiert hatte und er wieder auf der Erde war, dann war der Schwachkopf, der ihn betrogen hatte, wahrscheinlich schon längst tot oder pensioniert.

Aber zum Teufel, worüber machte er sich Sorgen? Wenn er endlich nach Hause kam, würde jeder, den er gekannt hatte, tot sein. Dennoch wünschte er sich nichts so sehr wie jene Heimreise, an die er so oft dachte.

Also machte er seinen verdammten Job so gut er konnte und hoffte, daß seine verdammten Bosse sein Geschick und seine Tüchtigkeit irgendwann einmal zur Kenntnis nehmen würden und ihm eine vorzeitige Pensionierung anboten. Aber gerade jetzt war eine verdammte, unvorhergesehene Schwierigkeit eingetreten, die nur dazu da war, ihm das Leben schwer zu machen. Andrews besaß eine ausgeprägte Abneigung gegen das Unvorhergesehene. Was seinen Job bislang erträglich gemacht hatte, war die stete Vorhersehbarkeit der Abläufe gewesen.

Bis heute. Jetzt war er sogar gezwungen, den Kommunikator zu benutzen. Zornig hämmerte er auf die Tasten ein.

FURY 361 – GEFÄNGNIS GRUPPE C – IRIS 12037154
MELDE NOTLANDUNG RF 2650
AN BORD – BISHOP ANDROID, INAKTIV
HICKS, CORPORAL – ES MARINES – L55321 – TOT
RIPLEY, LEUTNANT – CO SVC. – B515617 – ÜBERLEBENDE

UNIDENTIFIZIERTES JUNGES MÄDCHEN – TOT
BITTE UM SOFORTIGE NOTEVAKUIERUNG, – ERWARTE ANTWORT
ANDREWS, DIR. M51021
(zeitverzögerte Übertragung 1844 – Fiorina)

Clemens hatte die Frau aus dem Wasser gezogen und sie so schnell er konnte in die Anlage gebracht. In der Eile hatten sie nur an ihren gesundheitlichen Zustand und nicht an ihr Geschlecht gedacht. Aber bald würde man darüber nachdenken müssen, genauso wie über die anderen Probleme, die Andrews nahen sah.

Das Rettungsfahrzeug selbst hatten sie mit den mutierten Ochsen an Land gezogen. Mit irgendeinem der Minenfahrzeuge hätte man das leichter und schneller bewerkstelligen können, aber diejenigen, die man im Freien hatte stehen lassen, hatten schon längst ihren Maschinengeist aufgegeben, und die innerhalb des Komplexes waren zu wertvoll für die Bewohner, um sie den Risiken des Wetters auszusetzen, wenn man es überhaupt geschafft hätte, ein geeignetes Fahrzeug nach draußen zu schaffen. Mit den Ochsen ging es einfacher, auch wenn die Aufgabe ungewohnt für sie war. Doch sie hielten sich gut, bis auf einen, der im Anschluß an die Aktion tot zusammenbrach. Offenbar war die ungewohnte Erfahrung tatsächlicher Arbeit zu viel für ihn gewesen.

Als dann das RF endlich im Bereich des einzigen Krans war, der im äußeren Minenbereich noch funktionierte, war es ein leichtes Unterfangen, das schwer beschädigte Raumschiff an den Schaufeln zu befestigen und in das Innere der Anlage herabzulassen. Andrews war dabei, als die Männer das Schiff betraten, und schon bald kam er wieder heraus, um zu verkünden, daß die Frau nicht allein gewesen war, daß es noch andere gab.

Der Direktor war wenig erfreut. Noch mehr Schwierigkeiten, noch mehr Risse im ruhig vor sich hin plätschernden Alltag. Und noch mehr Entscheidungen, die er treffen mußte. Er haßte es, Entscheidungen zu treffen, es bestand immer die Gefahr, daß mal eine falsche dabei war.

Der Corporal der Marines war tot, genauso wie das unglückliche Kind. Der Android spielte keine Rolle. Andrews spürte so etwas wie Erleichterung. Also mußte er nur mit der Frau fertig werden, und das reichte ihm auch. Sie stellte schon ein ausreichendes Problem dar.

Einer der Männer teilte ihm mit, daß auf dem Kommunikator eine Nachricht eingetroffen war. Der Direktor ließ das RF und seinen Inhalt in der Obhut der anderen und machte sich auf den Weg zu seinem Büro. Er war ein großer Mann, Ende Vierzig. Muskulös, kräftig und entschlossen. Ohne diese Eigenschaften, und noch ein paar andere, wäre er niemals nach Fiorina geschickt worden.

Die Antwort war ebenso knapp wie seine Meldung selbst es gewesen war.

AN: FURY 361 – STRAFANSTALT KLASSE C 1237154
VON: NETWORK CONCOM 01500 – WEYLAND YUTANI
NACHRICHT ERHALTEN.

Nun, das war sehr informativ. Andrews starrte auf den Bildschirm, aber mehr kam nicht. Keine Vorschläge, keine Bitte um zusätzliche Informationen, keine elegante Erklärung, wie sie ein solcher Großkonzern bieten konnte. Keine Kritik, kein Lob. Irgendwie hatte er mehr erwartet.

Er hätte eine weitere Anfrage absenden können, aber wahrscheinlich würden die Verantwortlichen ihm dann wegen überflüssiger Meldungen die Kosten vom Lohn abziehen. Sie hatten ja schließlich reagiert, auch wenn sie nicht genau geantwortet hatten. Es blieb ihm nichts anderes übrig als zu versuchen, so gut wie möglich mit der Situation fertig zu werden ... und zu warten.

Schon wieder ein Traum. Man hat kein Zeitgefühl im Traum, keine Ausdehnung der Zeit. Die Leute sehen alles mögliche in ihren Träumen, zugleich äußerst realistisch und völlig irreal. Auf die Uhr sehen sie nur selten.

Der doppelläufige Flammenwerfer lag schwer in ihrem Arm, als sie sich vorsichtig den Hyperschlaftruhen näherte. Auf den ersten Blick war zu erkennen, daß alle drei Reisenden unberührt und ungestört darin lagen. Bishop, in Fragmenten, ruhig. Newt war in ihrer vollkommenen Kindlichkeit ein Bild von himmlischer Schönheit und wirkte um so fremder an diesem Ort, zu dem sie unfreiwillig gekommen war. Hicks lag friedlich da, völlig unversehrt. Sie merkte, wie sie zögerte, als sie sich ihm näherte, aber seine Kuppel blieb geschlossen, genau wie seine Augen.

Ein Geräusch, und sie wirbelte herum, krümmte den Finger um den Abzug und bewegte gleichzeitig einen Schalter an der Seite der Waffe. Nichts, außer einem müden Klicken. Krampfhaft versuchte sie es erneut. Eine zögerliche, kleine Flamme kroch ein paar Zentimeter aus einem der Läufe hervor, um sogleich zu verpuffen.

Verzweifelt überprüfte sie die Waffe, checkte das Benzinlevel, den Abzug, die sichtbaren Zuleitungen. Alles schien in Ordnung. Sie mußte einfach funktionieren, sie mußte...

Plötzlich war etwas bei ihr, ganz nah. Im Traum sah sie sich zurückweichen, vorsichtig deckte sie ihren Rücken und suchte den Schutz einer festen Wand, während sie sich mit dem Flammenwerfer abmühte. Es war ganz in der Nähe, sie kannte es zu gut, um an etwas anderes zu glauben. Ihre Finger zerrten an der klobigen Waffe. Sie wußte nun, woran es lag, sie brauchte nur noch eine Minute. Aufladen, in Ausgangsposition bringen, auf Feuer stellen. Noch eine halbe Minute. Ihr Blick fiel auf den Boden.

Der Schwanz des Alien war zwischen ihren Beinen.

Schreiend sprang sie zurück, genau in seine wartenden Arme, und versuchte den Flammenwerfer zu betätigen. Eine Hand griff zu; grauenhaft elegante, unglaublich kräftige Finger zerquetschten die Waffe in der Mitte, brachen die beiden Läufe ab. Der andere Arm hielt sie fest. Sie schlug mit den Fäusten auf den glänzenden, funkelnden Körper ein. Eine sinnlose Geste, so sinnlos wie alles, was sie jetzt tun konnte.

Es zerrte sie zur nächsten Hyperschlaftruhe hin, stieß sie vorwärts. Ihr Gesicht wurde gegen das kühle, anorganische Glas gedrückt. Unter ihr öffnete Hicks die Augen und lächelte, immer wieder.

Sie schrie.

Die Krankenstation war relativ klein und fast völlig leer. Sie lag neben einer weitaus größeren medizinischen Einrichtung, die Dutzende von Patienten pro Tag hätte aufnehmen können. Diese potentiellen Patienten, die Minenarbeiter, hatten Fiorina schon vor langer Zeit verlassen. Es war Jahre her, daß sie ihre Aufgabe erfüllt hatten, und nachdem sie dem Boden das wertvolle Erz entrissen hatten, waren sie ihrer Beute nach Hause gefolgt. Nur die Gefangenen mußten bleiben, und für sie war die umfangreiche Abteilung zu groß.

Also hatte man das verwendbare Material mitgenommen und die kleinere Ambulanz dem Gefängnis überlassen. So war es billiger, es gab geringere Heizungskosten und weniger verbrauchte Energie. Wenn es sich um Häftlinge handelte, konnte man sich das erlauben.

Es war jedoch nicht so, daß man ihnen kaum etwas gelassen hätte. Für die Bedürfnisse des Gefängnisses waren die Vorräte und Einrichtungen mehr als ausreichend. Die Gesellschaft konnte es sich leisten, großzügig zu sein. Abgesehen davon war es teuer, selbst durchaus wertvolle Güter durch den Weltraum zu transportieren. Es war besser, einiges von dem zweitklassigen Zeug zurückzulassen und gleichzeitig ein paar Pluspunkte für Hilfsbereitschaft zu sammeln. Der Effekt für die Öffentlichkeit war mehr wert als die Ausrüstung.

Neben der medizinischen Station gab es noch Clemens. Wie einige Teile der Ausrüstung war er eigentlich zu gut für Fiorina, obwohl es schwer gewesen wäre, jemanden, der seinen Fall kannte, davon zu überzeugen. Er selbst hätte auch kaum Einwände erhoben. Aber die Gefangenen konnten dankbar dafür sein, daß er hier war, und das wußten sie auch. Die meisten von ihnen waren keineswegs dumm, lediglich ein bißchen unangenehm. Eine solche Veranlagung läßt manche Männer zu Industriebossen und Stützen der Gesellschaft werden. Andere wiederum enden in entwürdigenden Sackgassen. Wenn sich dann das Leid einen Weg nach innen suchte, wurde man auf der Erde von einem Psychiater behandelt oder in eine Zwangsjacke gesteckt.

Bahnte sich dieses Leid jedoch einen Weg nach außen und

zog Unschuldige in Mitleidenschaft, so führte er woanders hin, zum Beispiel nach Fiorina. Clemens war einer der vielen, die zu spät erkannt hatten, daß sein Schicksalsweg vom Pfad der anderen abgewichen war und ihn direkt zu einem Ort wie diesen führte.

Die Frau versuchte etwas zu sagen. Ihre Lippen bewegten sich, und sie bäumte sich auf, doch er konnte nicht sagen, ob sie sich gegen etwas stemmte oder vor etwas zurückwich. Er beugte sich vor und hielt sein Ohr vor ihren Mund. Gurgelnde Geräusche drangen zu ihm, wie Luftblasen, die aus der Tiefe an die Oberfläche gelangen.

Er richtete sich wieder auf und drehte ihren Kopf zur Seite. Sanft, aber fest hielt er ihn, während sie hustend und würgend einen Schwall dunklen Salzwassers von sich gab. Der Brechreiz war schnell vorüber, und sie lag da, immer noch bewußtlos, aber sie schien nun ruhig zu schlafen, leichter und sanfter. Er schob ihren Kopf wieder auf das Kissen und betrachtete versonnen ihr maskenartiges Antlitz. Ihre Gesichtszüge waren anmutig, fast mädchenhaft, trotz ihres Alters. Aber etwas in ihrem Gesicht verriet, daß sie allzu lange einen Abstecher in die Hölle gemacht hatte.

Nun ja, sagte sich Clemens, durch ein RF aus einem Raumschiff befördert und durch eine Bruchlandung im Meer aus dem Hyperschlaf gerissen zu werden, dürfte an niemandem spurlos vorübergehen.

Ein zischendes Geräusch ertönte, als sich die Tür zur Krankenstation öffnete und Andrews und Aaron den Raum betraten. Clemens war nicht gerade wild auf den Direktor oder seine Nummer zwei. Aber ihm war klar, daß auch Andrews keine überschwenglichen Gefühle für den einzigen Mediziner in seiner Anstalt hegte. Obwohl er vom Status her etwas über der übrigen Bevölkerung stand, so war er doch immer noch ein Häftling, der seine Strafe absaß, eine Tatsache, die ihn keiner der beiden Männer vergessen ließ. Aber das wäre kaum nötig gewesen. Es gab vieles auf Fiorina, das nur schwer zu bewerkstelligen war, aber Vergessen war unmöglich.

Sie gingen zum Bett und blickten auf die bewegungslose

Gestalt, die darin lag. Andrews räusperte sich ohne ersichtlichen Grund.

»Wie ist ihr Zustand, Mr. Clemens?«

Der Mediziner lehnte sich etwas zurück und blickte zu dem Mann hinauf, der aufgrund der Umstände Fiorinas Herr und Meister war.

»Sie lebt.«

Andrews Blick verhärtete sich, und er bedachte den Med mit einem zynischen Lächeln. »Danke, Mr. Clemens, das ist sehr hilfreich. Aber wenn Sie mir auch sicher glauben, daß ich es mir gar nicht anders wünsche oder wünschen dürfte, so bedeutet es doch, daß wir hier ein Problem haben, nicht wahr?«

»Keine Sorge, Sir. Ich glaube, ich kann sie durchbringen. Sie hat keine inneren Blutungen, es ist nichts gebrochen, ja noch nicht einmal schwer verstaucht. Ich bin sicher, daß sie sich vollständig erholen wird.«

»Und genau das ist es, was mir Sorgen macht, Mr. Clemens, und das wissen Sie auch.« Er blickte abschätzend auf die Frau im Bett. »Ich wünschte, sie wäre nicht hierher gekommen. Ich wünschte, sie wäre gar nicht hier.«

»Bei allem Respekt, Sir, aber ich denke, daß sie Ihnen da sofort zustimmen würde. Nach dem, was ich über ihre Landung erfahren habe und nach dem Zustand ihres RFs zu urteilen, hatte sie wohl weniger als eine verdammt kleine Auswahl bei der Sache. Wissen Sie, wo sie herkommt, von welchem Schiff?«

»Nein«, antwortete Andrews mürrisch. »Ich habe Weyland-Y benachrichtigt.«

»Und ihre Antwort?« Clemens hielt Ripleys Handgelenk, so als wolle er ihr den Puls messen.

»Antwort kann man es kaum nennen. Sie haben lediglich den Empfang meiner Nachricht bestätigt. Wahrscheinlich war ihnen einfach nicht nach Konversation zumute.«

»Verständlich, wenn sie an dem verlorengegangenen Raumschiff interessiert waren. Dann rennen sie jetzt wahrscheinlich wie wild durcheinander und versuchen herauszukriegen, was ihre Meldung bedeuten könnte.« Sich die hohen Tiere der Gesellschaft in heller Aufregung vorzustellen, bereitete Clemens Vergnügen.

»Lassen Sie mich wissen, wenn sich ihr Zustand ändert.«

»Zum Beispiel dann, wenn sie uns den Gefallen tun würde zu sterben?«

Andrews warf ihm einen düsteren Blick zu. »Clemens, das hier macht mir schon genug Sorgen. Seien Sie schlau, und machen Sie es mir nicht noch schwerer. Und achten Sie darauf, daß Sie nicht ein Teil dieses Problems werden. Es gibt keinen Grund für Ihre morbiden Scherze. Es wird Sie vielleicht überraschen, aber ich hoffe tatsächlich, daß sie überlebt. Aber vielleicht bedauert sie es selbst, wenn sie zu sich kommt. Gehen wir«, wandte er sich an sein Faktotum, und die beiden Männer verließen den Raum.

Die Frau stöhnte leise, sie drehte den Kopf unruhig von der einen auf die andere Seite. Er fragte sich, ob das eine bloße physische Reaktion war oder ob die Medikamente, die er hastig und auf das Beste hoffend in ihr System eingeschleust hatte, Nebenwirkungen zeigten. Er saß da und sah sie an, unendlich dankbar für die Gelegenheit, sich in ihrer Aura zu entspannen, für die bloße Gelegenheit neben ihr zu sein, sie genau zu betrachten, sie zu atmen. Er hatte beinahe schon vergessen, wie das war, mit einer Frau zusammen zu sein. Jetzt kehrten die Erinnerungen schnell zurück, ausgelöst durch ihr Auftauchen. Unter den Kratzern und den Sorgenfalten war sie ausgesprochen schön. Viel, viel schöner als er erwarten durfte.

Sie stöhnte erneut. Das waren nicht die Medikamente und auch nicht der Schmerz der Verletzungen. Sie träumte einfach. Nun, das war nicht schlimm. Schließlich konnten ihr ein paar Träume wenig antun.

Die schwach beleuchtete Versammlungshalle war vier Stockwerke hoch. Am Geländer des zweiten Stocks lehnten Männer, in leise Gespräche vertieft. Einige rauchten die verschiedensten Kombinationen von Tabak und Chemie. Die oberen Stockwerke waren leer. Wie alles in der Mine von Fiorina hatte man auch diesen Raum für mehr als die zwei Dutzend

Männer gebaut, die sich jetzt in seinen höhlenartigen Tiefen versammelt hatten.

Sie waren auf den Wunsch des Direktors hier zusammengekommen, alle fünfundzwanzig. Hart, drahtig, kahlköpfig, jung, nicht mehr ganz so jung und solche, für die Jugend nur noch eine dahinschwindende Erinnerung war. Andrews saß vor ihnen, sein Stellvertreter Aaron an seiner Seite. Clemens stand etwas abseits zwischen Häftlingen und Aufsehern, ganz so wie es seinem merkwürdigen Status entsprach.

Zwei Aufseher, fünfundzwanzig Gefangene. Es wäre für sie vergleichsweise leicht gewesen, den Direktor und seinen Assistenten jederzeit zu überwältigen. Aber wozu? Eine Revolte hätte ihnen nur die Macht über eine Einrichtung gegeben, die ihnen praktisch schon gehörte. Man konnte nirgendwohin flüchten, es gab keinen Flecken auf Fiorina, den sie nicht betreten durften und wo es angenehmer war, als in der Anlage selbst. Wenn dann das nächste Versorgungsschiff käme und die Lage erkannte, würde es einfach keine Vorräte abwerfen, sondern Meldung erstatten. Schwerbewaffnete Truppen würden folgen, man würde mit den Aufrührern abrechnen, und alle, die sich an dem Aufstand beteiligt hatten und noch lebten, hätten mit einer Verlängerung ihrer Haftstrafe zu rechnen.

Die kleinen Freuden, die ein Widerstand gegen die Leitung vielleicht brachte, waren keinen weiteren Monat auf Fiorina wert, ganz zu schweigen von einem Jahr oder zwei. Selbst die verstocktesten Häftlinge sahen das ein. Also gab es keine Revolte, niemand zweifelte Andrews Autorität an. Das Überleben auf Fiorina und, noch wichtiger, das Verlassen des Planeten hingen davon ab, daß man tat, was von einem erwartet wurde. Die Gefangenen waren vielleicht nicht zufrieden, aber sie waren friedlich.

Aaron ließ seinen Blick über die murmelnde Menge schweifen und rief schließlich ungeduldig: »O. K., O. K., also fangen wir an, es geht los. In Ordnung? Gut. Bitte, Mr. Dillon.«

Dillon trat vor. Er war der Führer der Häftlinge und das nicht nur wegen seiner Körpergröße und seiner Kraft. Seine randlose Brille mit dem Drahtgestell war mehr ein Zugeständnis an die Tradition, eher eine Affektiertheit als Notwendigkeit. Er zog sie Kontaktlinsen vor, und man konnte natürlich kaum von der Gesellschaft erwarten, daß sie Zeit und Geld opferte, nur um einen Häftling mit Transplantaten zu versehen. Dillon war es nur recht. Die Brille war alt, ein Erbstück, das irgendwie Generationen unversehrt überdauert hatte. Für seine Zwecke war sie ausreichend.

Langsam trat er vor. Eine einzelne Rastalocke baumelte auf seinem ansonsten kahlen Schädel hin und her. Es erforderte viel Zeit und Sorgfalt, die zottige Haartracht frei von Fiorinas allgegenwärtigen Läusen zu halten, aber er nahm die Mühe auf sich, um dieses kleine Zeichen seiner Individualitat zu pflegen.

Er räusperte sich laut. »O Herr, gib uns die Kraft auszuhalten. Wir wissen, daß wir arme Sünder sind, in der Hand eines zornigen Gottes. Möge der Kreis nie unterbrochen werden... bis der Tag kommt. Amen.« Es war ein kurzes Gebet, aber es verfehlte seine Wirkung nicht. Die Häftlinge hoben gemeinsam die rechte Faust und ließen sie schweigend wieder sinken. Die Geste drückte Zustimmung und Ergebenheit aus, keinen Trotz. Auf Fiorina brachte einem Trotz nur die Ächtung durch die Mitgefangenen und möglicherweise ein frühes Grab ein.

Denn wer allzusehr ausscherte, den konnte Andrews, ohne etwaige Folgen fürchten zu müssen, aus der Anlage verbannen, was er auch schon getan hatte. Es gab niemanden, der ihm widersprach oder kontrollierte und die Korrektheit seiner Handlungen bewertete. Es gab keinen unabhängigen Untersuchungsausschuß, wenn ein Häftling starb. Andrews schlug vor und Andrews bestimmte. Dieser Zustand wäre sicher auf Dauer unerträglich gewesen, aber man mußte zugeben, daß der Direktor zwar ein harter, aber auch gerechter Mann war. Deswegen konnten sich die Insassen glücklich schätzen, denn es hätte leicht anders sein können.

Er betrachtete seine Schützlinge. Er kannte jeden von ihnen genau, weitaus besser als er sie überhaupt kennen wollte, aber darin hatte er keine Wahl. Andrews kannte ihre persönlichen Stärken und Schwächen, ihre Abneigungen und kleinen Sünden und die Details ihrer Fallgeschichten. Ein paar von ihnen waren Abschaum, andere lediglich unheilbar anti-sozial. Dazwischen gab es alle möglichen Abstufungen. Er räusperte sich mit einer Geste, die um Aufmerksamkeit bat.

»Vielen Dank, meine Herren. Über das, was hier heute morgen geschehen ist, hat es schon viel Gerede gegeben, und das meiste davon war ziemlich leichtfertig. Sie können dies also auch als eine Sitzung zur Eindämmung von Gerüchten betrachten.

Hier nun die Tatsachen. Wie einige von Ihnen wissen, fand heute um 6.00 während der Morgenwache die Notlandung eines RFs Modell 337 statt. Es gab zwei Tote und einen Androiden, der irreparable Schäden davongetragen hatte.« Er hielt kurz inne, damit die Worte ihre Wirkung entfalten konnten.

»Eine Person hat überlebt. Eine Frau.«

Das Gemurmel begann. Andrews hörte genau hin und beobachtete die Reaktionen der Häftlinge.

Nicht schlecht... noch.

Einer der Gefangenen lehnte sich über das obere Geländer. Morse war Ende zwanzig, sah aber älter aus. Fiorina ließ seine unfreiwilligen Besucher schnell altern. Er zeigte eine ganze Menge gold-anodisierter Zähne, die Folge gewisser antisozialer Aktivitäten. Die goldene Farbe war lediglich eine kosmetische Entscheidung. Er wirkte hektisch, so wie immer.

»Ich möchte nur sagen, daß ich ein Keuschheitsgelübde abgelegt habe, als ich hier ankam. Das heißt keine Frau und auch sonst kein Sex.« Sein aufgeregter Blick wanderte über die Versammlung. »Wir alle haben das Gelübde abgelegt. Und ich persönlich finde, daß es sicherlich keine gute Politik der Gesellschaft wäre, wenn sie sich frei zwischen uns bewegen dürfte...«

Während seine Stimme weiterdröhnte, flüsterte Aaron seinem Vorgesetzten zu: »Hinterhältiger Bastard, was, Sir?«

Schließlich trat Dillon erneut vor seine Mitgefangenen.

Seine voll klingende Stimme war sanft aber fest. »Der Bruder will damit sagen, daß wir die Gegenwart eines Außenseiters, besonders wenn es sich um eine Frau handelt, als Verletzung unserer Harmonie betrachten, als mögliche Gefahr für die geistige Einheit, die uns durch jeden neuen Tag bringt und uns vor dem Wahnsinn bewahrt. Hören Sie, was ich sage, Direktor? Verstehen Sie, was ich meine?«

Andrews hielt Dillons Blick stand. »Glauben Sie mir, wir sind uns über Ihre Gefühle in dieser Angelegenheit durchaus im klaren. Ich versichere Ihnen allen, daß wir alles tun werden, um Ihren Bedenken entgegenzuwirken und diese Sache so schnell wie möglich hinter uns zu bringen. Ich glaube, das ist das beste für uns alle.« In der Menge erhoben sich Stimmen.

»Ich kann Ihnen mitteilen, daß ich bereits ein Rettungsteam angefordert habe. Ich hoffe, daß es innerhalb einer Woche hier sein wird, um die Frau so schnell wie möglich abzuholen.«

Jemand aus der Mitte der Gruppe meldete sich. »Eine Woche, Direktor? Niemand kann so schnell hierherkommen. Von nirgendwo.«

Andrews faßte den Mann ins Auge. »Es sieht so aus, daß sich augenblicklich ein Raumschiff auf dem Transitweg nach Motinea befindet. Es ist schon seit Monaten programmiert. Aber dies ist ein Notfall, und es gibt Regeln, an die sich auch die Gesellschaft halten muß. Ich bin sicher, daß sie mit dem Schiff Kontakt aufnehmen wird, zumindest einen Piloten aus dem Hyperschlaf holt und ihn einen kleinen Abstecher zu uns machen läßt, um sie aufzunehmen. Womit die Angelegenheit dann beendet wäre.«

Natürlich hatte er keine Ahnung, ob so etwas schon geplant war, aber das wäre logischerweise das Vorgehen der Gesellschaft, und er fühlte sich einigermaßen sicher, diesen Vorgang im voraus anzukündigen. Wenn das Raumschiff zum Motinea seinen Kurs nicht änderte, würde er mit dieser Situation auch schon fertig werden. Ein Problem nach dem anderen. Er blickte zu Clemens hinüber. »Hatten Sie Zeit genug, um eine Diagnose vorzunehmen?«

Der Med verschränkte die Arme unsicher vor der Brust. »So ungefähr. So gut ich es bei den Möglichkeiten, die wir hier haben, konnte.«

»Die Klagen können Sie sich sparen. Wie ist ihr gesundheitlicher Zustand?

Clemens bemerkte, daß sich alle Augen im Raum auf ihn gerichtet hatten, aber er ignorierte die Blicke und konzentrierte seine Aufmerksamkeit auf den Direktor. »Sie scheint nicht allzu schwer verletzt. Sie ist nur ordentlich durchgeschüttelt worden und hat ein paar blaue Flecken. Vielleicht ist eine Rippe gebrochen, aber wenn, dann ist es nur ein Ermüdungsbruch. Die größere Gefahr besteht wahrscheinlich in der Tatsache, daß sie zu plötzlich aus dem Hyperschlaf geholt wurde.« Er machte eine Pause, um seine Gedanken zu sammeln.

»Also, ich bin zwar kein Spezialist, aber selbst ich kann erkennen, daß sie einen braucht. Wenn man jemanden zu früh aus dem Hyperschlaf reißt, ohne biophysikalische Vorbereitung, dann kann es alle möglichen Probleme geben.

Unvorhersehbare Nebeneffekte, latente Atem- und Kreislaufbeschwerden, Zellstörungen, die sich oft erst nach Wochen bemerkbar machen; Dinge, die ich nicht mal ansatzweise diagnostizieren und schon gar nicht behandeln könnte. Ich hoffe nur für sie, daß im Rettungsschiff eine komplette medizinische Versorgungsstation vorhanden ist.«

»Wird sie überleben?« fragte Andrews.

Verblüfft schaute Clemens ihn an. Der Direktor hatte eine besondere Begabung, nur das zu hören, was er wollte.

»Vorausgesetzt, daß keine Spätfolgen eintreten, wird es ihr bald wieder gut gehen. Aber zitieren Sie mich nicht damit. Vor allen Dingen nicht vor einem zugelassenen Arzt.«

»Wovor haben Sie Angst?« höhnte jemand hinter ihm. »Daß man Ihnen einen Kunstfehler vorwirft?« Ein paar Männer lachten unbarmherzig.

Andrews griff schnell ein, noch bevor Clemens oder sonst jemand etwas sagen konnte. »Also, niemand ist hier naiv. Es ist für alle das Beste, wenn die Frau die Krankenstation nicht verläßt, bis das Rettungsteam eintrifft. Und wenn, dann auf keinen Fall ohne Begleitung. Aus den Augen, aus dem Sinn, nicht wahr?« Niemand wollte dazu einen Kommentar abgeben. »Also halten wir uns an die vorgegebene Routine und regen wir uns nicht unnötig auf. Habe ich recht? Also gut.« Er erhob sich. »Danke, meine Herren.«

Keiner bewegte sich, bis Dillon zu Andrews blickte und leise sagte: »Okay.«

Die Versammlung löste sich auf, und die Männer kehrten zu ihren täglichen Pflichten zurück. Andrews schien über die Respektlosigkeit nicht sonderlich verstimmt. Das war nichts als eine kleine Geste der Häftlinge, und er war durchaus bereit, solche kleinen Gesten zu erlauben. Dadurch konnten sie sich etwas abreagieren und kamen nicht auf den Gedanken, größere Muskelspiele auszuprobieren.

Die Zusammenkunft war bestens gelaufen. Er hatte den Eindruck, gut mit der Situation fertig geworden zu sein, indem er den Gerüchten ein Ende gemacht hatte, bevor sie sich ausbreiten konnten. Zusammen mit Aaron ging er in sein Büro zurück.

Trotzdem wäre eine etwas informativere Antwort der Gesellschaft schon nützlich gewesen.

Als Clemens die Halle verlassen wollte, stellte sich ihm Dillon in den Weg. »Was gibt's?«

Der große Mann sah besorgt aus. »Du paßt besser gut auf die Frau auf, Pillendreher.«

Clemens lächelte. »In ihrem Zustand kann sie keinen Ärger machen. Und sollten nicht alle Kinder Gottes eine faire Chance haben?«

»Wir wissen noch nicht, wessen Kind sie ist.« Die beiden Männer starrten einander an. Dann ging Dillon zur Seite, um den Med vorbeizulassen. Er sah ihm nach, bis er durch das Tor verschwunden war, das zu Korridor ›D‹ führte.

Die Frau lag reglos auf dem Bett, zur Abwechslung einmal nicht stöhnend und träumend. Clemens überprüfte die intravenöse Infusion an ihrem Arm. Da er ihren Zustand nicht genau hatte diagnostizieren können, blieb ihm nichts anderes übrig, als sie wegen allgemeiner Erschöpfung zu behandeln. Außer Glukose und Sukrose enthielt die Infusion eine Reihe leichtere Antibiotika, Rapid-Eye-Movement-Schlafmodifizierer und schmerzstillende Mittel. Die robuste Identifikationskarte, die sie getragen hatte, war bei der Bruchlandung zerstört worden, und so mußte er sie auf Verdacht behandeln. Er untersuchte sie sorgfältig nach irgendwelchen Zeichen einer Abstoßung und atmete erleichtert auf, als er keine finden konnte. Zumindest war sie bis jetzt gegen nichts allergisch, was er in ihren Kreislauf gepumpt hatte.

Erfreut stellte er fest, daß die Arminfusion fast schon leer war. Offensichtlich machte ihr Körper guten Gebrauch von der Aufbaulösung. Als er den VS-Apparat über ihren Brustkorb und den Schädel führte, blieben die Anzeigen im grünen Bereich. Ermutigt schob er eine Kapsel in den Injektor und drehte ihren Arm leicht herum, um besser an den Trizepsmuskel zu kommen.

Ihre Augen klappten so plötzlich auf, als hätte sie den Schlaf bislang nur vorgetäuscht. Clemens war von ihrer Reaktion völlig verblüfft und zögerte. Sie deutete auf das Gerät in seiner Hand.

»Was ist das?«

»Ein ganz normaler Injektor.«

»Das sehe ich selbst. Sie wissen, was ich meine.«

Er lächelte kurz. »Er enthält einen kleinen, selbstkomponierten Cocktail. Eine Art Muntermacher. Adrenalin, ein paar ausgewählte Designer-Endorphine und ein paar geheime Proteine. Wegen des Geschmacks. Ich denke, daß sich Ihr Körper genügend erholt hat, um sie umzuwandeln. Fünf Minuten, nachdem sie sich in ihrem System ausgebreitet haben, fühlen Sie sich bestimmt viel besser als jetzt.«

Sie betrachtete ihn weiterhin argwöhnisch. »Sind Sie Arzt?«

Er zuckte mit den Schultern und schaute kurz weg, so als sei ihm die Frage unangenehm. »Allgemeiner MedTech. Ich habe nur eine 3-C Qualifikation. Aber ich bin der beste, den Sie hier finden werden.« Er beugte sich vor und untersuchte mit zusammengekniffenen Augen ihre Haare. »Ich sollte wirklich Ihr Haar abrasieren. Ich hätte es sofort machen sollen, aber ich hatte Wichtigeres zu tun.«

Der Vorschlag ließ Ripley in ihrem Bett hochfahren. Schützend zog sie sich die Decke bis an den Hals.

»Erschrecken Sie nicht. Ich bin kein Mörder, auch wenn man hier welche finden kann.«

»Warum wollen Sie mir die Haare abrasieren?«

»Mikroskopisch kleine Parasiten. Fleischfressende Gliederfüßer. Es gibt sie überall auf Fiorina. Glücklicherweise finden sie Menschen nicht besonders appetitlich... bis auf das Keratin in unserem Haar. Aus irgendeinem Grund entwikkeln sie aber für die Fingernägel keine Vorliebe. Vielleicht hat es nicht die richtige Konsistenz. Wir nennen die ganzen Arten einfach ›Läuse‹ und sparen uns die verdammten wissenschaftlichen Bezeichnungen.«

»Gibt es nicht irgendein Spray oder ein vorbeugendes Shampoo oder sonstwas?« Ripleys Blicke klebten noch immer an der Rasierklinge.

»Oh, die Gesellschaft hat es versucht, als sie die Mine hier einrichtete, aber diese kleinen Teufel sind zäh. Alles, was in dieser Welt erfolgreich sein will, muß so sein. Es war so, daß alles, das stark genug war, die Parasiten zu töten, die Haut zu sehr reizte. Auf dem Kopf war es schon schlimm genug, aber weiter unten noch erheblich schlimmer. Rasieren erwies sich als einfachere, billigere und bessere Lösung. Ein paar von den Kerlen lassen sich zum Trotz irgendwo ein paar Haare wachsen und kämpfen dann so gut es geht gegen die Läuse. Augenbrauen, zum Beispiel. Man sollte kaum glauben, daß sich jemand um so etwas so Unwichtiges wie Augenbrauen kümmert. Aber dichtes Haar, das ist völlig unmöglich. Wenn man versucht, mit den Läusen zu leben, dann treiben sie einen in den Wahnsinn, überall krabbelt es, nagt es, juckt es...«

»Schon gut, schon gut«, unterbrach Ripley ihn eilig. »Ich verstehe.«

»Für die untere Partie gebe ich Ihnen einen Elektrorasierer. Kümmern Sie sich darum, wenn Sie sich besser fühlen. Die Krankenstation ist sicher der sterilste Teil der gesamten Anlage, also sollten Sie eine Zeitlang okay sein. Aber irgendwann finden die kleinen Burschen Sie. Man kann sie nirgends aussperren, sie sind zu winzig. Aber wenn Sie sich rasieren, haben Sie keine Probleme mit ihnen.«

Einen Augenblick zögerte sie, schien zu überlegen und nickte dann zustimmend.

»Ich heiße übrigens Clemens. Ich bin der Amtsarzt hier in Fury 361.«

Sie zog die Stirn in Falten. »Das klingt nicht wie die Bezeichnung für ein Bergwerk.«

»Ein Bergwerk war es früher. Irgendwann hatte man den letzten Klumpen Erz gefördert, raffiniert und zur Erde geschickt. Weyland-Yutani standen also da mit dieser riesigen Anlage, die sie aus Kostengründen aufgeben mußten, und um wenigstens einen Teil des Geldes wieder reinzubekommen, haben sie den betriebsfähigen Teil als ein Hochsicherheitsgefängnis vermietet. Jeder profitiert davon. Die Allgemeinheit ist ihre unerwünschtesten Unerwünschten los, und die Gesellschaft bekommt kostenlose Hausmeister. Wie gesagt, jeder profitiert, außer uns, die man hierher geschickt hat.« Er deutete auf den Injektor. »Wenn ich jetzt dürfte. Es ist nur eine Art Stabilisator.«

Sie fühlte sich nun einigermaßen sicher und ließ ihn gewähren. Aufmerksam betrachtete sie ihre Umgebung. »Wie bin ich hierher gekommen?«

»Sie sind mit einem RF notgelandet. Niemand weiß, was mit Ihrem Mutterschiff geschehen ist oder warum Sie mit dem RF hinausgeschleudert wurden. Wenn Harry Andrews... der Anstaltsleiter hier... etwas weiß, dann sagt er nichts. Aber bei der Katastrophe, die verursacht hat, daß Sie hinausgeschleudert wurden, muß die Landevorrichtung des RFs beschädigt worden sein, denn Sie sind ziemlich hart in die Bucht geknallt. Wir haben das Schiff an Land geschafft. Ich selbst bin nicht drin gewesen, aber wenn das Äußere Rückschlüsse auf die Schäden im Inneren zuläßt, dann haben Sie verdammt viel Glück gehabt, daß Sie noch leben, und dazu noch mehr oder weniger unversehrt.«

Sie schluckte. »Was ist mit den anderen?«

»Ja, das habe ich mich auch schon gefragt. Wo ist der Rest der Mannschaft? Sind sie mit anderen RFs weggekommen?«

»Es gibt keinen ›Rest der Mannschaft‹«, teilte sie ihm kurz und bündig mit. »Es ist eine lange Geschichte, und im Augenblick ist mir nicht danach, sie zu erzählen. Aber ich meinte diejenigen, die mit mir im RF waren. Wie viele waren da?«

»Zwei. Drei, wenn man den Androiden mitzählt.« Er zögerte. »Leider haben sie es nicht geschafft.«

»Was?« Ripley schien es noch nicht zu begreifen.

»Sie haben nicht überlebt.«

Sie überlegte einen Augenblick und schüttelte dann brüsk den Kopf. »Ich will zum Schiff. Ich muß mir das selbst ansehen.« Sie setzte sich auf, aber Clemens legte abwehrend seine Hand auf ihre Schulter.

»He, warten Sie. Als Ihr Arzt muß ich Ihnen mitteilen, daß Ihr Zustand das jetzt nicht erlaubt.«

»Sie haben selbst gesagt, daß Sie gar kein richtiger Arzt sind.« Sie drehte sich zur Seite und stand auf. Fast nackt schaute sie Clemens wartend an. »Besorgen Sie mir ein paar Kleider oder soll ich so gehen?«

Clemens ließ sich bei seiner Entscheidung Zeit. Er war nicht besonders betrübt, sie so zu sehen. »Bei dem Wesen der einheimischen Bevölkerung würde ich dringend zu Bekleidung raten.« Er ging zu einem Schrank am anderen Ende der Station und begann seinen Inhalt durchzusehen.

»Und wenn Sie durch unser kleines Wunderland tanzen, dann denken Sie bitte daran, daß es hier nur männliche Häftlinge gibt, die seit Jahren keine Frau mehr gesehen haben. Genau wie ich, was das betrifft.«

Sie wartete, die Hände in die Hüften gestützt und betrachtete ihn abschätzend. »Ja, aber vor Ihnen brauche ich ja wohl keine Angst zu haben, denn Sie sind ja Arzt, nicht wahr?«

Unwillkürlich mußte er lächeln.

III

Clemens fiel auf, wie ihre Augen hin und her wanderten, während er sie durch die Flure und Gänge führte. Wie ein nervöses Kind... oder ein hochsensibles Raubtier. Nichts entging ihr, das kleinste Geräusch erregte ihre Aufmerksamkeit. Sie ging fast lautlos über den abgewetzten Metallboden. Die Kleidung, die er für sie gefunden hatte, war etwas klein, aber es schien ihr nichts auszumachen.

»Ich habe keine Ahnung, wie lange Sie im Hyperschlaf waren, aber so wie Sie rausgekommen sind, kann es ein verdammt großer Schock für Ihren Körper gewesen sein. Also geraten Sie nicht in Panik, wenn ich Sie von der Seite anschaue. Ich will wirklich nur auf mögliche verzögerte Nebeneffekte achten. Also, ganz sachte, Ripley.«

Sie sah ihn scharf an. »Woher wissen Sie meinen Namen?«

»Er stand auf der Rückseite Ihres Slips.« Er lächelte entschuldigend. »Außerdem haben wir Ihre Identifikationsmarke gefunden. Sie war so zerfetzt, daß der Computer sie nicht mehr lesen konnte, aber soviel war noch erkennbar. Leider waren auch Ihre medizinischen Daten zerstört. Ich mußte eine ganze Menge erraten.«

Ripley bewegte prüfend ihre Schultern vor und zurück und senkte den Kopf von einer Seite zur anderen. »Kommt mir vor, als hätten Sie ziemlich gute Arbeit geleistet. Danke.«

Er war selbst überrascht, daß ihm dieses Lob fast peinlich war. »Na ja, jeder Idiot kann eine Arminfusion anbringen.«

Sie lächelte. »Das glaube ich nicht. Es muß schon ein besonders qualifizierter Idiot sein.«

Die Arbeitsmannschaft ging so vorsichtig wie möglich mit dem Rumpf des RFs um, das sie auf eilig errichtete Blöcke hievten. Der alte Kran stöhnte vor Anstrengung. Seit das Bergwerk geschlossen worden war, war er kaum noch verwendet worden, und ihn für die Bergung des Rettungsfahrzeugs kurzfristig wieder zu aktivieren, war eine kitzlige Angelegenheit. Aber das Gerät arbeitete zufriedenstellend und ließ das Schiff mit singenden Tauen sanft herab.

Als es in den Komplex herabgelassen worden war, hatte es eine Menge Aufmerksamkeit erregt, wenn auch nicht so viel wie Ripley, die mit Clemens auf das RF zukam. Es gelang ihr weitaus besser, so zu tun, als bemerke sie nichts, als es den Häftlingen gelang, so zu tun, als starrten sie Ripley nicht an.

»Was genau ist dieses Arbeitslager eigentlich?« fragte sie ihren Führer, als sie über die Rampe zu dem zerschlagenen Rettungsschiff kamen.

Clemens blieb nahe bei ihr. »Früher war es ein Bergwerk plus Raffinerie. Hauptsächlich Mineralien aus der Platingruppe. Das Roherz wurde natürlich gleich hier veredelt, das war viel billiger, als es erst durch den Weltraum zu schicken, um es woanders weiterzubehandeln. Soweit ich weiß, gab es zu der Zeit, als das Erz hier entdeckt wurde, einen gewaltigen Anstieg des Platinpreises, sonst hätte es sich für die Gesellschaft nicht gelohnt, hier eine solch große Anlage, weit weg von irgendeinem Verwendungsort, einzurichten. Es war ein äußerst ergiebiger Erzgang, hochkonzentriert.«

»Und heute?« Ripley hatte das RF erreicht und untersuchte die beschädigte Außenhaut.

»Alles gehört immer noch Weyland-Yutani. Interstellare Immobilien sind nicht gerade mein Fachgebiet, und ich wüßte auch nicht, daß sich jemand hier damit vergnügt, die Schwankungen der Rohstoffpreise zu verfolgen. Ich habe nur gehört, daß der Bedarf an Edelmetallen nachließ und gleichzeitig der Preis fiel.

Also hat man die gesamte Ausrüstung eingemottet. Es war zu teuer, sie mitzunehmen, und der Schrottwert war auch zu gering. Es gibt hier immer noch Erz, und ich bin sicher, daß die Gesellschaft die Mine wieder öffnen würde, wenn der Erzpreis entsprechend steigt. Dann müßten wir hier wahrscheinlich weg. Straftäter und anständige, ehrbare Bergleute, das paßt nicht zusammen. Nicht, daß irgend jemand etwas dagegen hätte, von diesem Felsen verlegt zu werden. Eine Abwechslung wäre wunderbar, und man kann sich kaum vorstellen, daß es woanders noch schlimmer sein könnte.

Solange sind wir lediglich die Hausmeister. Eine fünfundzwanzigköpfige Wachmannschaft, damit hier nichts eingefroren ist, sollte der Bedarf an Erz und der Preis wieder steigen. Kein schlechtes Geschäft für die Regierung und die Gesellschaft.«

»Man sollte meinen, daß man an einem solchen Ort nach einem Jahr wahnsinnig wird.«

Clemens mußte lachen. »Das haben sie von einigen von uns schon gesagt, bevor sie hierher geschickt wurden. Aber ich glaube, wir sind es nicht, zumindest die meisten. Die Isolation ist weniger schwer zu ertragen, wenn man sich nicht als eingekerkerter Krimineller sieht, sondern eher als in sich versunkener Büßer.«

»Gibt es hier Frauen?«

»Tut mir leid, Leutnant Ripley. Dies ist eine Doppel-Y-Chromosomen-Anstalt. Nur Männer.«

Sie nickte, drehte sich um und kroch durch das, was von der zerschundenen Luftschleuse übriggeblieben war. Clemens ließ sie einen Pfad bahnen und folgte ihr dann.

Im Vergleich zu dem, was sie im Inneren vorfanden, wirkte das demolierte Äußere des RFs geradezu neu. Wände waren verbogen und zusammengepreßt, Anzeigen und Konsolen zerschmettert und die Ausrüstung des Schiffes wahllos an Bord verstreut. Über allem lag der penetrante Geruch von Salzwasser. Sie blieb stehen und fragte sich, wie hier irgend etwas oder irgend jemand unversehrt hatte überleben können, erst recht sie selbst in ihrer zerbrechlichen Hülle.

»Wo sind die Leichen?«

Auch Clemens war vom Ausmaß der Zerstörung überrascht und gleichermaßen verblüfft, daß Ripley so relativ wenig zugestoßen war.

»Wir haben eine Leichenhalle. Erzabbau ist wohl die Art Arbeit, wo man eine braucht. Wir lassen Ihre Freunde so lange dort, bis das Untersuchungsteam eintrifft, wahrscheinlich in einer Woche.«

»Da war noch ein Android...«

Clemens verzog das Gesicht. »In Stücke gerissen. Überall lag etwas von ihm rum. Was noch da war, ist auf dem Müll gelandet. Der Corporal wurde durch ein Stück Metall getötet, das ihm durch den Brustkorb drang. Selbst wenn er bei Bewußtsein gewesen wäre, hätte er nicht mitbekommen, was ihn da getroffen hat. Aber er war höchstwahrscheinlich noch nicht lange genug aus dem Hyperschlaf raus, um Schmerzen zu empfinden.«

»Und das Mädchen?« Sie hielt viel zurück, das spürte Clemens. Aber er hatte keine Ahnung, wie viel.

»Sie ist in ihrer Hyperschlaftruhe ertrunken. Ich glaube nicht, daß sie schon wach war. Wenn überhaupt, dann ging sie noch friedlicher als der Corporal. Tut mir leid.«

Ripley verdaute die Nachricht schweigend. Dann begannen ihre Schultern zu zucken, und sie weinte. Das war alles. Kein Schreien, kein Brüllen, keine wilde Anklage gegen ein ungerechtes und mitleidloses Universum. Die kleine Newt. Sie hatte nie eine Chance gehabt. Jetzt endlich war sie frei. Ripley wischte sich die Tränen aus den Augen und untersuchte die Truhe des Mädchens. Die Glaskuppel war zerbrochen, aber das war keine Überraschung.

Plötzlich zog sie die Stirn in Falten. Das Metall unter der Kuppel war merkwürdig verfärbt. Sie beugte sich vor und fuhr mit dem Finger über den Fleck.

Clemens schaute ihr neugierig zu. »Was ist das?«

Ripley richtete sich wieder auf. Die Trauer war schlagartig etwas anderem gewichen. In ihrer Stimme klang kein Mitgefühl mehr an, nichts von der Zartheit, die ihm zuvor aufgefallen war.

»Wo ist sie?«

»Ich sagte Ihnen doch, in der Leichenhalle. Wissen Sie das nicht mehr?« Er betrachtete sie besorgt. Vielleicht reagierte sie auf einen Teil der Infusionslösung. »Sie sind disorientiert. Die Hälfte Ihres Körpers glaubt sich noch im Hyperschlaf.«

Sie drehte sich so plötzlich herum, daß er erschrak. »Ich will sehen, was von ihrem Körper noch übrig ist.«

»Was meinen Sie damit, ›noch übrig ist‹? Der Körper ist unversehrt.«

»Tatsächlich? Nun, ich will ihn sehen. Ich will mich selbst überzeugen.«

Er zögerte, stellte aber keine Fragen. Da war etwas in ihrem

Blick... Eines war klar: man würde sie nicht daran hindern können, sich Zutritt zu verschaffen. Es gab auch keinen Grund, das zu tun. Er hatte den Eindruck, daß ihr Wille, den Leichnam zu sehen, nichts mit Trauer zu tun hatte. Obwohl er sie kaum kannte und nicht wußte, wie sie wirklich war, schien sie ausgesprochen unsentimental zu sein.

Die Wendeltreppe war eng und glitschig, aber sie verkürzte den langen Weg von der Lagerhalle, wo man das RF abgestellt hatte. Clemens konnte seine Neugier nicht länger zurückhalten.

»Gibt es einen bestimmten Grund für Ihre Beharrlichkeit?«

»Ich muß genau wissen, wie sie gestorben ist«, sagte sie ruhig. »Ob es nicht etwas anderes war.«

»Etwas anderes?« Unter anderen Umständen hätte sich Clemens sicherlich gekränkt gefühlt. »Ich möchte mich bei diesem heiklen Thema wirklich nicht wiederholen, aber es ist ganz eindeutig, daß ihre Hyperschlaftruhe aufbrach und sie ertrunken ist.« Er überlegte. »War sie Ihre Tochter?«

»Nein«, antwortete Ripley beherrscht. »Sie war nicht meine Tochter. Meine Tochter ist schon vor langer Zeit gestorben.«

Sie sah ihn nicht an, während sie sprach, aber sie war natürlich immer noch geschwächt und mußte sich auf die engen, gewundenen Stufen konzentrieren.

»Warum ist es dann so wichtig?«

Sie antwortete nicht sofort. »Auch wenn wir nicht verwandt waren, so war sie mir doch sehr nahe. Glauben Sie, daß es mir Spaß macht, sie so zu sehen, wie Sie sie beschrieben haben? Ich würde sie lieber so in Erinnerung behalten, wie sie war. Ich würde nicht darum bitten, sie zu sehen, wenn es nicht so verdammt wichtig für mich wäre.«

Er wollte etwas sagen, schwieg dann aber. Er hatte schon begriffen, daß Ripley niemand war, von dem man eine Antwort erzwingen konnte. Wenn sie ihm etwas erzählen wollte, dann würde sie den Zeitpunkt dafür bestimmen.

Er schloß die Eingangstür auf und ging vor ihr hinein. Eine Rolltruhe reagierte auf seinen offiziellen Schlüsselcode und glitt auf lautlosen Rädern heraus. Sie stellte sich neben ihn, und gemeinsam blickten sie auf den friedlichen kleinen Körper hinab.

»Lassen Sie mir einen Augenblick. Bitte.«

Clemens nickte und ging ans andere Ende des Raumes, wo er so tat, als beschäftige er sich mit einer Kontrollanzeige. Von Zeit zu Zeit wandte er sich um, um zu beobachten, wie seine Begleiterin die Leiche des kleinen Mädchens untersuchte. Trotz der Gefühle, die an ihr zerren mußten, war sie gründlich und effizient. Als er annahm, ihr nun genügend Zeit gelassen zu haben, ging er wieder zu ihr.

»Alles in Ordnung?« Er erwartete ein Nicken, vielleicht einen Seufzer. Aber auf das, was sie schließlich sagte, war er wirklich nicht vorbereitet.

»Nein. Wir müssen eine Autopsie machen.«

»Sie machen Witze.« Er starrte sie an.

»Keinesfalls. Glauben Sie, ich würde über so etwas Witze machen? Wir müssen ganz genau wissen, wie sie starb.« Ripleys Augen waren stahlhart.

»Ich sage Ihnen doch: sie ist ertrunken.« Er wollte den Leichnam wieder zurückschieben, aber sie hielt ihn fest.

»Ich bin mir nicht so sicher«, sagte sie und holte tief Atem. »Ich will, daß Sie sie aufschneiden.«

Ungläubig schaute er sie an. »Hören Sie mir zu. Jetzt glaube ich wirklich, daß sie disorientiert sind. Sie sind noch immer halb im Hyperschlaf.«

»Passen Sie auf«, sagte sie in einem Ton, der wenig Widerspruch duldete. »Ich habe einen sehr guten Grund, warum ich darum bitte, und ich will, daß Sie es machen.«

»Würde es Ihnen etwas ausmachen, auch mir diesen Grund zu verraten?« Er bemühte sich, gefaßt zu bleiben.

Sie zögerte. »Reicht es nicht, daß ich Sie darum bitte?«

»Das tut es nicht. ›Auf besonderen Wunsch eines guten Freundes‹ dürfte bei den Inspektoren der Gesellschaft nicht besonders ankommen. Sie müssen mir etwas Besseres bieten.« Ungeduldig stand er vor ihr.

»Na gut«, sagte sie. »Ansteckungsgefahr.«

»Was denn für eine ›Ansteckung‹?« fragte Clemens aufgebracht.

Offenbar war sie in Schwierigkeiten. »Ich bin hier nicht der Arzt, das sind Sie.«

Er schüttelte den Kopf. »Sie müssen schon mit etwas herausrücken.«

»Cholera.« Sie blickte ihm direkt in die Augen. Sie wollte ihr Ziel unbedingt erreichen.

»Das kann nicht Ihr Ernst sein. Seit über zweihundert Jahren ist kein Fall mehr aufgetaucht. Also los, nehmen Sie was anderes. Ein guter Witz kommt hier immer an. Die Pocken, oder vielleicht das Dschungelfieber?«

»Wenn ich es Ihnen sage. Cholera. Die Kampftruppe, die Acheron nuklear bombardiert hat, hatte die Viren an Bord. Sie wollten mit allen möglichen Bakterien und Viren dort oben herumexperimentieren, schließlich galt es als sicherer, geschlossener Bereich. Vielleicht kennen Sie einige der Vorlieben der Gesellschaft. Das infektiöse Material wurde durch einen Unfall freigesetzt... und verbreitete sich. Es war besonders virulent, und es gab kein wirksames Gegenmittel. Es gelang auch nicht, die Infektion zu begrenzen, auch wenn es die Leute versuchten.«

»Und deshalb haben sie alles bombardiert? Hört sich nach einem ziemlich extremen Rezept an. Wir kriegen hier natürlich nicht allzu viel mit, aber von so etwas hätten wir bestimmt gehört.«

»Wirklich? Vielleicht arbeiten Sie nicht für die gleiche Gesellschaft wie ich. Oder vielleicht haben Sie ja davon gehört. Nach dem, was ich bis jetzt mitbekommen habe, scheint mir Ihr Direktor kein besonders schwatzhafter Mann zu sein. Vielleicht weiß er alles, hielt es aber nicht für nötig, die Information weiterzuleiten.«

»Tja.« Clemens mußte zugeben, daß sie ihn verunsichert hatte. Außerdem war er neugierig geworden. Hielt Andrews diese Information wirklich zurück? Es war schließlich nicht so, daß er verpflichtet war, den Gesprächsstoff der Gefangenen mit den neuesten Nachrichten anzureichern.

Aber Cholera? Mutierte Viren oder nicht, die Story klang ziemlich dünn. Aber wenn sie die Wahrheit sagte und die

Leiche des kleinen Mädchens wirklich mit etwas infiziert war, dem sie nicht beikommen konnten...

Oder es war eine Halbwahrheit. Vielleicht gab es eine bestimmte Infektionsgefahr, und die Geschichte mit der Cholera war das einzige, was ihr so schnell eingefallen war. Offenbar glaubte sie, gute Gründe zu haben. Außerdem war sie vom Militär, und was zum Teufel verstand er schon davon?

Sie stand ruhig vor ihm und betrachtete ihn abwartend.

Was soll's, dachte er.

»Wie Sie wollen.«

Im Vergleich zur Leichenhalle wirkte der Rest des versteinerten, vernachlässigten Komplexes hell und fröhlich wie eine Alpenwiese mitten im Frühling. An den Wänden reihten sich Edelstahlschränke aneinander, einige davon mit Codeschlössern versehen. Die Fliesen auf dem Boden waren eingedrückt und teilweise zerbrochen. Man hätte sie leicht ausbessern können, aber niemand verfügte über die notwendige Ausrüstung oder das notwendige Können. Außerdem kümmerte es sowieso niemanden. Der leuchtende, cremeweiße Tisch in der Mitte des Raumes lag im Strahl der Deckenlampe. Clemens, mit Kittel und Maske, beugte sich über den vorbereiteten Körper des Mädchens und nahm mit dem Skalpell den ersten Einschnitt vor. Dann wischte er sich den Schweiß von der Stirn. Es war lange her, daß er so etwas gemacht hatte, und er war nicht nur aus der Übung, sondern fragte sich auch noch, warum er es überhaupt tat.

Leise und wirkungsvoll bahnte sich die Säge einen Weg zwischen die kleinen Rippen.

»Sind Sie sicher, daß Sie das durchziehen wollen?« fragte er Ripley, die auf die Leiche starrte. Sie ignorierte ihn und sah weiter ruhig und kalt zu. Ihre Gefühle waren verborgen, dort, wo sie ihr nicht in die Quere kommen konnten. Er zuckte mit den Schultern und arbeitete weiter.

Clemens steckte beide Hände in die Öffnung, die er geschnitten hatte, die Knöchel einander gegenüber, holte tief Atem und zog die Rippen auseinander. Vor ihm lag der geöffnete Brustkorb. Konzentriert schaute er hinein, dann und wann den Kopf etwas tiefer oder zur Seite senkend, um einen anderen Blickwinkel zu bekommen. Schließlich richtete er sich auf und entspannte seine Finger.

»Ich habe nichts Ungewöhnliches entdeckt. Alles ist dort, wo es sein sollte, nichts fehlt. Keine Zeichen einer Krankheit, keine ungewöhnliche Verfärbung. Ich habe die Lungen besonders genau untersucht, und gerade sie sind in einem perfekten Zustand. Sie sind natürlich voller Flüssigkeit, wie ich angenommen hatte, und ich denke, daß eine genaue Analyse diese Flüssigkeit als Meerwasser identifizieren wird. Ein ziemlich merkwürdiger körperlicher Zustand für ein Choleraopfer, hm?«

Er machte einen letzten seitlichen Schnitt, untersuchte die Stelle und blickte dann auf. »Auch nichts. Zufrieden?« Sie wandte sich ab.

»Also, wenn Sie mich nicht für vollkommen schwachsinnig halten, dann sagen Sie mir jetzt endlich, wonach Sie wirklich suchen.«

Bevor sie antworten konnte, flog die Tür am anderen Ende des Raumes auf. Die beiden Männer, die eintraten, blickten finster und beachteten kaum, daß die Tür an die Wand krachte.

Andrews schaute noch etwas weniger freundlich als sonst drein.

»Mr. Clemens.«

»Direktor.« Clemens Antwort war korrekt, aber nicht gerade hochachtungsvoll. Ripley beobachtete interessiert, wie die beiden Männer miteinander umgingen. »Ich glaube, Sie haben Leutnant Ripley noch nicht kennengelernt.«

Es kam ihr vor, als verweilte der abschätzende Blick des stämmigen Direktors länger auf ihr, als er wollte. Dann galt seine Aufmerksamkeit dem Operationstisch, bevor er sich wieder an seinen MedTech wandte.

»Was geht hier vor, Mr. Clemens?«

»Ja, genau, Sir«, meldete sich Aaron, und da er seinem Chef schon äußerlich ähnlich war, wollte er ihm offensichtlich auch als Echo dienen. »Was geht hier vor, Mr. Clemens?«

»Zunächst einmal darf ich Ihnen mitteilen, daß es Leutnant Ripley schon wieder viel besser geht. Wie Sie sehen, ist sie physisch schon wieder ziemlich fit.« Andrews schnappte nicht nach diesem Köder, und Clemens fuhr leicht enttäuscht fort. »Und dann führe ich hier im allgemeinen Interesse der Sicherheit und Gesundheit eine Autopsie an dem verstorbenen Kind durch.«

»Ohne meine Einwilligung?« Die Stimme des Direktors klang bedrohlich.

Der MedTech antwortete fast beiläufig, er wirkte kein bißchen eingeschüchtert. »Es schien nicht mehr genug Zeit.«

Andrews zog leicht eine Augenbraue hoch. »Kommen Sie mir nicht damit, Clemens. Davon haben wir hier auf Fiorina mehr als genug.«

»Es war so, daß der Leutnant befürchtete, daß sich in der Leiche möglicherweise ein mutierter infektiöser Organismus befinden könne.«

Der Direktor schaute die stumme Ripley fragend an. »Stimmt das?« Sie nickte, sagte aber nichts weiter dazu.

»Es hat sich erledigt«, warf Clemens ein. »Der Körper ist völlig normal und zeigt keinerlei Spuren einer Infektion. Ich war mir sicher«, fügte er trocken hinzu, »daß auch Sie mich so schnell wie möglich angewiesen hätten, der Sache auf den Grund zu gehen. Daher mein Wunsch, die Autopsie so schnell wie möglich durchzuführen.«

Man konnte förmlich sehen, wie die Gedanken durch Andrews Kopf tanzten, dachte Ripley. In ihm gärte es.

»Na schön«, sagte er schließlich. »Trotzdem wäre es besser, wenn Leutnant Ripley in Zukunft nicht vor den Leuten herumläuft, wie sie es offensichtlich getan hat, ungeachtet deren mönchischem Gelübde. Das ist nichts Persönliches, Leutnant. Ich gebe Ihnen diesen Rat nicht nur zu meinem eigenen Seelenfrieden, sondern auch zu Ihrem eigenen Schutz.«

»Ich kann das sehr gut verstehen«, murmelte sie und bemühte sich um ein Lächeln.

»Ich bin sicher, daß Sie das können.« Andrews wandte sich wieder an den MedTech. »Es wäre auch schön, wenn Sie mich über jede Änderung ihres gesundheitlichen Zustands informieren würden. Ich muß solche Sachen in das Bordbuch eintragen. Oder wäre das zuviel verlangt?«

Ripley trat einen Schritt vor. »Wir müssen die Leichen verbrennen.«

Andrews blickte sie ungehalten an. »Unsinn. Wir legen sie auf Eis, bis das Rettungsteam eintrifft. Für so etwas müssen alle möglichen Formulare ausgefüllt werden. Außerdem habe ich dafür nicht den nötigen juristischen Spielraum.«

»Verbrennen... das ist wirklich gut, Sir«, kicherte Aaron schmeichlerisch.

»Hören Sie, das ist hier keine Laune von mir«, hielt ihm Ripley entgegen. »Es hat auch nichts mit... persönlichen Gefühlen zu tun. Aber es geht um die allgemeine Gesundheit.« Erwartungsvoll blickte sie zu Clemens.

Was um alles in der Welt macht ihr solche Sorgen, fragte er sich unwillkürlich. »Leutnant Ripley ist der Meinung, daß die Gefahr einer übertragbaren Infektion noch immer besteht.«

Der Direktor betrachtete sie argwöhnisch. »Ich dachte, Sie hätten gesagt, daß es keinerlei Anzeichen für eine Krankheit gibt.«

»Ich habe gesagt, daß der Körper sauber war und keine Zeichen von Infektion zu sehen waren. Sie wissen, wie effektiv die Apparate sind, die ich hier zur Verfügung habe und welchen ausgezeichneten Ruf ich noch immer in Fachkreisen genieße.« Andrews gab einen zustimmenden Laut von sich. »Nur weil ich verkünde, daß der Körper sauber ist, muß das nicht unbedingt stimmen. Es sieht so aus, als sei das Kind schlicht und einfach ertrunken, aber ohne die nötigen forensischen Tests kann man das unmöglich mit einhundertprozentiger Sicherheit sagen. Auch wenn ich damit meiner eigenen Analyse widerspreche, so glaube ich doch, daß es unklug wäre, zumindest die Möglichkeit zu ignorieren, daß ein mutierter Virus innerhalb der Anlage freikommt. Ich glaube auch nicht, daß die Mitglieder des Rettungsteams eine solche Entwicklung sehr begrüßen würden, wenn sie hier ankommen. Vielleicht würden sie ein wenig kontaktscheu, und dabei freuen wir uns doch so über gelegentliche Besuche, nicht wahr? Außerdem sähe es bestimmt nicht gut aus, wenn Sie in Ihrem Bericht erwähnen müßten, daß Sie den Ausbruch einer Infektion hätten verhindern können, wegen der Acheron bis zur Zerstörung bombardiert werden mußte. Vorausgesetzt, daß Sie dann noch in der Lage sind, sich wegen eines Berichtes Sorgen zu machen.«

Andrews blickte mittlerweile ausgesprochen mißmutig drein. »Wenn die Körper eingefroren sind, hat doch kein Virus eine Chance mehr.«

»Nicht unbedingt«, entgegnete Ripley.

»Woher wollen Sie das wissen?«

»Wir reden hier von komplexen biomechanischen Mutationen. Was wissen Sie darüber?«

Der Direktor fluchte kaum hörbar, und er blickte noch besorgter drein. »Momentan befinden sich fünfundzwanzig Häftlinge in dieser Anstalt. Sie sind hier Hausmeister zweiter Klasse. Alle sind männlich. Frühere Berufsverbrecher, Diebe, Vergewaltiger, Mörder, Brandstifter, Kinderschänder, Drogenhändler... Abschaum.« Er hielt kurz inne, um die Aufzählung wirken zu lassen.

»Aber Abschaum, der zur Religion gefunden hat. Vielleicht sehen sie dadurch sanfter aus und hören sich auch so an, doch ich halte sie deshalb für nicht weniger gefährlich. Aber ich schätze den erzieherischen Effekt, und daher bemühe ich mich, ihre Überzeugungen zu respektieren. Sie wiederum wissen meine Toleranz zu würdigen, und ich werde mit mehr Frieden und Ruhe belohnt, als man normalerweise an solchen Orten vorfindet.

Ich will die bestehende Ordnung nicht gefährden, ich will keine Steine ins Wasser werfen. Und ich will schon gar nicht, daß hier eine Frau herumläuft, sie auf Gedanken bringt und Sehnsüchte in ihnen erweckt, die sie bislang ganz gut begraben haben.«

»Ganz recht«, stimmte Ripley zu. »Vor allen Dingen, wie Sie sagten, zu meiner eigenen Sicherheit. Ich möchte noch hinzufügen, daß ich entgegen Ihrer Meinung durchaus in der Lage bin, die Gefahren zu erkennen, die meine Anwesenheit hier für Sie beinhaltet.«

»Gut.« Es war offensichtlich, daß Andrews erleichtert schien, daß sie ihm ihre Hilfe anbot, oder ihm, in anderen Worten, das Leben so leicht wie möglich machen wollte. Er schaute zum MedTech hinüber. »Ich überlasse Ihnen die Formalitäten der Kremation, Mr. Clemens.« Er wandte sich um.

»Eines noch, Direktor.«

Andrews blieb stehen. »Ja?«

»Wünschen Sie einen genauen Bericht, wenn ich fertig bin? Für das Bordbuch, meine ich.«

Andrews verzog nachdenklich die Lippen. »Das wird nicht nötig sein, Mr. Clemens. Geben Sie mir nur Bescheid, ich kümmere mich dann um den Rest.«

»Wie Sie wünschen, Direktor.« Clemens grinste leicht.

IV

Fleisch. Einiges davon vertraut, einiges nicht. Düsteres Rostrot mit hellen pinkfarbenen Streifen durchzogen. Kleine Kadaver, die an alten Haken baumelten. Riesige Leiber, an denen man die Stellen erkannte, wo die Glieder abgehackt worden waren, die Linien nachgezeichnet in gefrorenem Fett.

Daneben standen einige Hühner und Rinder, die nichts von ihrem bevorstehenden Schicksal ahnten. Ein einsames Schaf. Lebendiges Fleisch.

Der größte Teil des Schlachthauses war leer. Als es gebaut worden war, diente es dem täglichen Bedarf von Hunderten von Technikern, Bergleuten und Raffineriepersonal. Für die inhaftierten Hausmeister war es viel zu groß. Sie hätten zwischen den Vorräten mehr Platz lassen können, aber den geräumigen hinteren Teil der riesigen Halle, mit den Echos des Abhackens, Aufschlitzens und Ausblutens, suchten sie nicht allzu gerne auf. Zu viele Geister trieben sich hier herum und suchten in den umherirrenden Molekülen der befleckten Luft Gestalt anzunehmen.

Die beiden Männer kämpften mit dem Karren, auf dem der plumpe Kadaver eines toten Ochsen ruhte. Frank versuchte die Richtung anzugeben, während Murphy den aufladbaren Elektromotor zu Vorwärtsbewegungen trieb. Die Maschine stotterte und schlug beleidigt Funken. Falls sie irgendwann ihren Geist aufgeben sollte, würden sie sich einen neuen Karren nehmen. Unter den Häftlingen gab es keine Wartungs-Techs.

Frank hatte den Ausdruck der auf ewig Verdammten. Sein viele Jahre jüngerer Begleiter sah noch wesentlich unverbrauchter aus. Nur seine Augen enthüllten die gerissene Natur eines Mannes, der auf der Flucht und der falschen Seite des Gesetzes gewesen war, seit er alt genug war, um sich vorstellen zu können, daß man Arbeit nicht unbedingt mit einem täglichen Job gleichsetzen mußte. Es war doch viel einfacher, sich die Einkünfte anderer anzueignen, am besten, aber nicht zwingenderweise, ohne deren Wissen. Manchmal hatte man ihn erwischt, manchmal nicht.

Beim letzten Mal war es einmal zu oft gewesen, und nun durfte er seine Strafe auf der gastlichen, exotischen Fiorina absitzen.

Murphy betätigte einen Schalter, und der Karren kippte den schwerfälligen Leib auf die mit dunklen Flecken gesprenkelten Fliesen. Frank hielt die Ketten bereit. Sie banden sie um die Hinterläufe des toten Tieres und begannen es hochzukurbeln. Es kam langsam höher, in zitternden unregelmäßigen Schüben. Die dünnen, aber erstaunlich robusten verzinkten Kettenglieder rasselten unter dem Gewicht.

»Na, zumindest ist Weihnachten dieses Jahr ziemlich früh.« Frank rang schwer atmend mit dem Gewicht.

»Was meinst du?« fragte Murphy.

»Jeder tote Ochse ist ein guter Ochse.«

»Mein Gott, ja, du hast recht. Stinkende Bastarde voller Läuse. Besser sie zu essen als sauberzumachen.«

Frank schaute zu den Ställen hinüber. »Jetzt sind nur noch drei von den Viechern übrig, und dann sind wir diese Mistdinger los. Mein Gott, wie ich es hasse, diese Scheusale abzuspritzen. Jedesmal kriege ich Scheiße auf meine Stiefel.«

Murphy kaute auf seiner Unterlippe herum, in Gedanken versunken. »Apropos Abspritzen, Frank...«

»He?«

Erinnerungen klangen in der Stimme des Mannes mit, huschten über sein Gesicht. Keine sentimentalen Erinnerungen. »Ich meine, wenn du die Gelegenheit hättest... nur mal angenommen... was würdest du zu ihr sagen?«

Sein Begleiter runzelte die Stirn. »Was meinst du damit, wenn ich die Gelegenheit hätte?«

»Du weißt schon. Einfach eine Gelegenheit.« Murphy atmete heftiger.

Frank dachte nach. »So privat, meinst du?«

»Ja, wenn sie dir einfach über den Weg liefe, allein, ohne Andrews oder Clemens neben ihr. Wie würdest du es ihr sagen? Weißt du, im Speisesaal oder irgendwo.«

Die Augen des anderen leuchteten auf. »Kein Problem. Hatte nie Probleme mit den Frauen. Ich würde sagen ›Guten Tag, meine Süße, wie sieht's aus, kann ich irgendwas für dich tun?‹ Und dann käme der Blick, du weißt schon, von oben nach unten. Ein kleines Zwinkern, ein schmutziges Grinsen, und sie wüßte Bescheid.«

»Genau«, sagte Murphy sarkastisch. »Und sie würde zurücklächeln und sagen ›Leck mich am Arsch, du geiler alter Bock‹.«

»Ich würd' sie gern da lecken. Überall, wo sie will.«

»Ja. Murphys Miene verdunkelte sich erschreckend. »Aber du weißt ja, Frank... je schlechter man sie behandelt, desto schärfer werden sie.«

Der ältere Mann nickte wissend. »Behandele Königinnen wie Huren und Huren wie Königinnen. Ist immer richtig.«

Gemeinsam zogen sie die Ketten hoch, bis der Kadaver richtig hing. Frank schloß den Kettenzug, und sie traten zurück. Das tote Tier baumelte in seinem Geschirr.

Einen langen, kontemplativen Augenblick waren die Männer still. Schließlich fluchte Frank vor sich hin.

»Frank?«

»Ja?«

»Woran, glaubst du, ist Babe gestorben?«

Frank zuckte mit den Schultern. »Keine Ahnung. Einfach umgefallen. Vielleicht ein Herzschlag.«

Murphy sah ihn von der Seite an. »Wieso Herzschlag? Wie alt war sie?«

»Nach den Unterlagen elf. In ihren besten Jahren. Pech für sie, Glück für uns. Du weißt ja, daß uns der Direktor nicht erlaubt, Tiere zu schlachten, außer bei besonderen Gelegenheiten. Also, ich sehe das als Belohnung für gute Arbeit. Schneiden wir sie zurecht und schmeißen sie später in den Eintopf. Ein so großes Tier reicht sicher eine ganze Weile. Dann schmeckt dieses ganze Trockenzeug vielleicht nach richtigem Essen.«

»O ja!« Murphy konnte es schon schmecken, sah, wie das Fleisch aus großen Kellen über das selbstaufgehende und selbstbackende Brot aus den Vorratslagern gehäuft wurde.

Plötzlich bemerkte er etwas auf dem Karren, doch was immer es gewesen war, der massive Leib des toten Tieres hatte es platt wie einen Pfannkuchen gedrückt. Aber man konnte noch einen kleinen, scheibenförmigen Körper erkennen und mehrere spinnenartige Arme, zermalmt und zerbrochen. Voller Abscheu ergriff er das Wesen am Schwanz, dessen zersplitterte Arme herabbaumelten.

»Was ist das?«

Frank beugte sich vor und zuckte dann gleichgültig mit den Schultern. »Keine Ahnung. Bin ich Experte für abartige Tiersorten? Sieht aus wie irgendeine Qualle vom Strand.«

Der andere Mann schnüffelte. Das Ding roch nach nichts.

»Du wirst wohl recht haben.«

Nachlässig warf er es beiseite.

Die Glashütte war eine Art flüssiger Hölle, ein Ort des Feuers und brodelnder Hitzewellen, wo die Luft und auch die Dinge waberten, als hatten sie keinen genauen Umriß. Wie der Großteil der Minenanlage hatte man auch diesen Teil in mehr oder weniger betriebsbereitem Zustand verlassen. Aber hier konnten die Häftlinge etwas tun, denn die Arbeit mit dem Glas war erheblich einfacher als, zum Beispiel, die Herstellung von Platindraht oder die Wartung der schweren Maschinen. Die Einwohner Fiorinas wurden ermutigt, die Anlage zu benutzen, nicht nur, um sich mit etwas zu beschäftigen und abzulenken, sondern auch, um bestimmte Ausrüstungsgegenstände zu ersetzen, die mit der Zeit kaputt gingen.

Jetzt gerade zogen die automatischen Pressen geschmolzenes Glas aus dem glühenden Kessel in dünne Röhren, die ältere in einem Teil der Wasseraufbereitungsanlage ersetzen sollten.

Die wachhabenden Häftlinge sahen zu, abwechselnd fasziniert und gelangweilt von der weitgehend automatisierten Prozedur. Die Glasschmelze war ein beliebter Arbeitsplatz, nicht nur, weil man sich hier ablenken konnte, sondern auch, weil es hier ständig wärmer war als in den anderen Teilen der Anlage.

»Gehst du?« Der Mann, der die Frage stellte, beobachtete zwei der recht einfachen Anzeigen auf dem Kontrollbord. Wie immer waren sie weit unterhalb der zulässigen Werte.

Sein Begleiter zuckte mit den Schultern. »Weiß noch nicht. Hat ja eigentlich nichts mit uns zu tun.«

»Aber wär' doch einfach 'ne Abwechslung.«

»Trotzdem, ich weiß nicht.«

Ein dritter Mann wandte sich von dem glühenden Kessel ab und schob sich die Schutzbrille auf die Stirn.

»Kommt Dillon auch?«

Noch während er die Frage aussprach, erschien der großgewachsene Häftling, von dem die Rede war, auf dem metallenen Laufsteg und kam auf sie zu.

»Abschalten«, sagte er beiläufig, als er vor ihnen stand. Gehorsam betätigte der erste Gefangene einen Schalter, und sofort begann der Kessel, sich abzukühlen.

»Wie sieht die Sache aus, Mann?« fragte der mit der Schutzbrille. Er blinzelte heftig, um kleine Schmutzpartikel aus seinen Augen zu entfernen.

»Nun«, meinte der mittlere Mann. »Wir haben schon drüber gesprochen, aber entschieden haben wir noch nichts.«

»Man hat schon darüber entschieden«, informierte ihn Dillon. Abwechselnd blickte er jeden eindringlich an. »Wir gehen alle. Wir mögen diese Leute nicht gekannt haben, aber wir sollten ihnen unseren Respekt erweisen. Wenn man sie verbrennen will, warum nicht? Solange es nicht einer von uns ist.« Nachdem er diese Nachricht übermittelt hatte, drehte er sich um und ging.

Die drei Männer folgten ihm. Der dritte zog sich die Schutzbrille um den Hals. »Bin schon lange nicht mehr bei 'ner Beerdigung gewesen.«

»Das stimmt«, pflichtete ihm sein Begleiter feierlich bei. »Irgendwie hab' ich einen Trauergottesdienst schon lange vermißt. Es ist so wie eine lange Reise, nicht? Weg von diesem Ort.«

»Amen, Bruder«, entgegnete der erste Mann und beschleunigte seinen Gang, um mit dem größeren Dillon Schritt zu halten.

Die alte Schmelze ächzte und stöhnte, als sie wieder zum Leben erweckt wurde.

Die riesige Kammer war aus dem soliden Felsgestein direkt über der Erzader geschnitten und gesprengt worden. Wo nötig, hatte man sie mit hitzereflektierenden Platten verkleidet. Monitore und Kontrollkonsolen säumten die Gänge und Gleise. Kräne und andere schwere Fahrzeuge standen stumm dort, wo sie die Minenarbeiter zurückgelassen hatten. In den Schatten, die das notdürftige Licht warf, ähnelten sie steinzeitlichen Fossilien, die aus einem weit entfernten Museum geflohen waren.

An der abgeschrägten Kante der Schmelzgrube flackerten Flammen auf. Sie warfen lange Schatten auf die beiden unbeweglichen Gefangenen, die auf einem Kran direkt über dem Abgrund standen. Zwischen ihnen baumelten zwei Nylonsäcke, deren lebloser Inhalt in der Mitte durchhing.

Ripley blickte hinauf zu den beiden Männern und deren Last. Ihre Hände klammerten sich um das Geländer, das sie von der kunstlichen Hölle unter ihr trennte. Clemens stand neben ihr. Wie immer verspürte er den Drang, etwas zu sagen, und wie immer fand er nicht die richtigen Worte. Er hatte seine Fähigkeit zu trösten schon vor Jahren erschöpft und mußte nun feststellen, daß für diese einzelne, verlorene Frau neben ihm nichts mehr übriggeblieben war.

Auch Aaron war da, Dillon, und ein paar andere Insassen. Trotz der Tatsache, daß der tote Mann ja so etwas wie ein

Vertreter der Staatsmacht gewesen war, wagte es niemand zu grinsen oder irgendeine sarkastische Bemerkung anzubringen. Für sie alle war der Tod ein nur allzu vertrauter Begleiter, und er war in ihrem täglichen Leben stets so gegenwärtig, daß man ihm mit Respekt begegnen mußte.

Andrews räusperte sich auffällig und öffnete das dünne Buch in seinen Händen. »Wir übergeben dieses Kind und diesen Mann deiner Obhut, o Herr. Ihre Körper haben den Schatten unserer Nächte verlassen. Sie sind befreit von aller Dunkelheit und allem Schmerz. Laß ihre Seelen nicht im Nichts wandern, sondern nimm sie auf in die Gesellschaft derer, die ihnen vorangegangen sind.«

Unten im Kontrollzentrum lauschte ein Gefangener namens Troy über die Sprechanlage den Worten, die auf dem Laufsteg hoch über ihm gesprochen wurden. Als Andrews die vereinbarte Stelle in seiner Trauerrede erreicht hatte, begann der Tech die notwendigen Hebel zu bedienen. Warnzeichen schalteten von Gelb auf Grün. Ein tiefes Stöhnen ertönte hinter ihm und ging schließlich in ein anklagendes Heulen über, bevor es erstarb. Andere Lichter blinkten und zeigten Bereitschaft an. Unter dem Laufsteg füllten weißglühende Flammen die Schmelzgrube. Im Halbdunkel klang ihr Brüllen eindrucksvoll und effizient. Aber die Flammen konnten keinen Erzfelsen begrüßen, und es standen keine Techniker bereit, die den Prozeß, Tonnen von Geröll in Schlacke zu verwandeln, überwachen würden. Die Flammen versengten die Seiten der Grube, sonst nichts.

Tränen liefen Ripley langsam die Wangen hinab, während sie in die kontrollierte Feuersbrunst starrte. In ihrem Schmerz und ihrer Erinnerung blieb sie stumm, sie brachte keinen Ton, kein Geräusch hervor. Nur Tränen. Clemens sah sie voller Mitgefühl an. Er wollte sie in die Arme nehmen, sie halten, ihr Trost spenden. Aber da waren die anderen, unter ihnen auch Andrews; also blieb er, wo er war.

»Das Kind und der Mann haben unsere Welt verlassen«, fuhr Andrews mit monotoner Stimme fort. »Doch sind ihre Körper auch leblos, ihre Seelen existieren auf immer und ewig weiter.«

»Wir, die wir leiden, fragen: warum?« Die Blicke wanderten vom Anstaltsleiter zu Dillon. »Warum werden die Unschuldigen bestraft? Warum die Opfer? Warum der Schmerz?« Andrews schloß lautlos sein Buch. »Es gibt keine Versprechungen«, verkündete der große Gefangene düster. »Es gibt keine Gewißheit. Nur die, daß einige gerufen werden. Und einige errettet.«

Die aus dem Schmelzofen aufsteigende Hitze wurde für die auf dem Kran postierten Männer langsam zuviel. Sie schwangen ihre Last hin und her und warfen sie hinab in die Grube. Danach zogen sie sich eilig zurück, um kühlere Luft zu atmen. Die Säcke fielen und drehten sich ein paar Mal, bevor das Inferno sie verschluckte. Am Rande der Grube zuckte für einen kurzen Augenblick eine etwas hellere Flamme empor, als die Säcke und ihr Inhalt augenblicklich eingeäschert wurden.

Ripley schwankte leicht und hielt sich an Clemens Arm fest. Er schien überrascht, wich aber nicht zurück, sondern gab ihr den Halt, den sie brauchte. Die anderen Männer sahen zu. In ihren Augen war kein Neid, nur Mitleid. Dillon bemerkte die Szene nicht. Er hatte seine Ansprache noch nicht beendet. »Doch diese von uns gegangenen Seelen werden nie erfahren, wieviel Kummer und Schmerz uns bevorsteht, die wir zurückbleiben. So übergeben wir diese Körper mit frohem Herzen der Leere. Denn in jedem Samen liegt das Versprechen einer Blume, und in jedem Tod, egal wie klein, liegt ein neues Leben. Ein neuer Anfang.«

Etwas bewegte sich im Schlachthaus. Zwischen den Kadavern, die an den Haken baumelten, und den tänzelnden Schwaden kalter Luft tat sich etwas. Der massive Leib des Ochsen zuckte und begann wie wild in seinen Ketten zu tanzen. Es gab keinen Zeugen, als der Bauch anschwoll und sich ausdehnte, bis die tote Haut so angespannt war wie die eines Zeppelins. Niemand sah, wie sie unter dem Druck aufplatzte und Fleischstücke und Fettklumpen umherspritzten. Die inneren Organe, Leber und Magen, zusammengerollte Därme klatschten auf den Boden. Und noch etwas anderes.

Ein Kopf ragte empor und kämpfte sich mit zuckender, instinktiver Sicherheit nach oben. Der kompakte Alptraum drehte sich langsam herum und suchte seine Umgebung ab, schon auf der Jagd. Es begann sich suchend fortzubewegen, etwas unbeholfen zunächst, aber bereits erstaunlich gewandt und schnell. Bald hatte es den Luftschacht gefunden und untersuchte ihn kurz, bevor es darin verschwand.

Seit es aus dem Bauch des Ochsen gekommen und auf diese geschickte Weise verschwunden war, war nicht einmal eine Minute vergangen.

Dillon beendete seine Ansprache und senkte den Kopf. Die anderen Insassen taten es ihm nach. Ripley blickte zu ihnen hinüber, dann noch einmal zu der Grube, wo die Flammen elektronisch mit Asche belegt wurden. Ripley griff sich ans Haar, dann an ein Ohr. Als sie einen Augenblick später auf ihre Finger sah, waren sie mit einem dunklen Staub bedeckt, der sich zu bewegen schien.

Angeekelt wischte sie den Belag mit hastigen Bewegungen an ihrem geliehenen Overall ab. Als sie aufschaute, sah Clemens sie wissend an.

»Ich habe Sie gewarnt.«

»Okay, ich bin überzeugt. Und was tue ich jetzt dagegen?«

»Sie können damit leben«, antwortete er. »Oder...« Er strich sich über seinen kahlen Schädel und lächelte bedauernd.

»Gibt es wirklich keine andere Möglichkeit?« fragte sie entsetzt.

Er schüttelte den Kopf. »Wenn, dann hätten wir sie schon längst gefunden. Nicht, daß wir großen Ansporn verspürt hätten. Die Eitelkeit ist eines der ersten Opfer, wenn man auf Fiorina anheuert. Hauptsache ist, Sie fühlen sich bequem. Wenn sie hier weggehen, wächst es wieder, und wenn Sie nichts tun, fressen es Ihnen die Flöhe hier sowieso bis auf die Haarwurzeln weg. Sie mögen winzig sein, aber ihr Appetit ist riesig und sie haben lausige Tischmanieren. Glauben Sie mir, wenn Sie versuchen, sie zu ignorieren, sehen Sie letzten Endes schlimmer aus. Außerdem werden Sie sich zu Tode kratzen.«

Sie sackte zusammen. »Also gut? Wo lang geht's zum Schönheitssalon?«

Der Tech lächelte verlegen. »Ich fürchte, Sie sprechen gerade mit dem Inhaber.«

Die Reihe der Duschkabinen lag nüchtern und steril vor ihnen, ein helles Weiß unter den Leitungen. Im Augenblick waren sie unbenutzt, bis auf eine. Während das heiße, chemisch behandelte Wasser über ihren Körper lief, betrachtete sich Ripley in einer der verspiegelten Wände.

Seltsam, keine Haare mehr zu haben. Sie waren ein solch substanzloser, flüchtiger Teil des Körpers. Der einzige Aspekt der Erscheinung, den man leicht und je nach Laune verändern konnte. Dennoch fühlte sie sich körperlich beraubt, eine Königin, die plötzlich ohne Krone dastand. Nun, das Haar würde wieder wachsen, Clemens hatte es ihr versichert. Die Gefangenen mußten sich regelmäßig rasieren. Weder die Flöhe noch die Atmosphäre des Planeten stoppten den Haarwuchs.

Sie seifte ihren kahlen Schädel ein. Es war eine seltsame Empfindung, und trotz des dampfend heißen Wassers spürte sie einen kalten Schauder. Der alten Minen- und Schmelzanlage mochte es an vielem mangeln, aber Wasser gehörte nicht dazu. Die große Entsalzungsanlage an der Bucht war gebaut worden, um alle Einrichtungen und das vollständige Personal mit Wasser zu versorgen. Selbst wenn sie auf ein Minimum zurückgeschaltet wurde, versorgte sie die Gefangenen mit mehr Wasser, als sie verbrauchen konnten, selbst wenn sie verschwenderisch damit umgingen.

Sie schloß die Augen und trat unter dem vollen Strahl des Wassers zurück. Was sie betraf, so hatten die letzten zehntausend Jahre der menschlichen Zivilisation drei wirklich bedeutende Erfindungen hervorgebracht: die Sprache, die Schrift und fließendes warmes Wasser.

Außerhalb der Duschkabinen warteten alte Todesfälle und neue Probleme, obwohl die letzteren im Vergleich zu dem, was sie schon ertragen hatte, unbedeutend erschienen. Clemens, Andrews und der Rest verstanden das nicht, konnten es nicht verstehen, und sie hielt es nicht für ihre Pflicht, großartige Erklärungen abzugeben.

Nach dem, was sie durchgemacht hatte, kam ihr die Aussicht, ein paar Wochen in der Gesellschaft einiger hartgesottener Verbrecher zu verbringen, ungefähr so erschreckend vor wie ein Spaziergang im Park.

Die Gefangenen nahmen ihre Mahlzeiten in dem Teil des Gebäudes ein, das zu Minenzeiten die Ingenieurskantine gewesen war. Der Raum überstieg immer noch ihre bescheidenen Ansprüche. Aber während die Inneneinrichtung eindrucksvoll war, auch wenn man die besten Möbelstücke schon entfernt hatte, so war es mit dem Essen etwas anderes. Doch Beschwerden gab es nur selten, und wenn, waren sie zurückhaltend. Denn wenn die Nahrung auch den Ansprüchen eines Gourmets kaum genügte, so gab es immerhin reichlich davon. Auch wenn die Gesellschaft ihre unfreiwilligen Hausmeister nicht gerade verwöhnen wollte, so lag ihr doch nichts daran, daß sie verhungerten.

Innerhalb eines gewissen vorgeschriebenen und wohlbekannten zeitlichen Rahmens konnten die Männer essen, wann sie wollten. Da die Räumlichkeiten es zuließen, neigten sie dazu, sich in kleinen Gruppen zusammenzufinden. Einige wenige zogen es vor, allein zu essen, und ihre Abkapselung wurde stets respektiert. Unter den restriktiven Umständen auf Fiorina stellte eine aufgezwungene Unterhaltung sofort eine bedrohliche Unterhaltung dar.

Dillon nahm sein vorgewärmtes Tablett und ließ seinen Blick durch den Raum schweifen. Die Männer aßen, sie redeten miteinander und taten so, als lebten sie ein normales Leben. Wie immer nahmen der Direktor und sein Stellvertreter ihre Mahlzeit zusammen mit den Gefangenen ein, auch wenn sie etwas abgegrenzt an einer Seite saßen. Wortlos setzte sich Dillon an einen Tisch, an dem schon drei Männer Platz genommen hatten, deren Gesichter besonders versunkene Ausdrücke zeigten. Nein, nicht versunken, verbesserte er sich. Düster.

Nun, das war auf Fiorina kaum etwas Besonderes. Trotzdem war er neugierig.

Golic schaute auf, als der Körper des Neuankömmlings einen Schatten auf ihren Tisch warf und blickte dann schnell beiseite. Sein Blick traf die seiner Kumpel Boggs und Rains. Als sich Dillon auf einen leeren Stuhl schob, konzentrierten sich die drei mit einer fast schon übernatürlichen Intensität auf ihre öden Mahlzeiten. Sie schienen nichts gegen seine Anwesenheit zu haben, begrüßten ihn aber auch nicht erfreut.

Zusammen aßen sie schweigend. Dillon beobachtete sie, aber obwohl sie seine Blicke registrierten, sagte keiner ein Wort.

Schließlich hatte der große Mann genug. Er führte gerade den Löffel zum Mund, als er innehielt und sich an Boggs wandte.

»Also. Es ist Essenszeit, Zeit, miteinander zu reden. Kein Selbstbesinnungs-Seminar. Es wird gemunkelt, daß gewisse Disharmonien entstanden sind. Will mir nicht einer von euch Kerlen erzählen, wo das Problem liegt?«

Boggs schaute weg. Golic konzentrierte sich auf seinen Brei. Dillons Stimme hob sich nicht, aber dennoch war seine Ungeduld deutlich spürbar.

»Redet mit mir, Brüder. Ihr kennt mich und wißt, daß ich sehr hartnäckig sein kann. Ich spüre, daß ihr euch Sorgen macht, und ich will euch wirklich nur helfen.« Er legte seinen muskulösen, kräftigen Arm sanft neben seinem Tablett auf den Tisch. »Erleichtert eure Seelen. Sagt mir, was los ist.«

Rains zögerte. Dann legte er seine Gabel weg und schob sein Tablett in die Mitte des Tisches. »Okay, du willst wissen, was nicht in Ordnung ist? Ich werde dir sagen, was nicht in Ordnung ist. Ich habe gelernt, wie man hier zurechtkommt. Ich hätte es nicht geglaubt, aber ich habe es geschafft. Die Dunkelheit macht mir nichts mehr aus, die Läuse machen mir nichts mehr aus, auch nicht die Einsamkeit oder all das Gerede von Geistern in den Maschinen. Was mir auf die Nerven geht, ist Golic.« Er deutete auf das fragliche Individuum, das fortfuhr, mit einem glückseligen Ausdruck das Essen in sich hineinzuschaufeln.

Dillon wandte sich an Boggs. »Du denkst genauso?«

Boggs fuhr nervös in seinem Brei herum. Schließlich blickte er auf. »Ich bin keiner, der Krach schlägt oder Ärger macht. Ich will nur zurechtkommen und meine Zeit absitzen, wie alle anderen.«

Der große Mann beugte sich vor. Der Tisch ächzte leise unter seinem Gewicht. »Ich hab' dich gefragt, ob du genauso über Golic denkst?«

»Also schön, ja. Ja. He, der Mann ist verrückt. Es ist mir ganz egal, was Clemens sagt oder was im ›offiziellen‹ Bericht steht. Bei dem ist 'ne Schraube locker. Wenn das nicht schon so war, als er hierher gekommen ist, dann ist es eben jetzt so. Der Planet oder dieser Ort oder beides haben ihm 'nen Knacks versetzt. Der Mann pfeift auf dem letzten Loch, und er riecht schlecht. Ich geh' auf keinen Fall mehr mit ihm allein raus. Nicht an den Strand, nicht um die Schächte zu checken, nirgendwohin. Und mich kann auch keiner zwingen«, fügte er trotzig hinzu. »Ich kenne meine Rechte.«

»Deine Rechte?« Dillon lächelte dünn. »Ja, natürlich. Deine Rechte.« Er blickte nach links. »Willst du selbst was dazu sagen?«

Golic schaute auf. An seinen Lippen klebten Essensreste. Er grinste schwachsinnig und warf ein gleichgültiges Achselzucken in die Diskussion, bevor er sich wieder seiner Mahlzeit zuwandte.

Dillons Blick heftete sich eindringlich auf die beiden anderen. »Daß Golic nicht spricht, heißt noch lange nicht, daß er verrückt ist. Ehrlich gesagt, von dem zu schließen, was er ohne Worte mitteilen kann, geht es ihm mindestens so gut wie allen anderen. Wir haben hier nun mal keine Plauderer.«

»Komm zur Sache«, murmelte Boggs unbehaglich.

»Die Sache ist die: Er geht mit euch. Er gehört zu eurem Arbeitsteam, und bis auf weiteres oder bis er etwas Schlimmeres tut, als den Mund nicht aufzukriegen, bleibt das auch so. Ihr müßt einen Job erledigen. Laßt es euch gesagt sein, ihr werdet noch lernen, Golic und seine kleinen Schwächen zu ignorieren. Er ist auch nur ein armer, erbärmlicher, leidender Mistkerl wie ihr und ich. Was bedeutet, daß er nicht verrückter ist als alle anderen.«

»Er riecht bloß schlechter«, warf Rains angeekelt ein.

»Und er ist verrückt«, fügte Boggs starrsinnig hinzu.

Dillon richtete sich in seinem Stuhl auf. »Also, ihr macht viel zu viel aus dieser Sache. Ich habe so etwas schon oft gesehen. Es passiert, wenn es sonst nicht viel zu tun gibt. Man fängt an sich über das Essen zu ärgern, dann über die Flöhe und schließlich über alle anderen. Golic ist nur anders, das ist alles. Nicht besser oder schlechter als der Rest.«

»Er stinkt«, murmelte Rains.

Dillon warf ihm einen drohenden Blick zu. »Keiner von uns ist ein wandelndes Blumenbukett. Vergeßt diese Scheiße. Ihr müßt euren Job machen. Ihr drei zusammen. Und es ist ein guter Job.«

»Ich hab' nicht darum gebeten«, maulte Boggs.

»Hier bittet niemand um irgend etwas. Du nimmst, was du kriegst, und machst das Beste daraus. So läuft das Überleben. Für euch und für alle anderen. Das hier ist nicht wie ein Gefängnis auf der Erde. Wenn du hier einen Aufruhr anzettelst, dann kommt keiner von den bürgerlichen Medien angerannt und hört sich deine Beschwerden an. Dir geht es bloß plötzlich viel schlechter. Oder du stirbst.« Boggs schob unruhig seine Füße hin und her.«

»Also hört mir zu. Es gibt genug andere, die sich für die Vorratssuche melden würden. Aber falls ihr es noch nicht bemerkt habt: Andrews ist im Moment nicht in allergnädigster Stimmung. Ich möchte ihn jetzt nicht fragen, ob er Schichten und Personal wechseln könnte.« Der große Mann lächelte ermutigend. »He, ihr macht euch an die Arbeit, wie schnell ihr seid, bestimmt ihr, und ihr seid dem Direktor und seinen Lakaien aus den Augen. Vielleicht habt ihr Glück, und ihr findet was Gutes, das ihr vielleicht für euch behalten könnt.«

»Ganz bestimmt.« Boggs war noch immer mürrisch, aber er hatte sich etwas beruhigt. Dillon hatte ihn an die Möglichkeiten seines Jobs erinnert.

»So ist es besser«, sagte der große Mann. »Konzentriert

euch auf eure Arbeit, dann wird auch Golic gar nicht auffallen. Ihr seid Vorratssucher, und ihr wißt, was das bedeutet. Ihr sucht nach übersehenen Vorräten und nützlichen Ausrüstungsgegenständen. Wie wir alle von früheren Beschaffungsexpeditionen wissen, hatten die ehrenwerten, aufrechten Bergleute von Weyland-Yutani die nützliche Angewohnheit, sich die Vorräte ihrer Arbeitgeber anzueignen und sie in kleinen, privaten Vorratskammern und Höhlen zu horten, die sie in den Fels geschlagen hatten. Alles in der Hoffnung, daß sie etwas von dem Zeug rausschmuggeln und auf dem offenen Markt verkaufen könnten. Sie haben versucht, ihr Einkommen aufzubessern. Wir sind daran interessiert, unsere Lebensbedingungen aufzubessern.

Ich will keine Einwände mehr hören, und ich habe auch keine Lust mehr, noch weiter darüber zu diskutieren. Wenn ihr noch weiter drängt: Es gibt auch härtere Dienste. Ihr macht euren Job, um euren Mitgefangenen zu helfen. Und ihr werdet ihn tun, als Zeichen eurer Loyalität gegenüber mir. Und kein Wort mehr über den armen Golic.«

»Ja, aber...« wollte Rains entgegnen. Plötzlich hielt er inne und starrte zur Tür. Auch Boggs blickte auf und sogar Golic. Dillon drehte sich langsam um.

Dort stand Ripley. Sie ließ ihren Blick durch die Kantine schweifen, in der es bei ihrem Auftauchen schlagartig still geworden war. Ihre Augen sahen alles, wanderten jedoch schnell weiter. Sie reihte sich in die Warteschlange ein und betrachtete abschätzig die identischen Tabletts. Der Gefangene, der das Essen austeilte, starrte sie ungeniert mit offenem Mund an. Die Schöpfkelle in seiner Hand hing leblos herab. Ripley nahm sich ein Stück Maisbrot aus einem großen Plastikkorb, wandte sich um und blickte erneut durch den Raum, bis sie Dillon entdeckt hatte.

Andrews und sein Stellvertreter waren ebenso Teil der Stummfilmszene wie die Häftlinge. Der Direktor beobachtete nachdenklich, wie der Leutnant auf den Tisch des großen Mannes zuging und dort stehenblieb. Sein wissender Ausdruck schien fast schicksalsergeben, als er sich wieder seinem Teller zuwandte.

»Wie ich mir gedacht hatte, Mr. Aaron, wie ich mir gedacht hatte.«

Sein Stellvertreter schaute noch immer stirnrunzelnd durch den Raum zu Ripley hinüber. »Sie hatten recht, Sir. Was nun?«

Andrews seufzte. »Nichts. Jedenfalls nicht im Moment. Essen Sie weiter.« Er nahm seine Gabel und stach in den dampfenden braunen Brei in der Mitte seines Tabletts.

Ripley stand Dillon gegenüber, hinter Boggs. Die vier Männer stocherten in ihrem Essen herum und ignorierten nach Kräften ihre Anwesenheit.

»Ich möchte Ihnen für die Worte danken, die Sie bei der Beerdigung gesprochen haben. Sie haben geholfen. Ich hatte nicht geglaubt, daß ich auf so etwas Vergängliches wie Worte überhaupt noch reagieren könnte, aber ich habe mich geirrt. Ich möchte nur, daß Sie wissen, wie sehr ich das zu schätzen weiß.«

Der große Mann blickte unverwandt auf seinen Teller und schaufelte das Essen mit einer bewundernswerten Konzentration in sich hinein. Als Ripley sich nicht bewegte, blickte er endlich auf.

»Sie sollten nicht hier sein. Ich meine, nicht nur auf Fiorina... da hatten Sie kaum eine andere Wahl. Aber ich meine in diesem Raum. Mit uns. Sie sollten auf der Krankenstation bleiben, dort wo sie hingehören. Aus dem Weg.«

Sie biß ein Stück Maisbrot ab und kaute nachdenklich. Für etwas auf dehydrierter Basis besaß es fast einen richtigen Geschmack.

»Ich hatte Hunger.«

»Clemens hätte Ihnen was bringen können.«

»Ich habe mich gelangweilt.«

Entnervt legte er seine Gabel beiseite und blickte sie an. »Ich weiß nicht, warum Sie das tun. Es gibt wirklich Schlimmeres als Langeweile. Ich weiß auch nicht, warum Sie mit mir sprechen. Leute wie mich wollen Sie gar nicht kennenlernen, Leutnant. Ich habe gemordet und vergewaltigt. Frauen.«

»Wirklich.« Sie hob die Augenbrauen, die sie ausgedünnt,

aber nicht völlig abrasiert hatte. »Dann mache ich Sie wahrscheinlich nervös.«

Boggs vergaß, die Gabel zum Mund zu führen. Rains runzelte die Stirn. Nur Golic aß einfach weiter und ignorierte die Nebenhandlung völlig. Dillon zögerte einen Moment, doch dann breitete sich langsam ein Lächeln auf seinem zerklüfteten Gesicht aus. Er nickte, und Ripley setzte sich auf den letzten freien Stuhl.

»Woran glauben Sie, Schwester?«

»Woran sollte ich glauben?« Sie kaute auf ihrem Maisbrot herum.

»An irgend etwas.«

Sie brauchte nicht lange zum Überlegen. »Nicht an viel.«

Er hob die Hand und vollzog mit ihr einen Kreis, der sowohl die Kantine als auch die Gefangenen einschloß. »Wir haben hier viele Arten von Glauben. Sonst haben wir nicht viel, mag sein, aber davon haben wir eine Menge. Er nimmt nicht viel Platz weg, die Gesellschaft und die Regierung können ihn uns nicht wegnehmen, und jeder einzelne hat ein Auge auf seinen ganz persönlichen Vorrat von diesem Zeug. An einem Ort wie diesem ist er nicht nur nützlich, er ist verdammt nötig. Sonst verzweifelt man, und wenn man verzweifelt, verliert man seine Seele. Die Regierung kann dir die Freiheit nehmen, aber nicht die Seele.

Auf der Erde wäre es an einem Ort wie diesem ganz anders. Aber dies ist nicht die Erde. Es ist noch nicht einmal das Sonnensystem. Hier draußen reagieren die Leute anders. Gefangene und Freie gleichermaßen. Wir sind weniger als frei, aber mehr als tot. Und eines von den Dingen, die uns am Leben erhalten, ist unser Glaube. Wir haben genug davon. Auch für Sie, Leutnant.«

»Ich hatte das Gefühl, daß Frauen in Ihrem Glauben nichts zu suchen hätten.«

»Warum? Nur weil wir hier alle Männer sind? Das ist nur eine Konsequenz der Besetzung, nicht unserer Philosophie. Wenn man Frauen hierher schicken würde, würden auch sie eingeladen werden. Inhaftierung macht keine Unterschiede zwischen den Geschlechtern. Der einzige Grund, warum

Zwischendurch:

„Sie sollten nicht hier sein", meint Andrews. Doch die Antwort Ripleys ist entwaffnend einfach: „Ich hatte Hunger."

Schließlich hat Ripley lange im Hyperschlaf zugebracht – und die Gegenwart verurteilter Verbrecher ist für sie bestimmt nicht der größte aller Schrecken.

Doch wie wir schon erwarten können, wird auch das größere Unheil nicht lange auf sich warten lassen…

Stärken wir uns also nun für die kommenden Gefahren – und hoffen, daß Ripley auch diesmal mit dem Leben davonkommt: Gönnen wir uns jetzt zwischendurch die…

keine Frauen an unserem Glauben teilhaben, ist der, daß man niemals welche hierher geschickt hat. Aber wir tolerieren jeden. Es gibt keinen Grund, jemanden auszuschließen, der durch die simple Tatsache, hierhergeschickt worden zu sein, schon von allem anderen ausgeschlossen ist. Wir dulden selbst die Unduldsamen.« Sein Lächeln wurde breiter.

»Danke«, antwortete Ripley trocken.

Er bemerkte ihren Tonfall. »He, das sollte nur eine Aussage zu unseren Grundsätzen sein. Nichts Persönliches. Hier ist ein guter Platz zum Warten. Keine Versuchungen, bis jetzt.«

Sie lehnte sich in ihrem Stuhl zurück. »Wenn man diesen Ort länger als ein Jahr ertragen kann, ohne verrückt zu werden, kann man wahrscheinlich auch jeden Neuzugang ertragen.«

Dillon aß mit sichtlichem Vergnügen weiter. »Warten kann man auf Fiorina so gut wie überall. Keine Überraschungen. Mehr Bewegungsfreiheit als man auf einer bewohnten Welt hätte. Andrews macht sich keine Sorgen darüber, ob wir uns allzuweit von der Anlage entfernen. Wohin sollten wir auch gehen? Dort draußen ist es hart. Kaum Nahrung, beschissenes Klima. Man ist allein. Wir sitzen hier alle lange Strafen ab, wenn auch nicht alle lebenslänglich. Jeder kennt den anderen, weiß, wie er ist. Man weiß, auf wen man sich verlassen kann und wer ein wenig Unterstützung braucht, um es zu schaffen.« Er kaute und schluckte einen Bissen herunter.

»Es gibt schlimmere Orte, seine Zeit abzusitzen. Ich war noch nicht woanders, aber man hat es mir erzählt. Alles in allem gefällt mir Fiorina. Hier gibt es keine Versuchungen.«

Ripley sah ihn von der Seite an. »Worauf warten Sie eigentlich?«

Dem großen Mann entging nichts, nicht einmal sein nächster Bissen. »Wir warten darauf«, antwortete er vollkommen ernst, »daß Gott wiederkehrt und seine Diener erlöst.«

Sie hob die Augenbrauen. »Ich glaube, ihr könnt euch auf eine lange Wartezeit gefaßt machen.«

V

Später zeigte Clemens ihr die Versammlungshalle und wies sie auf ein paar Kleinigkeiten hin, von denen er glaubte, daß sie Ripley interessieren könnten. Schließlich setzten sie sich. Sie waren allein in dem großen Raum, bis auf den Gefangenen Martin, der schweigend in der Nähe den Boden wischte.

»Wieviel wissen Sie schon von der Geschichte dieses Ortes?«

»Nur was Sie mir erzählt haben. Was Andrews gesagt hat. Und ein bißchen von ein paar Insassen.«

»Ja, ich habe gesehen, daß Sie mit Dillon gesprochen haben.« Er holte einen metallenen Flachmann aus seiner Jacke und schenkte sich und Ripley einen kleinen Whisky ein. Vier Stockwerke hoch über ihnen wölbte sich in weiter Entfernung die Decke.

»Vom psycho-sozialen Standpunkt her ist es ziemlich interessant. Es ist ungefähr fünf Jahre her, daß Dillon und der Rest zum Glauben gefunden haben, wenn man so sagen soll.«

»Was für eine Art von Glauben?«

Clemens nippte an seinem Alkohol. »Ich weiß nicht genau. Schwer zu sagen. So eine Art tausendjähriges, apokalyptisches, christlich-fundamentalistisches Gebräu.«

»Mhm.«

»Genau. Der Punkt ist der: als die Gesellschaft diese Anlage hier schließen wollte, wollten Dillon und seine Jünger hier bleiben. Und die Gesellschaft erkennt eine gute Gelegenheit sofort. Man erlaubte ihnen, als Verwalter zu fungieren, mit zwei Aufsehern und einem medizinischen Offizier.« Er deutete in die leere Versammlungshalle. »Und da wären wir.

Es ist gar nicht so schlecht. Niemand redet uns rein, niemand kümmert sich um uns. Das Notwendigste werfen vorbeikommende Schiffe ab. Alles, was wir instandsetzen, dürfen wir benutzen, und solange sie ihre Zeit absitzen, zahlt die Gesellschaft den Männern einen minimalen Hausmeister-Lohn. Im Vergleich zu dem, was ein Gefangener in einem Gefängnis auf der Erde verdient, ist das verdammt viel.

Als Ausgleich haben die Männer ihre Fernseh- und Lese-Chips und ihre private Religion. Es gibt mehr als genug zu essen, auch wenn der Speiseplan ein bißchen monoton ist. Das Wasser ist in Ordnung, und solange man sich regelmäßig rasiert, machen einem die Flöhe nicht zu schaffen. Wenn das Wetter noch etwas schöner wäre, könnte es richtig angenehm sein.«

Sie sah ihn nachdenklich an und nippte an ihrem Drink. »Was ist mit Ihnen? Wie sind Sie zu diesem großartigen Posten gekommen?«

Er hielt sein Glas zwischen den Händen und rollte es hin und her. »Sie werden es kaum für möglich halten, aber hier ist es wesentlich angenehmer als auf meinem letzten Posten. Ich hab's gern, wenn man mich allein läßt. Ich hab's gern, wenn man mich ignoriert. Dafür ist dieser Ort sehr gut. Wenn nicht gerade jemand meine Aufmerksamkeit beansprucht, weil er sich verletzt hat – was hier übrigens erstaunlich selten vorkommt –, kann ich mit meiner Zeit so ziemlich machen, was ich will. Ich kann mich hinsetzen und lesen, kann mir Filme ansehen, ich kann die Anlage erkunden oder in einen Lagerraum gehen und mir die Seele aus dem Leib brüllen.« Er lächelte gewinnend. »Es ist verdammt viel besser, als wenn dauernd irgendein sadistischer Wärter oder ein quengelnder Häftling hinter Ihnen her ist. Wie gefällt Ihnen eigentlich Ihr neuer Haarschnitt?« Er deutete auf ihren kahlen Schädel.

Behutsam strich sie mit den Fingern über die glatte Haut. »Es fühlt sich komisch an. Man denkt, die Haare wären noch da, aber wenn man nach ihnen greift, ist da nichts.«

Er nickte. »Wie bei jemandem, der ein Bein verloren hat und glaubt, er könne noch immer seinen Fuß spüren. Der Körper ist schon ein komisches Ding, aber der Geist ist noch eine ganze Ecke komischer.« Er leerte sein Glas und schaute ihr in die Augen.

»Nachdem ich mich jetzt für Sie wegen der Einäscherung

so bei Andrews eingesetzt habe und meine sowieso nicht allzu brillante Beziehung zu dem guten Mann noch mehr gelitten hat, nachdem ich Ihnen die Geschichte von Fury 161 erzählt habe: wie wär's, wenn Sie mir erzählen, wonach Sie in dem toten Mädchen gesucht haben? Und warum war es nötig, die Leichen zu verbrennen?« Sie wollte gerade antworten, als er mit der Hand eine abwehrende Geste machte.

»Bitte, nichts mehr von irgendwelchen bösen Bakterien. Andrews hatte recht. Die Leichen einzufrieren hätte genügt, um sie harmlos zu machen. Aber das hat Ihnen nicht gereicht. Ich will wissen warum.«

Sie nickte, stellte ihr Glas ab und sah ihn an. »Zuerst muß ich etwas anderes wissen.«

Er zuckte mit der Schulter. »Nur heraus damit.«

»Fühlen Sie sich zu mir hingezogen?«

Seine Augen wurden schmaler. Während er sich überlegte, wie er reagieren sollte, hörte er, wie seine eigene Stimme eine Antwort gab, so als ob Zunge und Lippen sich entschlossen hätten, unabhängig vom Gehirn zu arbeiten. Was nicht unbedingt schlecht sein mußte, dachte er mit mildem Erstaunen.

»Inwiefern?«

»Insofern.«

Es schien, als sei das Universum doch noch voller Wunder, auch wenn die ewige Wolkendecke über Fiorina sie zu verbergen schien. »Sie sind ziemlich direkt. Für jemanden wie mich, der einen leichten Hang zur Einsamkeit hat, wie ich schon sagte, ist das mehr als nur ein wenig irritierend.«

»Tut mir leid. Aber anders kann ich nicht mehr sein. Ich bin schon zu lange hier draußen.«

»Ja«, murmelte er. »Ich auch.«

»Ich habe keine Zeit für lange Spielchen. Ich habe keine Zeit für irgend etwas, das nicht wirklich wichtig ist. Das mußte ich lernen.«

Er schenkte ihnen nach, nahm sein Glas in die Hand und schwenkte den Inhalt hin und her. Aufmerksam betrachtete er die Wirbel, die in der Flüssigkeit entstanden. Aber auch sie konnten ihm nicht helfen.

Die Ventilatorflügel hatten doppelte Körperlänge. Sie mußten so groß sein, um die Luft von der Oberfläche zu saugen und sie nach unten in die Filteranlage zu schicken, wo Fiorinas staubige Atmosphäre geschrubbt, gereinigt und gesäubert wurde, bevor das Ergebnis durch die Rohre und in die Gebäude gepumpt werden konnte. Fiorinas Luft war einfach zu dreckig.

Es gab zehn Ventilatoren, einen für jeden Schacht. Acht davon schwiegen. Das übrige Paar lief auf halber Geschwindigkeit und versorgte brüllend die westlichen Quadranten der Anlage mit Luft.

Murphy sang durch die Atemmaske, die seinen Mund und seine Nase bedeckte. Sie hielt Oberflächenpartikel ab, solange sie noch nicht vom Ventilator eingesaugt waren. An den Wänden der Rohrschächte sammelten sich leicht Karbon-Rückstände. Er brannte sie mit seinem Laser ab und sah zu wie der Ventilator sie vor seinen Füßen aufsaugte und verschluckte. Es war nicht der beste Job, den man kriegen konnte, aber auch nicht der schlechteste. Er ließ sich Zeit und erledigte ihn so gut er konnte. Nicht weil er die unmittelbare Ankunft von Inspektoren der Gesellschaft erwartete oder sich auch nur ein Deut darum geschert hätte; nein, aber wenn er mit den Schächten fertig war, dann würde er eben einen neuen Job bekommen. Also konnte er die Wände genausogut so gründlich wie möglich säubern und möglichst viel Zeit dabei totschlagen.

Er sang den alten Song schief, aber um so enthusiastischer. »Ich seh' 'ne rote Tür und wünschte, sie wär' schwarz. Die Farben in mir drin, sie werden alle schwarz. Ich seh' die Mädchen im Sommer an mir vorübergehen. Ich muß die Augen schließen, kann nur noch Dunkel sehen.«

Plötzlich stoppte er seinen Gesang. In der Nische links vor ihm hatten sich eine Menge Rückstände angesammelt. Die verdammten Lagerschächte waren so, hier fing sich viel von dem Müll, den die Oberflächenfilter verpaßt hatten. Er kniete sich hin und hebelte mit dem Ende seines Druckbesens das Objekt aus. Es ließ sich leicht lösen, längst nicht so schwer wie ein Klumpen dreckiges Karbon.

Es war flach und beweglich. Zuerst hielt er es für eine alte Uniform, aber nachdem er es in den Hauptschacht gezogen hatte, sah er, daß es sich um eine Art Tierhaut handelte. Sie war dunkel und glänzend, eher wie eine Metallfolie und nicht wie Haut. Seltsames Zeug.

Er breitete sie auf dem Boden aus. Groß genug, um zwei Männern Platz zu bieten oder einem Kalb. Was zum Teufel...?

Plötzlich fiel es ihm ein. Es gab einige wenige große, auf Fiorina seßhafte Tiere; armselige, schmutzliebende primitive Dinger mit schwächlichen Nervensystemen und langsamen Reaktionszeiten. Offenbar war eines von ihnen in den Luftkanal gestolpert. Da es nicht wieder hinauskonnte, war es dann verhungert und verdurstet. Die Leitern konnte es nicht benutzen, und die brüllenden Fächer des Ventilators stellten ein unüberwindliches Hindernis dar. Er stocherte in der leeren Hauthülle herum. Diese ausgetrocknete Hülse war alles, was von dem unglückseligen Besucher übriggeblieben war. Wer weiß, wie lange er in dem Winkel gelegen hatte, unbemerkt und vergessen.

Dafür, daß sie einen alten, schon seit langem ausgetrockneten Körper beherbergt hatte, sah die Haut verdammt frisch aus. Die Wanzen, fiel ihm ein. Die Wanzen machten mit Fleisch, an das sie frei herankamen, kurzen Prozeß. Das war interessant. Er hatte nicht gewußt, daß Wanzen auch Knochen fressen.

Aber vielleicht hatte es ja gar keine Knochen gegeben,die man knacken mußte. Vielleicht war es ja ein... wie war noch das Wort? Genau, ein Wirbelloser. Etwas ohne Knochen. Kamen die nicht auch auf Fiorina vor? Er würde nachsehen, oder noch besser, Clemens fragen. Der Arzt würde die Antwort wissen. Er würde die Haut zusammenfalten und zur Krankenstation bringen. Vielleicht hatte er ja eine besondere Entdeckung gemacht, die Haut eines bislang unbekannten Tieres gefunden. Das würde sich in seinen Personalakten gut machen.

Aber im Moment vernachlässigte er lediglich seinen Job.

»Ich schaue in mich rein und seh', mein Herz ist schwarz.

Ich seh' meine rote Tür und wünschte, sie wär' schwarz. Vielleicht muß ich dann der Welt nicht mehr in die Augen sehen. Wenn alles schwarz ist, ist es nicht leicht, sie zu verstehen.«

Er drehte sich um und brannte ein paar Rückstände ab, die an der unteren rechten Biegung des Schachts klebten. Plötzlich hörte er ein Geräusch. Stirnrunzelnd schaltete er den Laser ab und die Sicherung ein, während er sich umdrehte und nach hinten schaute. Er wollte sich gerade damit zufriedengeben, daß ihm seine Fantasie einen Streich gespielt hatte, als er es erneut hörte. Ein Geräusch, als würde etwas Nasses auf den Boden klatschen.

Ein paar Meter den Schacht hinunter gab es eine etwas größere Nische, in der man früher Vorräte und Werkzeuge gelagert hatte. Eigentlich mußte sie leer sein, ausgeräumt. Die Vorräte waren an einen anderen Platz gebracht worden, und die Werkzeuge hatte das abreisende Kontrollpersonal mitgehen lassen. Aber je näher er kam, desto deutlicher wurden die gurgelnden Laute.

Er mußte sich bücken, um hineinschauen zu können. Er blinzelte im reflektierten Glanz des Schachts und wünschte sich eine Lampe herbei. Etwas bewegte sich dort, ein unförmiger Klumpen in der Dunkelheit. Die Kreatur, die sich gehäutet hatte? Wenn dem so war und er sie lebendig nach oben bringen konnte, erhielt er bestimmt eine offizielle Belobigung der Gesellschaft. Vielleicht war sein unerwarteter Beitrag zur dahinsiechenden Forschung auf Fiorina ein oder zwei Monate Hafterlassung wert.

Seine Augen gewöhnten sich an das spärliche Licht. Er konnte nun deutlicher sehen, erkannte einen Kopf auf einem Hals. Das Wesen spürte seine Anwesenheit und wandte sich ihm zu.

Er erstarrte, unfähig sich zu bewegen. Seine Augen weiteten sich.

Aus dem unförmigen Maul des Ungeheuers spritzte Flüssigkeit in einem dichten, konzentrierten Strahl und traf den wie gelähmten Gefangenen mitten ins Gesicht. Gas zischte, als das Fleisch durch den Kontakt mit der hochätzenden

Flüssigkeit schmolz. Murphy stolperte schreiend rückwärts, die Hände vor dem sich auflösenden Gesicht.

Während er von der Nische fortwankte, drang Rauch durch die Finger, die er auf sein Gesicht preßte. Er stolperte erst gegen die eine Wand, dann gegen die andere. Er dachte nicht daran, wohin er ging oder wo er war. Er hatte nur noch einen Gedanken, den Schmerz. Und er dachte nicht an den Ventilator.

Als er in die riesigen Blätter taumelte, wurde er auf der Stelle in Stücke gerissen. Blut und zerfranste Fetzen Fleisch spritzten gegen die Metallwände des Schachts. Seine einstigen Freunde hätten sicherlich eine Weile gebraucht ihn zu finden, wenn nicht ein Teil seines Kopfes genau zwischen einem Rotorblatt und dem Gehäuse steckengeblieben wäre. Das Sicherheitsprogramm stellte einen Betriebsfehler fest und schaltete den Mechanismus ab. Der Motor ging aus, und die Fächer kamen zu einem knirschenden Halt. Im Hauptkorridor übernahm ein bis dahin abgeschalteter Ventilator sofort die Arbeit.

Dann war es wieder still im Seitenschacht, bis auf die kaum hörbaren Laute, die aus der alten Lagernische kamen, ein perverses wimmerndes Zischen, das jetzt niemand mehr mithören konnte.

Im Vergleich zu den anderen Gefangenen wohnte Clemens nahezu luxuriös. Er hatte mehr Platz und in seiner Eigenschaft als MedTech Zugang zu gewissen Annehmlichkeiten, die seinen fiorinischen Landsleuten versagt blieben. Aber sein Zimmer war wirklich nur im Vergleich komfortabel zu nennen. Selbst auf dem abgelegensten Außenposten der Erde hätte es keinen großen Eindruck gemacht.

Aber er war sich einer privilegierten Position bewußt und war so dankbar dafür, wie er unter den Umständen nur sein konnte. Und in letzter Zeit hatten sich diese Umstände auch noch äußerst positiv entwickelt.

Ripley bewegte sich unter den Laken des Bettes. Sie streckte sich und blinzelte zur Decke. Clemens stand am anderen Ende des Raumes, neben den Einbauschränken. Er goß etwas Dunkles und offenbar sehr Starkes aus einem Kanister in ein Glas. Zwischen seinen Lippen glühte eine Narko-Zigarette. Zum ersten Mal sah sie ihn ohne seine offizielle Kopfbedeckung. Der eingedruckte Code auf der Rückseite seines kahlrasierten Schädels war deutlich sichtbar.

Als er sich umwandte und bemerkte, daß sie ihn beobachtete, gestikulierte er mit dem Kanister.

»Leider kann ich dir keinen Drink anbieten. Du stehst unter Medikamenten.«

Sie verdrehte die Augen. »Was ist es denn diesmal?«

»Du wärst überrascht.«

»Das bezweifle ich nicht.« Sie lächelte. »Du hast mich schon genug überrascht.«

»Danke.« Er hielt das Glas gegen das Licht. »Die medizinische Ausrüstung, die die Gesellschaft zurückgelassen hat, ist ziemlich rudimentär, aber auf ihre Weise wiederum recht brauchbar. Wir können uns nicht immer darauf verlassen, daß Medikamente rechtzeitig abgeworfen werden. Deshalb muß ich in der Lage sein, einige Sachen synthetisch herzustellen. Wenn man das Programm, das Alkohol zum Abreiben synthetisiert, nur ein wenig verändert, erhält man etwas, das dem Gaumen weitaus mehr bekommt.« Er nippte am Inhalt des Glases und blickte recht zufrieden drein.

»Nur ein kleines Hobby, aber ein sehr lohnenswertes.«

»Weiß Andrews davon?« fragte sie.

»Ich glaube nicht. Ich habe ihm bestimmt nichts davon erzählt. Wenn er davon wüßte, würde er es mir sicher verbieten, mit der Begründung, daß es schlecht für die Moral sei und gefährlich, wenn die anderen Männer wüßten, was ich da kann. Ich würde ihm sogar zustimmen. Aber bis er es herausfindet, werde ich fröhlich damit fortfahren, Ethyl-Moleküle und ihre stimulierenden Nachbarn umzugruppieren, bis sie meinen persönlichen Bedürfnissen entsprechen.« Er goß etwas aus dem Kanister in eine Karaffe. »Mach dir keine Sorgen, ich hebe dir etwas auf. Für später.«

»Sehr fürsorglich von dir.«

»Keine Ursache. In der Schule war rekombinierende synthetische Chemie eines meiner besseren Fächer.« Er zögerte.

»Wo wir gerade von Fürsorge sprechen. Ich bin dir sehr dankbar, daß du mir so viel Aufmerksamkeit geschenkt hast. Andererseits ist mir nicht entgangen, daß du dadurch meiner letzten Frage aus dem Weg gegangen bist. Allerdings auf eine sehr schöne Weise. Ich hätte es wirklich nicht anders haben wollen, das solltest du wissen. Aber die verdammte Sache hat mich gepackt und läßt mich nicht mehr los.«

Sie hielt ihr Glas behutsam in einer Hand und sah ihn eindringlich an. »Du verdirbst die Stimmung.«

»Das ist nicht meine Absicht. Aber ich bin noch immer medizinischer Offizier und muß meinen Job machen, und ehrlich, je mehr du versuchst, dem Thema auszuweichen, desto neugieriger werde ich. Wonach hast du in dem Mädchen gesucht? Warum hast du so hartnäckig darauf bestanden, daß die Leichen eingeäschert werden sollten?«

»Ich verstehe. Jetzt, wo ich in deinem Bett liege, glaubst du, daß ich dir eine Antwort schulde.«

Er blieb geduldig. »Mich wütend zu machen funktioniert auch nicht. Nein, du schuldest mir eine Antwort, weil es mein Job ist, eine zu finden, und weil ich mich so weit aus dem Fenster gelehnt habe, um zu erreichen, was du wolltest. Daß du in meinem Bett liegst, hat nichts damit zu tun.« Er lächelte dünn. »Deine Einsilbigkeit in dieser Angelegenheit wird unser Verhältnis noch sehr belasten.«

Sie seufzte resignierend und drehte sich auf die Seite. »Es ist wirklich nichts besonderes. Können wir es nicht dabei belassen. Im Hyperschlaf hatte ich einen wirklich furchtbaren Traum.« Sie schloß ihre Augen, um die schreckliche Erinnerung zu verbannen. »Ich will nicht darüber sprechen. Ich mußte nur sicher sein, woran sie gestorben sind.« Sie sah den MedTech wieder an.

»Du hast keinen Schimmer, wie mein Leben bisher verlaufen ist oder was ich durchgemacht habe. Deine wildesten Alpträume würden dagegen wirken wie die verschwommenen Gedanken eines unschuldigen Kindes. Ich weiß, daß ich nichts davon jemals vergessen werde. Nie! Aber trotzdem versuche ich es. Wenn ich also manchmal etwas irrational wirke oder manchmal ohne Grund auf etwas beharre, dann sieh es mir nach. Glaub mir, ich brauche das. Ich brauche jemanden, der sich zur Abwechslung mal um mich kümmert. Was Newt... was das Mädchen betrifft... da habe ich einfach einen Fehler gemacht.«

Sein Daumen umkreiste den Rand des Glases, das er hielt. Er nickte langsam und verständnisvoll, wenn auch mit zusammengekniffenen Lippen. »Ja, vielleicht.«

Sie sah ihn immer noch an. »Vielleicht habe ich noch einen Fehler gemacht.«

»Wieso?«

»Fraternisieren mit einem Häftling. Körperlicher Kontakt. Das ist gegen die Vorschriften, nicht wahr?«

»Eindeutig. Wer war der Glückspilz?«

»Du, Dummkopf.«

Er betrachtete sie unsicher. »Ich bin kein Häftling.«

Sie streckte den Arm aus. »Und was ist mit dem Code auf deinem Hinterkopf?«

Reflexartig fuhr er mit der Hand über die Stelle. »Ich nehme an, das verlangt nach einer Erklärung. Aber ich glaube nicht, daß jetzt der richtige Augenblick ist. Tut mir leid. Wir verderben wohl wirklich alles, was?« Die Sprechanlage summte und verlangte Antwort. Er sah sie entschuldigend an und nahm den Anruf entgegen.

»Ich muß mich melden. Den Luxus, Anrufe nicht anzunehmen, kann ich mir nicht leisten. Ich bin nicht der Chef der Sorbonne.« Er drückte einen Knopf, und eine dünne, schlecht wiedergegebene Stimme ertönte.

»Clemens?«

Der Arzt warf Ripley einen resignierten Blick zu. »Ja, Mr. Aaron.«

»Andrews möchte, daß Sie sich im Ventilationsschacht siebzehn im zweiten Quadranten melden. So schnell wie möglich. Es hat einen Unfall gegeben.«

Sofort zeigte er Interesse und beugte sich über das Mikrofon in der Sprechanlage, damit seine Frage auch gut verstanden wurde. »Etwas Ernstes?«

»Ja, kann man wohl sagen«, antwortete der Stellvertreter des Direktors. »Einen der Gefangenen hat es bei seinem Arbeitskommando in Würfel zerhackt.« Abrupt wurde die Anlage abgeschaltet.

»Verdammt.« Clemens leerte sein Glas und stellte es auf der Konsole ab. Er wandte sich seinem Gast zu. »Tut mir leid, aber ich muß gehen. Die Pflicht ruft.«

Ripleys Haltung versteifte sich leicht. Sie befingerte ihr Glas. »Gerade fing die Unterhaltung an, mir Spaß zu machen. Im Gegensatz zu anderen Dingen.«

»Was glaubst du, wie ich mich fühle?« murmelte er, während er einen Schrank öffnete und ein paar Kleidungsstücke herausnahm.

»Vielleicht sollte ich mitkommen.«

Er warf ihr einen Blick über die Schulter zu. »Besser nicht. Wenn ich dich im Rahmen meiner üblichen Visite sehe, dann ist das okay. Aber wenn jeder mitkriegt, daß wir dauernd zusammen sind, obwohl du ausgesprochen gesund aussiehst, dann gibt das bestimmt Anlaß für Gerede. Und Fragen. Und je weniger Gerede unter diesen Typen, desto besser.«

»Ich verstehe. Es gefällt mir nicht, aber ich verstehe.«

Er streifte sich die Arbeitshose über. »Das sind die beiden Sachen, die man wissen muß, wenn man auf Fiorina überleben will. Außerdem glaube ich nicht, daß deine Anwesenheit Direktor Andrews besonders erfreuen würde. Also, nimm's nicht so schwer und warte hier.« Er lächelte aufmunternd. »Ich bin bald wieder zurück.«

Sie sagte nichts mehr und schaute nur äußerst unzufrieden drein.

Viel gab es nicht zu untersuchen. Zum Teufel, dachte Clemens, während er die Überreste des Gefangenen im Luftschacht sah, es gab auch nicht viel zu beerdigen. Die Todesursache war offensichtlich. An dem bewegungslosen Ventilator fanden sich ebensoviele Blutspritzer wie an den Wänden der Röhre.

Es ergab nicht viel Sinn. Es kam zwar vor, daß Männer gegen scharfe Metallkanten stießen und Schnittwunden erlitten, daß sie von Laufstegen stürzten, oder daß sie sich bei Ausflügen in der zerklüfteten Bucht verletzten, aber die potentiellen Gefahren der eingemotteten Mine kannten sie genau und bemühten sich besonders, ihnen zu entgehen. Der riesige Ventilator war eine Bedrohung, die man einfach nicht ignorieren oder gar übersehen konnte.

Aber das bedeutete natürlich nicht, daß der unglückliche, verblichene Murphy, nicht dumm genug gewesen war, Unsinn zu machen. Vielleicht war er gerannt oder über das glatte Metall des Schachts geschliddert, oder er hatte zum Spaß seinen Besen gegen den Ventilator gehalten. Dann war er ausgerutscht, oder ein Stück Kleidung hatte sich verfangen. Natürlich würde man es nie erfahren. Es gab keinen Grund, zwei Männer für den Reinigungsjob abzukommandieren. Murphy hatte allein gearbeitet.

Aaron dachte offenbar ähnlich. Er starrte grimmig auf den Ventilator. »Er war ein Idiot, und ich habe ihm den Auftrag auch noch erteilt. Ich hätte es wissen sollen, ich hätte jemand anderen schicken sollen, oder zumindest hätte ich noch einen zweiten Mann abkommandieren sollen, einen, der etwas vernünftiger ist.« Hinter ihnen war der Gefangene Jude noch immer damit beschäftigt aufzuwischen.

Andrews war wütend. Nicht, weil Murphy tot war, sondern wegen der Umstände. Sie würden kein gutes Licht auf ihn werfen. Außerdem bedeutete es zusätzlichen Papierkram.

»Sie brauchen sich nicht entschuldigen, Mr. Aaron. Es war nicht Ihr Fehler. So wie es aussieht, hatte niemand Schuld außer Mr. Murphy, und er hat für seinen Fehler bezahlt.« Er blickte seinen Arzt an. »Irgendwelche Beobachtungen, Mr. Clemens?«

Der MedTech zuckte mit den Schultern. »Da gibt es nicht viel zu sagen, oder? Über die Todesursache braucht man nicht lange rätseln. Ich glaube nicht, daß er viel gemerkt hat. Ich bin sicher, daß der Tod sofort eingetreten ist.«

»Aber ganz bestimmt.« Aaron betrachtete die weit verstreuten menschlichen Überreste mit unverhohlenem Ekel.

»Ich versuche, einen Hergang zu konstruieren«, fuhr der Direktor fort. »Für den Bericht, Sie verstehen. Es ist schwer vorstellbar, daß er einfach in eine solch offensichtliche Gefahr hineingestolpert sein soll, zumal er doch schon recht lange in ihrer Nähe gearbeitet hatte. Vielleicht hat es ihn hineingezogen?«

Clemens kräuselte die Lippen. »Vielleicht. Ich bin zwar weder Physiker noch Mechaniker...«

»Das ist niemand hier, Mr. Clemens«, erinnerte Aaron ihn. »Ich bitte Sie auch nicht um Ihr Urteil. Alles was ich will, ist Ihre Meinung in dieser Angelegenheit.«

Der Arzt nickte. »Ein plötzlicher Luftstrom könnte die Ursache gewesen sein. Ein Spannungsstoß, der zu einer ungewöhnlichen Sogwirkung führte. Aber...«

»Genau«, meinte Aaron eiligst. »Wäre mir auch beinahe mal passiert, in dem anderen Hauptquadranten. Vor vier Jahren. Ich sage den Leuten immer wieder, achtet auf die Ventilatoren. Aber sie sind so verdammt groß, so solide und verläßlich, daß keiner glaubt, daß in ihrer Nähe etwas Unvorhergesehenes passieren könnte.« Traurig schüttelte er den Kopf. »Egal, wie viel ich auch rede, niemand hört zu.«

»Das stimmt schon alles«, meinte Clemens. »Aber bevor ich runtergekommen bin, habe ich die Programmierung überprüft. Der Ventilator war in Betrieb, und das heißt ein Spannungsstoß hätte ihn in den Schacht geweht und nicht in den Ventilator.«

Aarons Blick verengte sich, doch dann zuckte er im Geist mit den Schultern. Sollten doch der Direktor und Clemens die Sache erklären. Es lag in ihrer Verantwortung, ihm war es egal. Er hatte eine Vermutung angeboten, das Beste getan, was er konnte. Um Murphy tat es ihm leid, aber was sollte es. Unfälle geschahen nun einmal.

Clemens ging den Schacht hinunter und untersuchte die Wände. Mit jedem Schritt wurden die Blutflecken weniger.

An der linken Seite entdeckte er eine tiefe Einbuchtung. Er bückte sich, um hineinzuschauen. Es war eine der typischen kleineren Lagerkammern, die schon vor langer Zeit geleert worden waren. Gerade, als er aufstehen und weitergehen wollte, fiel ihm etwas auf, das ihn zögern ließ.

Es sah aus wie ein Fleck. Kein Blut, irgendeine Art von

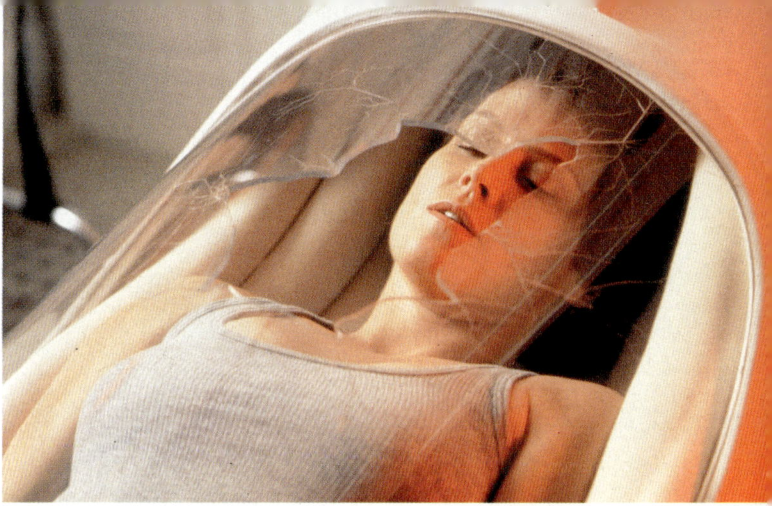

Leutnant Ellen Ripley (Sigourney Weaver) findet sich nach einem alptraumdurchdrungenen Schlaf in einer Krankenstation wieder, wo sich Doktor Clemens (Charles Dance) um sie kümmert.

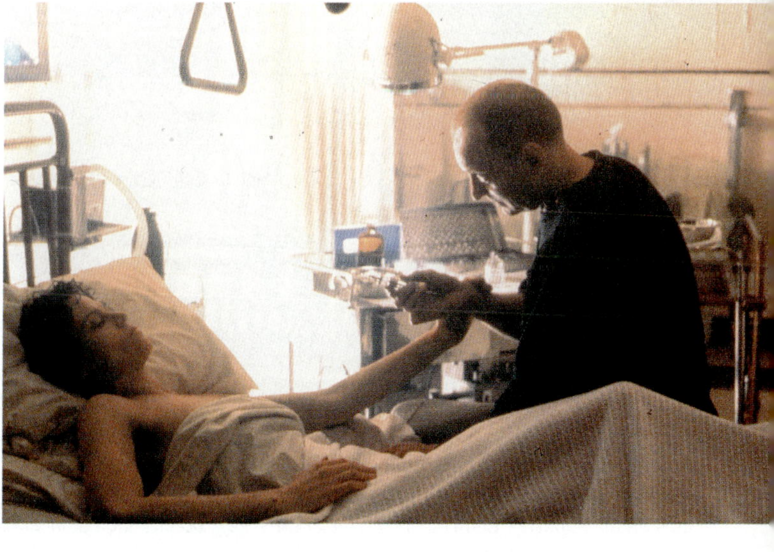

Erst nach hartnäckigem Drängen von Ripley (Sigourney Weaver) gibt Clemens (Charles Dance) nach und erklärt sich bereit, an Newt eine Autopsie vorzunehmen.

Das Leben auf dem von Läusen übersäten Planeten Fiorina 161 fordert seinen Tribut – Ripley (Sigourney Weaver) muß sich einen neuen Haarschnitt verpassen lassen.

Dillon (Charles S. Dutton, oben), der Anführer der Ex-Sträflinge, steht Ripley (Sigourney Weaver) bei, als sie von den Männern überfallen wird (unten).

chemischer Verfärbung. Die sonst so glatte Metalloberfläche war tief eingedrückt.

Andrews war ihm leise gefolgt und stand plötzlich neben ihm. Zusammen mit dem Arzt begutachtete er die Kammer. »Was ist das?«

Clemens richtete sich auf. »Keine Ahnung. Es sah nur komisch aus. Ist wahrscheinlich schon so lange da wie der Schacht selbst.« Seine Gleichgültigkeit wirkte etwas gewollt, und der Direktor spürte das sofort und sah den Arzt scharf an. Clemens blickte zur Seite.

»Ich möchte Sie in, sagen wir, einer halben Stunde in meinem Quartier sehen«, sagte er beiläufig. »Wenn Sie so freundlich wären, Mr. Clemens.« Er wandte sich wieder dem Rest des Bergungstrupps zu, der immer noch damit beschäftigt war, die Überbleibsel des Toten aufzulesen.

»Also. Ich habe nicht vor, hier den Rest meines Tages zu verbringen. Ich glaube, Sie können jetzt aufhören. Wir verschwinden hier, und Mr. Troy kann die Einheit wieder in Betrieb nehmen, während wir unseren normalen Geschäften nachgehen.« Er drängte die Männer zum Ausgang.

Clemens blieb zurück. Als er sicher war, daß Andrews Aufmerksamkeit ganz dem Beenden der schrecklichen Putzarbeiten galt, untersuchte der Arzt das beschädigte Metall noch einmal genauer.

Im Rettungsschiff war es totenstill. Zerschmetterte Konsolenteile klebten wie aufgespießte Insekten an den Wänden. Ausrüstungsteile lagen dort, wo sie aus ihren Halterungen gefallen waren oder aus Schränken geschleudert worden waren. Der Pilotensessel hing schräg auf seiner Stütze, wie ein betrunkener Handschuh. Ein einziges Licht beleuchtete die chaotische Szene. Ripley arbeitete in einem zerborstenen Schott. Abwechselnd benutzte sie den Laserschneider und etwas behutsamere Werkzeuge. Eine Schutzplatte schälte sich zögernd auf und enthüllte eine versiegelte Füllung. Erleichtert begann sie die Verschlüsse zu lösen, indem sie einen nach dem anderen mit einem Spezialwerkzeug entfernte. Das Fach selbst war eindeutig beschriftet.

FLUGSCHREIBER
SIEGEL NICHT AUFBRECHEN
OFFIZIELLE GENEHMIGUNG ERFORDERLICH ISA 445

Als der letzte Verschluß aufschnappte, nahm sie das Fach heraus und legte es vor sich. In einem doppelwandigen, besonders gepolsterten Behälter kuschelte sich eine schwarze Box mit glatter Oberfläche. Der Behälter war trocken und sauber, und kein schwelender Geruch und kein Anzeichen von Feuchtigkeit deutete darauf hin, daß auch nur ein Tropfen des zersetzenden Salzwassers der Bucht eingedrungen war.

Der Riegel an der Seite ließ sich leicht zurückschieben, und die Vorderseite der Box glitt zur Seite, um hinter dem Schutzglas Readouts und glatte Druckknöpfe zu enthüllen. Sie drückte einen und sofort leuchteten einige Anzeigen auf. Auf einen erneuten Druck hin gingen sie wieder aus.

Die Box ließ sich leicht aus dem Behälter nehmen. Vorsichtig stellte Ripley sie auf den Boden neben das Licht und ließ ihren Blick erneut über die zertrümmerte Einrichtung des Rettungsschiffs gleiten, um sich zu erinnern und um zu vergessen.

Etwas bewegte sich hinter ihr, stolperte gegen die zerborstenen und zerbrochenen Aufbauten. In Panik wirbelte sie herum und sah, daß dort jemand in der Dunkelheit stand.

»Verdammt!« rief sie zusammensackend. »Willst du mich zu Tode erschrecken?«

Clemens blieb im zerbeulten Eingang stehen. Er grinste seltsam jungenhaft. »Tut mir leid, aber die Klingel funktioniert nicht.« Mühsam kam er in die Kapsel. »Ohne Begleitung durch die Gegend zu laufen. Direktor Andrews dürfte ziemlich sauer sein, wenn er das wüßte. Und was immer du vorhast, es ist bestimmt nicht hilfreich, ihn gegen sich zu haben.«

»Er kann mich mal. Was war mit dem Unfall?« Ihr Tonfall war eindringlich, und sie blickte ihn ernst an.

»Leider sehr übel.« Er lehnte sich gegen ein herabhängendes Drahtgeflecht und trat hastig vor, als es plötzlich nachzugeben schien. »Einer der Gefangenen ist getötet worden.«

»Wie?« fragte sie besorgt.

»Es war nicht schön. Willst du es wirklich wissen?«

Sie schnaubte verächtlich. »Wenn du befürchtest, daß ich dir ohnmächtig in die Arme falle, hast du dich getäuscht.«

»Das hatte ich auch nicht erwartet. Ich wollte dir nur die Wahl lassen. Es ist in einem der betriebenen Luftschächte passiert.« Er schüttelte den Kopf bei dem Gedanken. »Der arme dumme Bastard ist in einen laufenden Zwei-Meter-Hochgeschwindigkeitsventilator geraten. Es hat ihn überallhin verspritzt. Wir mußten ihn praktisch von den Wänden abkratzen.«

»Ich verstehe. Kann vorkommen.«

»Aber hier eigentlich nicht. Andrews ist ziemlich nervös. Er muß jetzt einen Bericht schreiben.«

»Per Kommunikationsstrahl?«

»Nein. Für diese Extrakosten besteht kein Bedarf. Ich denke mal, daß er mit dem nächsten Raumschiff abgehen wird.«

»Worüber macht er sich dann Sorgen. Es wird Monate dauern, bevor jemand den Bericht liest.«

»Wenn man den Direktor kennt, versteht man es besser. Er nimmt alles persönlich.«

»Zu schade für ihn, besonders in Anbetracht seines jetzigen Postens.«

Clemens nickte nachdenklich. »Ich habe am Unfallort etwas entdeckt, nur ein paar Schritte weiter weg. Eine Art eingebrannter Fleck auf dem Boden. Das Metall war verfärbt und warf Blasen. Es sah ungefähr aus wie das, was du auf der Hyperschlaftruhe des Mädchens entdeckt hast.«

Sie starrte ihn nur unverwandt an, nichtssagend, mit einem undurchdringlichen Ausdruck.

»Ich bin auf deiner Seite, wirklich«, beharrte der Arzt, als sie stumm blieb. »Worin du auch verwickelt bist oder was immer du tun willst, ich möchte dir helfen. Aber ich muß wissen, was hier vor sich geht oder deiner Meinung nach vor sich geht. Sonst kann ich dir kaum nützlich sein. Vielleicht kannst du das, was du tun willst, was immer es auch ist, allein tun. Ich kann dich nicht zwingen, mit mir zu reden. Ich denke nur, daß ich dir helfen kann, es dir leichter machen kann. Ich komme an verschiedene Geräte heran. Du nicht. Ich verfüge über Wissen, das du nicht hast. Ich werde mich nicht einmischen und mich ganz auf deine Entscheidungen verlassen. Gezwungenermaßen. Ich habe ja keine Ahnung, was du vorhast.«

Sie zögerte und überlegte, während er sie erwartungsvoll ansah. »Ich kenne dich kaum. Warum sollte ich dir vertrauen?«

Er zwang sich, die verletzenden Worte zu ignorieren. Er wußte, daß hinter diesem Zweifel nichts Persönliches steckte. »Sicher. Aber ohne Hilfe wird es sehr schwer für dich werden, was immer du vorhast. Ich kenne dich auch kaum, aber ich bin bereit, dir zu folgen.«

»Warum? Warum solltest du? Du hast doch selbst zugegeben, daß du gar nicht weißt, was hier vorgeht, was auf dem Spiel steht.«

Er lächelte ermutigend. »Vielleicht glaube ich dich etwas besser zu kennen, als du mich zu kennen glaubst.«

»Du bist verrückt.«

»Ist das ein Hinderungsgrund für deine Pläne?«

Sie mußte lächeln. »Wahrscheinlich genau das Gegenteil. Also gut.« Sie schob die schwarze Box ins Licht. »Ich muß wissen, was hier im RF passiert ist, warum wir das Schiff verlassen mußten, obwohl wir noch im Hyperschlaf waren. Wenn du mir wirklich helfen willst, dann such mir einen Computer mit audiovisuellen Interpretationsfähigkeiten, mit dem ich an die Daten des Flugschreibers komme.«

Clemens schaute zweifelnd drein. »So etwas haben wir hier nicht. Die hochentwickelte Kybernetik hat die Gesellschaft mitgenommen. Was sie uns hiergelassen haben, ist entweder Basic und Response oder nur ROM.« Er lächelte sardonisch. »Sie hatten wohl nicht die Absicht, einen Haufen tumber Häftlinge an ihren teuren Geräten herumspielen zu lassen.«

»Was ist mit Bishop?«

»Bishop?« fragte er erstaunt.

»Der Android, der mit mir notgelandet ist.«

»Man hat ihn untersucht und als unbrauchbar weggeschafft.«

»Vielleicht sollte ich das selbst beurteilen.« Ihre Stimme klang besorgt. »Hoffentlich sind seine Bestandteile nicht ausgeschlachtet oder eingestampft worden.«

»Ich hab's dir doch gesagt: für das erstere ist keiner hier schlau genug, und es gab keinen Grund, für das zweitere Energie zu verschwenden. Es gibt mehr zusammenhängende Teile von ihm als von dem toten Häftling, wenn auch nicht allzuviele. Erzähl mir nicht, daß du mit ihm noch etwas anfangen kannst.«

»Also gut, ich erzähl's dir nicht. Wo ist er?«

Clemens gab auf. »Ich werde dich auf den richtigen Weg bringen. Mitkommen kann ich nicht, ich habe eine Unterredung. Paß auf dich auf, okay?«

Sie blieb ungerührt. »Wenn ich mir das nicht zur Gewohnheit gemacht hätte, wäre ich jetzt schon ungefähr zwanzig Mal tot.«

VI

Die Kerzenfabrik war mehr als eine Freizeitbeschäftigung. Die versiegelte, selbständig arbeitende Fusionsanlage der Einrichtung erzeugte zwar soviel Energie, daß man sämtliche Gebäude hell erleuchten konnte, wenn man es für wünschenswert hielt, aber sie stellte natürlich nichts an tragbarer Energie zur Verfügung. Aufladbare Lampen waren rar und kostbar. Als die Gesellschaft sich entschließen mußte, was man bergen wollte und was auf Fiorina zurückbleiben konnte, hatte sie logischerweise angenommen, daß die Gefangenen kein Interesse daran hatten, nachts außerhalb der Anlage auf Fiorina herumzuwandern. In den Gebäuden selbst würde die Fusionsanlage soviel Licht produzieren, wie sie wollten. Und da diese Anlagen schlichtweg niemals ausfielen, gab es keinen Grund, an einen Ersatz zu denken; daher war auch kein nennenswerter vorhanden.

Aber es gab Vorräte. Entweder von Minenarbeitern versteckt oder vom Evakuierungstrupp übersehen, lagerten sie tief in den Schächten, aus denen Millionen Tonnen Erz gefördert worden waren. Vorräte, die das Leben für die Gefangenen und das Personal ein wenig leichter machen konnten. Es gab reichlich Zeit, sie aufzuspüren. Alles was fehlte, war genügend tragbare Beleuchtung.

Die Kerzenfabrik löste dieses Problem, und gab den Bewohnern Fiorinas nebenbei noch etwas anderes zu tun. Von dem Spezialwachs lagerte reichlich. Es war eine jener Großladungen gewesen, deren Wert die Verschiffungskosten zur Erde nicht lohnte. Früher hatte man es benutzt, um Testformen für neue Geräte herzustellen. Ein computergesteuerter Laser-Cadcam modellierte das Teil und bearbeitete das Wachs, das dann mit einer Plastik- oder Carbon-Verbindung ausgegossen wurde; und eins, zwei, drei, schon hatte man ein Ersatzteil. Ohne Maschinen, ohne langwierige Arbeiten an Drehbänken und mit Stechformen. Danach konnte das Spezialwachs wieder eingeschmolzen und erneut verwendet werden.

Die Gefangenen benötigten keine Ersatzteile. Die Geräte, die für ihr Überleben wichtig waren, arbeiteten selbständig und funktionierten auch ohne ihre Wartung einwandfrei. Also machten sie Kerzen.

Sie brannten hell und strahlend überall in der Anlage, hingen in Bündeln von der Decke und leuchteten in Glasbehältern, die sich die Gefangenen für ihren eigenen Bedarf hergestellt hatten. Das Industrieglas und das Wachs einer hochentwickelten Zivilisation leisteten so den gleichen Dienst, den schon eine tausend Jahre alte Technologie entwickelt hatte.

Der Gefangene Gregor half Golic, Boggs und Rains dabei, die speziellen, besonders dicken Beleuchtungskerzen in ihre riesigen Rucksäcke zu packen. Der Einschluß einiger sorgfältig ausgesuchter Unreinheiten sorgte dafür, daß die Kerzen ihre Form behielten und eine sehr lange Brenndauer hatten. Es blieb den Häftlingen auch gar nichts anderes übrig, als sie zu benutzen, denn Andrews hätte kaum erlaubt, daß die unersetzlichen tragbaren Lampen für solch frivole Zwecke eingesetzt würden.

Den Männern war es im Grunde egal. Die Technik mochte primitiv sein, aber in der Qualität der Beleuchtung gab es keinen nennenswerten Unterschied zwischen den Kerzen und den wenigen kostbaren, aufladbaren Lichtzellen. Licht war Licht. Und es gab keinen Mangel an Kerzen.

Golic schob abwechselnd Kerzen in seinen Rucksack und Essen in seinen Mund. Kleine Bröckchen fielen ihm aus dem Mund, in seinen Sack. Rains sah ihn angeekelt an.

»Das wär's.« Gregor hob eine der massigen Tragetaschen hoch. »Damit seid ihr komplett. Trödele nicht so rum, Golic. Wieso schleppst du eigentlich all dieses verdammte Essen mit? Außerdem ist es nicht richtig eingepackt.« Der Adressat des Tadels lächelte abwesend und fuhr fort, sich Brocken in den Mund zu stopfen. Boggs schüttelte den Kopf.

»Macht er eigentlich auch irgendwas richtig?«

Rains schnaubte. »Essen. Das hat er ziemlich gut drauf.«

Dillon und der Häftling Junior erschienen in der Tür.

»He, Golic«, sagte der größere Mann leise.

Der Angesprochene blickte auf und antwortete kauend. »Ja?«

»Zünde eine Kerze für Murphy an, ja?«

Golic lächelte zustimmend, wobei ihm wieder ein paar Brocken aus dem Mund fielen. »Gut. Ich zünde tausend an.« Plötzlich wirkte er versonnen. »Er war ein besonderer Freund. Er hat sich nie über mich beschwert, nicht einmal. Ich habe ihn geliebt. Stimmt es, daß sein Kopf in tausend Stücke zerfetzt worden ist? Das sagen die anderen.«

Dillon half ihnen, die sperrigen Rucksäcke zu schultern und klopfte jedem auf die Schulter, nachdem er die Schutzanzüge der Männer noch einmal überprüft hatte.

»Paßt da unten auf euch auf. Ihr habt ziemlich genaue Karten, richtet euch nach ihnen. Wenn ihr etwas findet, das zu groß ist, um es mitzubringen, dann achtet verdammt genau darauf, die Stelle so zu markieren, daß ein Nachfolgetrupp sie finden kann. Vor vier Jahren haben ein paar Burschen den persönlichen Vorrat eines Minenarbeiters an Konservendosen entdeckt. Es hätte gereicht, den Speiseplan für Monate zu versüßen. Aber sie haben den Fundort nicht richtig gekennzeichnet, und wir haben sie nie mehr wiedergefunden. Vielleicht habt ihr Glück und findet etwas.«

Boggs rülpste laut, und die Männer kicherten. »So bin ich. Ich kann mich vor Glück nie halten.«

»Also gut.« Dillon trat beiseite. »Los mit euch, und kommt ja nicht zurück, bevor ihr etwas Nützliches gefunden habt. Achtet auf die Kippschächte. Manche sind bis zu hundert Meter tief.«

Der große Mann sah ihnen nach, während sie im Zugangstunnel verschwanden, solange, bis die Entfernung und die Krümmungen ihre Lichter verdunkelt hatten. Dann gingen er und Junior wieder zurück, in Richtung der Versammlungshalle. Er mußte sich um seine eigene Arbeit kümmern.

Andrews Quartier bot viel Platz, auch wenn es etwas spartanisch möbliert war. Als Gefängnisdirektor hatte man ihm die Räume des früheren Minendirektors überlassen. Er besaß mehrere Zimmer, aber nicht genug Möbelstücke, um sie zu füllen. Da er über nicht allzuviel Fantasie verfügte und keinen Wert auf Luxus und Prunk legte, hatte er die meisten Zimmer einfach verschlossen und benutzte nur drei regelmäßig; ein Bad, ein Schlaf- und ein Besuchszimmer.

Es war der dritte Raum, der im Moment gebraucht wurde. Vor seinem bescheidenen Schreibtisch saß sein einziger Mediziner. Clemens stellte ein Problem dar. Juristisch war er ein Häftling und konnte genauso behandelt werden wie alle anderen. Aber niemand, auch nicht der Direktor, bestritt seinen besonderen Status. Geringer als ein freier Mann, aber höhergestellt als die inhaftierten Hausmeister, verdiente er mehr als die Gefangenen. Und was noch wichtiger war: Sie waren von ihm abhängig, weil er Dienstleistungen erbrachte, zu denen niemand sonst fähig war. Wie Andrews und Aaron.

Auch intellektuell war Clemens dem Rest der Gefängnisinsassen überlegen. In Betracht des Mangels an funkelnder Konversation auf Fiorina schätzte Andrews diese Fähigkeit fast so sehr wie Clemens' medizinische Talente. Eine Unterhaltung mit Aaron war ungefähr so anregend wie ein Gespräch mit seinem Logbuch.

Aber er mußte vorsichtig sein. Es täte Clemens nicht gut, genau wie jedem anderen Häftling, wenn er eine zu hohe Meinung von sich entwickeln würde. Wenn sie aufeinandertrafen, webten die beiden Männer sorgsam gewählte Worte umeinander. Sie tanzten einen Wortwalzer, so feinfühlig wie ein Paar alte Klapperschlangen. Clemens legte beständig den Antrag auf Unabhängigkeit vor, und Andrews ignorierte ihn immer wieder.

Jetzt goß er Tee in die Tasse des Arztes und verschüttete etwas dabei. »Zucker?«

»Danke«, antwortete Clemens. Der Direktor reichte ihm die Plastikdose und sah zu, wie sein Gast das weiße Granulat in seine Tasse warf.

»Milch?«

»Ja, bitte.«

Andrews schob die Dose über den Schreibtisch. Er beugte sich angespannt vor, während Clemens das starke dunkle Gebräu aufhellte.

»Hör mir gut zu, du Stück Scheiße«, wandte sich der Direktor vertraulich an seinen Gast. »Wenn du mich noch einmal verarschst, dann reiße ich dich in Stücke.«

Der MedTech schob die Milchdose beiseite, nahm seine Tasse in die Hand und begann vorsichtig umzurühren. In der Totenstille des Raumes klang der Löffel, der regelmäßig gegen die Porzellantasse schlug, laut und aufdringlich wie ein Hammer, der auf einen Amboß kracht.

»Ich bin nicht sicher, ob ich Sie verstanden habe«, sagte Clemens schließlich.

Andrews lehnte sich zurück und sah ihn durchdringend an. »Um sieben Uhr habe ich vom Netzwerk eine Antwort auf meinen Bericht erhalten. Ich sollte erwähnen, daß es meines Wissens die erste hochrangige Prioritätsnachricht war, die dieser Planet je erhalten hat. Selbst als auf Fiorina noch Bergbau betrieben wurde und die Raffinerie in Betrieb war, ist ihm eine solche Ehre nicht widerfahren. Und wissen Sie warum?«

Clemens trank einen Schluck Tee. »Eine wichtige Prioritätsnachricht muß durch den Subraum, um das Zeitproblem zu überwinden. Das kostet viel Geld.«

Andrews nickte. »Mehr als Sie oder ich je sehen werden.«

»Und warum fahren Sie mich an?«

»Es ist wegen der Frau.« Andrews klang ernsthaft besorgt. »Sie wollen, daß wir uns um sie kümmern. Nein, mehr noch. Sie haben ganz klar formuliert, daß diese Frau von äußerster Wichtigkeit ist. In der Nachricht ist sogar zum Ausdruck gekommen, daß unsere gesamte Anlage in einem Schwarzen Loch verschwinden könnte, solange wir nur dafür sorgen, daß sie lebendig und bei guter Gesundheit ist, wenn das Rettungsteam hier eintrifft.«

»Warum?«

»Ich hatte gehofft, daß Sie mir das sagen können.« Der Direktor sah ihn eindringlich an.

Clemens stellte behutsam seine Tasse auf dem Tisch ab. »Ich denke, daß es langsam an der Zeit ist, ganz offen mit Ihnen zu sprechen, Sir.« Andrews beugte sich erwartungsvoll vor.

Der MedTech lächelte entschuldigend. »Ich habe nicht die geringste Ahnung.«

In der entstehenden Pause verdunkelte sich Andrews Miene. »Es freut mich, daß Sie dies alles so lustig finden, Clemens. Schön, daß Sie sich so amüsieren. Ich wünschte, ich könnte es auch. Wissen Sie, was diese Nachricht bedeutet?«

»Daß Ihr Hals in der Schlinge steckt?« fragte Clemens freundlich.

»Daß jedermanns Hals in der Schlinge steckt. Wenn wir Mist bauen und die Frau verletzt wird oder ihr sonst etwas passiert, dann werden sie uns alle in der Hölle schmoren.«

»Dann sollten wir uns über die Bedingungen doch schnell einig werden. Schließlich sind wir ja schon da.«

»Machen Sie nur Ihre Witze. Sie werden Ihnen schon noch vergehen, wenn etwas Unvorhergesehenes passiert und einige Strafen plötzlich verlängert werden.«

Clemens preßte leicht die Lippen zusammen. »So sehr interessieren die sich für die Sache?«

»Ich würde Ihnen den genauen Text zeigen, wenn das nicht gegen die Bestimmungen verstoßen würde. Aber ich gebe Ihnen mein Wort. Ich verstehe diese ganze Aufregung nicht«, sagte Andrews ehrlich. »Sicher hat sie eine Menge durchgemacht, aber auch andere haben solche Weltraumtragödien überlebt. Warum interessiert sich die Gesellschaft gerade für sie so sehr?«

»Keine Ahnung.«

Andrews stützte seine Ellenbogen auf den Tisch und verschränkte die Hände. »Warum haben Sie die Frau aus der Krankenstation gelassen? Bestimmt hat Murphys Unfall damit zu tun. Ich würde meine Pension darauf wetten.« Er schlug mit der Hand auf seinen Schreibtisch. »Das kommt davon, wenn einer von diesen tumben Hundesöhnen mit einem Steifen durch die Gegend läuft. Hätten Sie sich nicht unter Verschluß und außer Sichtweite halten können?«

»Es gab keinen Grund. Sie war gesund, konnte gehen und wollte raus. Ich hatte weder einen Grund noch die Befugnis, sie zurückzuhalten.« Clemens' einstudierte Lässigkeit begann, Sprünge zu zeigen. »Ich bin Arzt, kein Wachmann.«

Der Direktor verzog das Gesicht. »Kommen Sie mir nicht damit. Wir beide wissen genau, was Sie sind.«

Abrupt stand Clemens auf und ging zur Tür. Erneut schlug Andrews auf den Tisch, diesmal mit der geballten Faust. »Setzen Sie sich wieder. Ich habe Sie noch nicht entlassen.«

Der MedTech antwortete, ohne sich umzudrehen. Er hatte Schwierigkeiten, sich unter Kontrolle zu halten. »Ich hatte den Eindruck, daß ich einer Einladung folgte, als ich zu Ihnen kam und nicht einem offiziellen Befehl. Im Augenblick halte ich es für besser, wenn ich gehe. Ich finde Sie momentan etwas schwer erträglich. Wenn ich bleibe, könnte ich etwas sagen oder tun, was ich hinterher bedauere.«

»Könnten Sie?« spottete Andrews mit gespielter Sorge. »Wie lustig. Denken Sie daran, Mr. Clemens. Wie würde es Ihnen gefallen, wenn ich Sie bloßstelle? Auch wenn Sie woanders ein öffentliches Ärgernis waren, auf Fiorina sind die Einzelheiten Ihres Lebens bislang Ihre Privatsache gewesen. Dieses persönliche Privileg hat Ihnen die Arbeit mit den Gefangenen sehr erleichtert, hat Ihnen sogar einen etwas merkwürdigen, aber nichtsdestotrotz bestehenden Status unter ihnen verschafft. Das ließe sich leicht ändern. Und dann wäre das Leben hier für Sie wahrscheinlich längst nicht mehr so angenehm.« Er machte eine kleine Pause, um die Wirkung seiner Worte zu überprüfen.

»Was denn, keine witzige Retourkutsche? Keine clevere Spitze? Darf ich Ihr Schweigen so deuten, daß Sie es vorziehen würden, wenn Ihre dreckige kleine Vergangenheit nicht zum Bestandteil der allgemeinen Konversation würde? Aber man könnte ja noch weitergehen. Vielleicht sollte ich die Einzelheiten Ihrer trostlosen Geschichte Ihrer Patientin und neuen Bekanntschaft Ripley mitteilen. Natürlich nur zu ihrer persönlichen Erbauung und nur, um ihr zu helfen, sich die ihr hier verbleibende Zeit gut einzuteilen. Nein? Dann setzen Sie sich wieder, verdammt noch mal.«

Wortlos wandte sich Clemens um und nahm wieder Platz. Mit einem Mal sah er gealtert aus, wie ein Mann, der gerade etwas Wertvolles verloren hat und ohne Hoffnung ist, es jemals wiederzufinden.

Andrews blickte seinen Gast nachdenklich an. »Ich bin immer offen zu Ihnen gewesen. Ich glaube, das ist eine gute Politik, besonders wenn man bedenkt, wo wir sind. Sie werden also nicht besonders überrascht oder verärgert sein, wenn ich Ihnen sage, daß ich Sie nicht mag.«

»Nein«, murmelte Clemens leise und tonlos. »Ich bin nicht überrascht.«

»Ich mag Sie nicht«, wiederholte der Direktor. »Sie sind unzuverlässig, aufsässig, wahrscheinlich gefährlich. Sie besitzen ein gewisses Maß an Bildung und eine unbestrittene Intelligenz. Und das macht Sie gefährlicher als den normalen Häftling. Sie hinterfragen alles und verbringen zuviel Zeit allein. Das ist immer ein schlechtes Zeichen. Ich habe dieses Geschäft schon recht lange überlebt und spreche aus Erfahrung. Der typische Häftling wird schon mal revoltieren, manchmal sogar töten, aber es sind immer die stillen, schlauen Burschen, die einem wirkliche Probleme bereiten.« Nachdenklich hielt er inne.

»Aber man hat Sie nun mal hierher geschickt, und ich muß damit leben. Aber eines sollen Sie wissen: wenn ich nicht unbedingt einen medizinischen Offizier bräuchte, würde ich Sie nicht auf einige Lichtjahre an diese Anlage herankommen lassen.«

»Ich bin Ihnen sehr dankbar.«

»Warum probieren Sie nicht mal etwas Neues aus, Clemens? Etwas wirklich anderes? Versuchen Sie einfach, Ihren Sarkasmus für sich zu behalten, ja?« Er wand sich leicht in seinem Stuhl. »Ich frage Sie jetzt noch einmal. Als jemand, mit dem Sie intellektuell auf einer Stufe stehen. Als jemand, den Sie respektieren, wenn auch nicht mögen. Und als der Mann, der letzten Endes für das Wohlergehen jedes einzelnen in dieser Anstalt, Sie eingeschlossen, verantwortlich ist. Gibt es etwas, das ich wissen sollte?«

»Worüber?«

Andrews zählte im Geiste bis fünf, bevor er ein Lächeln aufsetzte. »Über die Frau. Weichen Sie mir nicht aus. Ich denke, daß ich meine Haltung klar dargelegt habe, sowohl persönlich als auch als Anstaltsleiter.«

»Warum sollte ich etwas über Sie wissen, was nicht schon bekannt ist?«

»Weil Sie jede Minute mit ihr zusammen verbringen. Ich habe übrigens auch den Verdacht, daß Ihr Interesse weit über das medizinische hinausgeht. Sie sind viel zu bemüht, ihr zu helfen. Das paßt nicht zu Ihrem Persönlichkeitsprofil. Sie sagten vorhin selbst, daß sie wieder okay ist und auch allein gut zurechtkommt. Glauben Sie, ich bin blind? Glauben Sie, man hätte mir diesen Posten gegeben, wenn ich nicht in der Lage wäre, die leiseste Abweichung von der Norm zu registrieren? Die Abweichung der Abgewichenen«, murmelte er mehr zu sich selbst.

Clemens seufzte. »Was wollen Sie wissen?«

»So ist es besser.« Andrews nickte zufrieden. »Hat sie Ihnen irgend etwas erzählt? Nichts Persönliches, das interessiert mich einen Dreck. Sie können sich in beiderseitigen Erinnerungen wälzen, solange Sie wollen. Mir ist das egal. Ich meine ihre Laufbahn. Woher ist sie gekommen? Was war oder ist ihr Auftrag? Und vor allem: wie zum Teufel kam sie in das RF, zusammen mit einem kaputten Androiden, einem ertrunkenen sechsjährigen Mädchen und einem toten Korporal? Wo zum Teufel ist der Rest der Schiffsbesatzung? Und was das betrifft: wo zum Teufel ist ihr Schiff?«

»Sie hat mir erzählt, daß sie Mitglied eines Einsatzkommandos war, das in Schwierigkeiten geriet. Das letzte, woran sie sich erinnert, ist die Hyperschlaftruhen aufgesucht zu haben. Zu diesem Zeitpunkt war der Marine noch am Leben, und die Hyperschlaftruhe des Mädchens arbeitete einwandfrei. Ich habe schon immer angenommen, daß das Mädchen ertrunken ist und der Marine beim Aufschlag des RF getötet wurde. Alles weitere ist wahrscheinlich streng geheim. Ich habe daher auch nicht weiter gebohrt. Sie hat immerhin den Rang eines Marineleutnants.«

»Das ist alles?« drängte Andrews.

Clemens studierte seine leere Teetasse. »Ja.«

»Sonst nichts?«

»Nein.«

»Sind Sie sicher?«

»Der Arzt blickte auf und sah dem Älteren direkt in die Augen. »Ganz sicher.«

Andrews schaute auf seine Hände und biß die Zähne zusammen. Es war offensichtlich, daß es da etwas gab, das ihm der MedTech nicht erzählen wollte, aber außer Gewalt anzuwenden, konnte er nichts unternehmen. Und Gewalt würde bei jemandem wie Clemens nicht wirken, jemand, dessen Starrköpfigkeit ihn davon abhalten würde, zuzugeben, daß er gar keinen Stolz mehr zu verteidigen hatte.

»Raus hier«, zischte Andrews.

Ohne ein Wort erhob sich Clemens und ging ein zweites Mal auf die Tür zu.

»Eines noch.« Der MedTech blieb stehen. Als er sich umdrehte, fixierte ihn der Direktor genau. »Die tägliche Routine hier gibt mir viel. In geregelter Monotonie steckt vieles, das einem Sicherheit gibt. Ich werde nicht zulassen, daß das zerbricht. Systematische Wiederholung bekannter Aufgaben ist das beste und sicherste Narkotikum. Ich werde nicht zulassen, daß die Raubtiere unruhig werden. Weder durch eine Frau, noch durch Unfälle. Und auch nicht durch Sie.«

»Natürlich nicht«, antwortete Clemens einlenkend.

»Kommen Sie ja nicht auf dumme Gedanken. Eigenmächtige Aktionen sind auf Fiorina ein wertloses Konzept. Denken Sie nicht zuviel nach. Ihre Reputation in unserer kleinen Gemeinschaft könnte sehr darunter leiden, besonders was mich betrifft. Letzten Endes schaden Sie sich nur selbst. Sie sollten sich lieber auf langfristige Ziele konzentrieren.

Ihre Loyalität hat dieser Einrichtung und Ihrem Arbeitgeber zu gelten. Nicht irgendwelchen Fremden oder fehlgeleiteten Ideen, die Sie auf der Grundlage Ihrer eigenen Langeweile entwickelt haben. Sie wird bald wieder fort sein, aber wir sind dann alle noch hier. Sie und ich, Dillon, Aaron und der Rest. Alles wird so sein wie vor dem Absturz des RF. Bringen Sie Ihre beneidenswerte Position nicht durch eine zeitweilige Ablenkung in Gefahr. Haben Sie das verstanden?«

»Ja. Ihr Standpunkt ist mir klar. Selbst für jemanden wie mich.«

Andrews hatte noch andere Sorgen. »Ich will keinen Ärger mit unseren Arbeitgebern. Ich will überhaupt keinen Ärger. Ich werde dafür bezahlt, damit es keinen gibt. Es gibt gewisse Kreise auf der Erde, die unsere Anwesenheit hier mit... einem gewissen Stirnrunzeln betrachten. Seit dem Tag, an dem diese Gruppe die Hausmeisterfunktion von ihren Vorgängern übernommen hat, gab es hier nur natürliche Todesfälle. Bis zu dem Unfall. Mir ist klar, daß man ihn nicht verhindern hätte können, aber es macht sich trotzdem schlecht in den Berichten. Damit stehe ich schlecht da, Mr. Clemens, und das mag ich nicht.« Er sah den Arzt mißtrauisch an. »Verstehen Sie, was ich meine?«

»Vollkommen, Sir.«

Andrews fuhr fort. »Der Rettungstrupp kommt mit dem nächsten Vorratsschiff. Er wird bald hier sein. Bis dahin halten Sie ein Auge auf den Leutnant, und wenn Sie etwas, äh, potentiell Gefährdendes beobachten, dann kann ich mich sicher darauf verlassen, daß Sie mich umgehend informieren. Stimmt's?«

Clemens nickte kurz. »Stimmt.«

Obwohl er immer noch nicht ganz beruhigt war, wußte Andrews nicht mehr, was er noch sagen konnte. »Also gut. Wir haben uns verstanden. Gute Nacht, Mr. Clemens.«

»Gute Nacht, Direktor.« Leise schloß er die Tür hinter sich.

Der Wind auf Fiorina kam auf und flaute ab. Es kam vor, daß er sich von einem lauen Lüftchen in einen kreischenden Tornado verwandelte, aber er legte sich nie. Er blies ständig von der Bucht her und trug den stechenden Geruch des Salzwassers bis in die hintersten Ecken der Anlage. Manchmal brachten der Sturm und die Strömung noch fremdartigere Gerüche aus den Tiefen der See mit und ließen sie durch die Luftschächte strömen. Wenn sie durch die Filter gelangten, erinnerten sich die Männer daran, daß die Welt, die sie bewohnten, nicht für Erdenbürger geschaffen war und sie töten würde, wenn sie nur könnte.

Selten nur wagten sie sich nach draußen. Sie zogen die vertraute Umgebung der riesigen Anlage der bedrückenden Weite der öden Landschaft vor. Alles, was man betrachten konnte, waren die dunklen Wellen, die sich an dem schwarzen Sandstrand brachen, nichts, was sie an die Welt erinnerte, in der sie einst gelebt hatten. Aber das war ihr Glück. Denn diese Erinnerungen waren schwerer zu ertragen als der schlimmste Dienst.

Das Wasser war kalt und beherbergte winzige, ekelhafte Kreaturen, die bissen. Manchmal gingen einige Männer fischen aber nur um ihren Speiseplan aufzufrischen, nicht ihren Geist. Innerhalb der Anlage war es warm und trocken. Dort hörte man den Wind nur als ferne, unharmonische Musik, die man ignorieren konnte. Wenn es sich nicht vermeiden ließ, nach draußen zu gehen, dann wurden diese Exkursionen auf ein Minimum beschränkt und so schnell wie möglich erledigt.

Im Gegensatz dazu suchte die Gestalt auf dem Müllberg die Abfälle langsam und sorgfältig durch. Ripley wanderte über die Oberfläche der riesigen Grube und suchte jeden Zentimeter genau ab. Die einstige Ausgrabungsstätte war mit nutzlosen, beschädigten Ausrüstungsgegenständen gefüllt. Sie kämpfte sich voran, vorbei an monumentalen Bauteilen, durchlöcherten Wassertanks, abgenutzten Bohrteilen von der Größe kleiner Lastwagen, bunten Geflechten alter Leitungen und verrosteter Röhren.

Der Wind blies ihr um die Ohren, und sie zog den Kragen des Overalls hoch, den Clemens für sie organisiert hatte. Die mechanische Ruinenlandschaft schien endlos. Langsam durchdrang die Kälte ihre Muskeln, ihre Kräfte und ihre Konzentration ließen nach.

Aber nicht so sehr, daß ihr die kostbaren, silbrigen Fasern entgangen wären, die auf einem Haufen kürzlich hier abgeladenen Mülls wehten. Sie kniete sich nieder und begann, in den Überbleibseln herumzuwühlen, und nachdem sie zerstörte Maschinenteile und Müllsäcke beiseitegeräumt hatte...

Bishop.

Oder besser gesagt, das, was von ihm übriggeblieben war. Die Einzelteile des Androiden lagen überall verstreut, und sie grub und suchte noch eine ganze weitere Stunde, bis sie sicher war, alles gefunden zu haben, was noch irgendwie von Nutzen sein konnte.

Ripley unternahm einen ersten Versuch, die Teile in der richtigen Position zusammenzulegen. Das Ergebnis war nicht nur entmutigend, es war regelrecht erbärmlich. Der größte Teil des Gesichts und des Unterkiefers fehlten ganz. Entweder waren sie im RF bis zur Unkenntlichkeit zermalmt worden oder zusammen mit den anderen Massen unbrauchbaren Metalls verlorengegangen. Teile des Halses, der Schulter und des Rückens hatten irgendwie intakt überlebt. Zusätzlich hatte sie noch einige Teile der sensitiven Wahrnehmung gefunden, die aus ihrer Schutzhülle gerissen worden waren und in der Nähe herumlagen.

Mit grimmigem Gesicht begann sie, die Teile vorsichtig in den Sack zu stecken, den sie mitgebracht hatte.

Plötzlich legte sich ein Arm um ihren Hals, und Hände

packten ihre Schultern. Noch eine Hand, die fieberhaft zwischen ihren Beinen hin und her fuhr, fast wie ein Streicheln, aber grober. Vor ihr tauchte ein Mann auf. Er grinste sie an, aber es war ein sehr humorloses Grinsen.

Mit einem Schrei riß sie sich von dem Arm los, der sie festhielt. Der überraschte Gefangene konnte nur noch nach Luft schnappen, als Ripleys Faust in seinem Gesicht und ihr Fuß zwischen seinen Beinen landete. Aber noch während er zusammensackte, hatte Junior seine kräftigen Arme um sie gelegt, sie unter dem ermutigenden Gelächter seiner Begleiter hochgehoben und dann flach auf den Boden gedrückt, quer über eine vor sich hinrostende Röhre. Die anderen Männer drängten sich heran, und ihre Körperausdünstungen überdeckten fast den Geruch des Salzwassers. Ihre Augen glitzerten.

»Schluß damit!«

Gregor drehte sich herum, und als er die sich nahende Silhouette ausmachen konnte, verengte sich sein Blick. Es war Dillon. Der Häftling zwang sich zu einem Grinsen.

»Spring in den Sattel, Mann. Willst du als erster?«

Dillons Stimme war tief und bedrohlich. »Ich sagte, Schluß damit.«

Junior, der mit seinem ganzen Gewicht auf der nach Atem ringenden Ripley lag, knurrte über die Schulter: »He, was geht es dich an, Mann?«

»Es ist nicht richtig.«

»Verpiß dich.«

Dillon bewegte sich mit erstaunlicher Schnelligkeit. Die beiden anderen Männer hinten gingen hart zu Boden. Junior wirbelte herum und wollte seine riesige Faust wie einen Hammer auf Dillon niederbringen, aber sein Widersacher wich aus, versetzte ihm einen Schlag in den Magen und griff nach einem Stück Eisen. Stolpernd versuchte Junior ihn umzurempeln, aber das Eisen sauste auf seinen Schädel nieder. Nach einem zweiten, härteren Schlag fiel er wie ein Stein.

Die anderen kauerten noch auf dem Müll, und Dillon versetzte ihnen noch einen Tritt, nur um ihnen etwas zum Nachdenken zu geben. Dann wandte er sich ernst an Ripley.

»Sind Sie okay?«

Sie richtete sich schwer atmend auf. »Ja. Außer meinem Stolz ist nichts verletzt worden.«

»Verschwindet.« Er deutete auf seine Mithäftlinge. »Ich muß einige der Brüder noch einmal erziehen. Wir werden einige Glaubensfragen diskutieren.«

Sie nickte, schulterte den Sack voll Bishop und machte sich auf den Weg zum Eingang. Als sie an den Männern auf dem Boden vorbeiging, blickte Gregor zu ihr hinauf. Sie verpaßte ihm einen strammen Schlag auf den Mund und ging dann weiter. Sie fühlte sich schon viel besser.

VII

Es gibt die Nacht, die Dunkelheit bringt. Dann gibt es die hartnäckige Leere der Träume, deren Licht nur von kurzer Dauer ist. Hinter all dem liegt die große Leere, beleuchtet von Abermillionen nuklearer Feuer.

Die wahre Dunkelheit, die wirkliche Abwesenheit des Lichtes, der Ort, an dem ein streunendes Photon so unwirksam ist wie eine atomare Anomalie, liegt tief im Kern der Erde. »In Höhlen, die kein Mensch ermißt«, wie der alte Vers es rhythmisch ausdrückt. Aber auch in jenen Spalten und Furchen, die der Mensch schafft, um an die Reichtümer des Planeten zu gelangen.

Ein kleiner, aber in sich eindrucksvoller Teil Fiorinas war von einem solchen Geflecht von Ausschachtungen durchzogen. Wie die Teile eines riesigen unsichtbaren Puzzles kreuzten sie sich und gingen ineinander über. Ihre Gesamtstruktur war nur den Karten zu entnehmen, die von den Bergleuten zurückgelassen worden waren.

Boggs hielt seine wachsimprägnierte Fackel hoch und bewegte sie hin und her, während Rains eine Kerze anzündete. Diese Männer fürchteten sich nicht vor der Dunkelheit. Für sie war sie lediglich die Abwesenheit von Licht. In den Tunneln war es auch warm, fast schon bedrückend warm.

Rains stellte die langbrennende Kerze auf den Boden, neben die Schachtwand. Hinter ihnen zog sich eine Reihe gleicher Lichter bis in die Dunkelheit zurück und zeigte ihnen an, welchen Weg sie gegangen waren. Zugleich wiesen sie den Pfad, der sie wieder zum bewohnten Teil des Komplexes zurückführte.

Golic setzte sich und lehnte sich an eine Tür, die in den massiven Felsen gebaut war. Die Aufschrift auf dem Metall war durch die Zeit und die Arbeit zerkratzt und abgeblättert.

GIFTMÜLL-DEPONIE
HERMETISCH VERSIEGELTES GEBIET
EINTRITT FÜR NICHTBEFUGTE UNTERSAGT

Das kam den Expediteuren gerade recht. Sie waren froh, als Nichtbefugte zu gelten.

Rains hatte die Karte vor seinen Füßen auseinandergefaltet. Er beugte sich tief über sie und studierte die Gänge und Schächte beim Licht seiner Fackel. Die Karte zeigte kein simples Muster horizontaler und vertikaler Linien. Es gab alte Schächte und relativ neue, manche waren geschlossen, andere wieder geöffnet worden, es gab Winkel und verengte Zugänge, die man nur für bestimmte Spezialmaschinen gebohrt hatte. Ganz zu schweigen von den Tausenden sich schneidenden Luftschächten. Die verschiedenen Formen waren durch verschiedene Farben gekennzeichnet.

Andere, frühere Expeditionen hatten den Gefangenen eine Vorstellung davon gegeben, was sie erwartete, aber es bestand immer die Möglichkeit, daß jedes neue Suchteam auf etwas Unerwartetes stieß. Ein falsches Byte in der Speichereinheit konnte dafür sorgen, daß ein abgrundtiefer Schacht zehn Meter näher lag, als man glaubte, oder man ihn in einem ganz anderen Tunnel vermutete. Die Karte war bestenfalls ein vager Führer. Also bewegten sie sich vorsichtig vorwärts und verließen sich lieber auf ihre eigenen Sinne als auf veraltete Ausdrucke.

Boggs setzte sich ebenfalls. »Wieviel?« Obwohl er leise sprach, hallte seine Stimme dennoch die glatten Wände des Tunnels hinunter.

Rains verglich die Karte mit seinem tragbaren Datengerät. »Mit dieser einhundertundsechsundachtzig.«

Sein Begleiter stöhnte. »Ich denke, wir lassen es gut sein und machen uns auf den Rückweg.«

»Geht nicht.« Rains deutete auf die scheinbar endlose Tunnelstrecke, die noch vor ihnen lag. »Wir müssen zumindest diesen Abschnitt noch überprüfen, sonst haut uns Dillon zu Brei.«

»Wenn er nichts weiß, kann er sich auch über nichts ärgern. Ich werde ihm nichts erzählen. Wie sieht's mit dir aus, Golic?« Der dritte Mann des Trios wühlte in seinem Rucksack herum. Als er seinen Namen hörte, blickte er auf, runzelte die Stirn und gab ein tiefes, offenbar fragendes Geräusch von sich.

»Genau das habe ich mir gedacht«, murmelte Boggs sarkastisch.

Golic ging auf einen altertümlichen Zigarettenautomat zu. Er brach das Schloß auf, öffnete die Glastür und schob die noch brauchbaren Narko-Zigaretten paketweise in seine Taschen. Wie immer kaute er beim Arbeiten.

Auf der Oberfläche hätte man seine Geräusche weitaus weniger wahrgenommen, aber in der abgeschlossenen Umgebung und der vollkommenen Stille im Tunnel klangen die mahlenden Kaubewegungen des dritten Mannes wie eine große, schlecht geölte Maschine. Boggs beschwerte sich.

»Kannst du nicht wenigstens den Mund zumachen, wenn du kaust? Oder noch besser, schluck den Mist, den du da in dich hineinstopfst, doch gleich ganz runter. Ich versuche hier, herauszukriegen, wie groß dieser Abschnitt ist, damit wir wissen, ob es sich um eine offizielle Giftmülldeponie handelt oder die private Vorratskammer eines Minenarbeiters. Aber bei dem gottverdammten Lärm, den du machst, kann ich nicht nachdenken.«

Rains raschelte entrüstet mit der Karte. »Daß wir so weit entfernt von den anderen sind, sollte nicht bedeuten, daß wir die Regeln verletzen. Du sollst nicht fluchen.«

Boggs verzog den Mund. »Tut mir leid.« Er durchbohrte Golic mit Blicken, aber der schien ihn gar nicht zu bemerken.

Schließlich gab er es auf, erhob sich und schielte den Tunnel hinunter. »Wir haben das gesamte Gebiet einmal umkreist. Mehr kann man nicht verlangen. Wie viele Kerzen haben wir nochmal aufgestellt?« Keine Antwort. »Rains, wie viele Kerzen?«

Sein Begleiter hörte ihm nicht zu. Er war damit beschäftigt, sich wie wild zu kratzen, eine intensive, nervöse Reaktion, die nicht das geringste mit den Wanzen zu tun hatte, die es in den Tunneln auch gar nicht gab. Rains Verhalten war so untypisch und uncharakteristisch, daß selbst Golic aufhörte zu kauen. Boggs bemerkte, daß er wie gebannt in die Richtung starrte, aus der sie gekommen waren.

Eine nach der anderen verlöschten die Kerzen, die ihren Weg zurück zur Oberfläche markierten.

»Scheiße, warum gehen die aus?«

Golic kräuselte die Lippen und wischte sich mit dem Handrücken Essensreste vom Mund. »Du sollst doch nicht fluchen.«

»Halt den Mund.« Es war nicht Furcht, die in Boggs Stimme mitklang... in den Tunneln gab es nichts zu fürchten... aber doch so etwas wie Besorgnis. »›Scheiße‹ darf man sagen. Das ist nicht gegen Gott.«

»Woher weißt du das?« fragte Golic mit einer fast kindlichen Neugier.

»Weil ich ihn gefragt habe, als ich mich das letzte Mal mit ihm unterhalten habe. Und er hat gesagt, es ist okay. Jetzt halt den Mund.«

»Dillon dreht durch, wenn wir gar nichts mitbringen«, meinte Golic. Die undurchsichtige Situation machte ihn offenbar gesprächig. Boggs erkannte, daß er es vorzog, wenn sein Mithäftling aß und still war.

»Soll er durchdrehen.« Er wartete, während Rains eine weitere Kerze anzündete. Zögernd packte Golic den Rest seines Essens ein und erhob sich. Alle drei starrten den Tunnel hinunter, in die Richtung, aus der sie gekommen waren. Was immer die Kerzen ausgeblasen hatte, es blieb unsichtbar.

»Muß ein Luftzug aus einem der Ventilationsschächte gewesen sein. Ein Rückstrom aus der nächstgelegenen Zirkulationseinheit. Oder vielleicht ein Sturm auf der Oberfläche. Ihr wißt, was diese plötzlichen Luftwirbel anrichten können. Verdammt! Woher sollen wir wissen, wo wir sind, wenn alle Kerzen ausgehen?«

»Wir haben ja noch die Karte.« Rains umklammerte den stabilen Ausdruck.

»Darauf willst du dich verlassen, um wieder zurückzukommen?«

»He, das habe ich nicht gesagt. Aber es ist nicht so, daß wir uns verirrt hätten. Wir haben nur ein kleines Problem.«

»Aber mir gefällt dieses kleine Problem nicht, und ich habe auch keine Lust, länger als absolut nötig hier unten festzusitzen.«

»Ich auch nicht.« Rains seufzte ergeben. »Ihr wißt, was das bedeutet. Jemand muß zurückgehen und die Kerzen wieder anzünden.«

»Es sei denn, du entscheidest, daß wir nicht mehr weitergehen«, meinte Boggs hoffnungsvoll.

Rains brachte ein Grinsen zustande. »Haha. Wir beenden noch diesen Tunnel. Dann können wir umkehren.«

»Wie du willst.« Boggs verschränkte die Arme, und es gelang ihm, einen Mann darzustellen, der es überhaupt nicht eilig hatte. »Es ist deine Pflicht; du mußt es machen.«

»Stimmt schon. Okay, sieht so aus, als sei ich nominiert.«

Boggs deutete auf Golic. »Gib ihm deine Fackel.«

Der andere Mann zögerte. »Dann haben wir ja nur noch eine.«

»Was soll daran so schlimm sein?« Boggs schwenkte seine Fackel, um seine Meinung zu verdeutlichen. »Wir haben ja auch noch den Rest der Kerzen. Außerdem ist Rains ja bald wieder zurück, nicht wahr, Kumpel?«

»So schnell ich kann. Wird schon nicht allzu lange dauern.«

»Also gut.«

Mißmutig reichte Golic dem größeren Mann seine Fackel. Er und Boggs sahen zu, wie ihr Begleiter die Reihe der Kerzen abging und immer wieder stehenblieb, um jede erneut anzuzünden. Sie standen alle noch an der gleichen Stelle. Nichts deutete darauf hin, was sie hatte verlöschen lassen.

Nur ein plötzlicher Luftzug, sagte sich Rains. Was sonst. Boggs Stimme hallte durch den Tunnel, schon recht weit entfernt und dünn.

»He, Rains, paß auf, wo du hintrittst!« Sie hatten die beiden tiefen Schächte, an denen sie vorbeigekommen waren, zwar markiert, aber wenn man sich in der Dunkelheit zu schnell bewegte, konnte immer ein Unglück geschehen.

Rains freute sich über die Anteilnahme. Wenn man mit einigen wenigen Leuten für einen verhältnismäßig langen Zeitraum eng zusammenlebt, lernt man, sich aufeinander zu verlassen. Nicht, daß Boggs einen Grund zur Sorge gehabt hätte. Rains bewegte sich mit bewundernswerter Vorsicht vorwärts.

Vor ihm ging eine weitere Kerze aus. Er runzelte die Stirn. Kein Hauch war zu spüren, nicht die Spur eines Luftzuges. Was sonst konnte die Kerze zum Verlöschen bringen? Nur wenige Lebewesen hielten sich für längere Zeit in den Schächten auf. Es gab ein primitives, größeres Insekt, das vielleicht eine Kerze umstoßen konnte, aber eine ganze Reihe ausblasen? Er schüttelte nachdenklich den Kopf, auch wenn niemand die Geste mitbekam. Das Insekt konnte es nicht gewesen sein.

Was dann?

Die Kerzen, die er angezündet hatte, brannten beruhigend hinter ihm. Er zog die Schultern hoch. Hier waren keine geheimnisvollen Kräfte am Werk. Er hob die Fackel und hielt sie hoch. Nichts zu sehen.

Der Häftling kniete nieder, zündete eine weitere Kerze an und wollte gerade auf die nächste zugehen, als das Licht seiner Fackel einen Teil der glattgeschliffenen Felswand vor ihm erhellte. Und etwas Großes, Knochiges.

Etwas, das sich bewegte.

Schnell, allzu schnell. Boggs nahm reflektierende Splitter wahr, so wie verchromtes Glas in hartem schwarzen Metall. Das Wesen gab ein erstaunlich weiches, gurgelndes Geräusch von sich, als es ihn lautlos ansprang. Er wußte nicht, was es war, hatte so etwas nie zuvor gesehen, außer vielleicht in einigen besonders bösen Träumen aus seiner Kindheit, an die er sich kaum noch erinnerte.

Schon war es über ihm, und in diesem Augenblick hätte er sich gerne in seinen schlimmsten Alptraum zurückgeflüchtet.

Hundert Meter den Tunnel hinauf hörten Golic und Boggs das Echo des einzigen Schreis ihres Begleiters. Boggs brach der kalte Schweiß aus. Sein Nacken und seine Hände waren naß. Zu ihrem Schrecken brach der Schrei nicht abrupt ab, sondern verhallte langsam und stufenweise in der Dunkelheit. Schließlich klang er wie ein hohes Pfeifen.

In Panik ergriff Boggs die übriggebliebene Fackel und rannte den Tunnel hinauf, fort von dem Schrei. Golic folgte ihm.

Boggs wunderte sich, daß er noch so schnell laufen konnte. Für ein paar Augenblicke schien Golic ihm nicht folgen zu können. Doch dann zeigte sich, daß er nicht genug Luft hatte, und er wurde langsamer. Die Fackel warf wirre Schatten auf die Wände, die Decke, den Boden. Als Golic ihn eingeholt hatte, war er gleichermaßen erschöpft wie verwirrt. Es war reines Glück, daß sie nicht in eine offene Probegrube oder einen vertikalen Verbindungsschacht gefallen waren.

Golic stolperte leicht, hielt dann den anderen Mann am Arm fest und wirbelte ihn herum. »Hast du das gehört?« keuchte er mit stumpfem Entsetzen. »Das war Rains. O Gott, es war Rains.«

»Ja.« Boggs rang nach Atem. »Ich hab's gehört. Ihm ist irgendwas passiert.« Er hob die Fackel hoch und leuchtete den verlassenen Tunnel hinab. »Wir müssen ihm helfen.«

»Ihm helfen?« Golics Augen weiteten sich. »Du kannst ihm helfen. Ich will nur hier raus.«

»Ganz ruhig. Das will ich auch, bestimmt. Aber zuerst müssen wir rauskriegen, wo wir überhaupt sind.«

»Steht da nicht eine Kerze?«

Boggs drehte sich um und machte einige vorsichtige Schritte. Tatsächlich. Die Reihe der flackernden Kerzen war deutlich sichtbar, bis sie sich in der Ferne verlor.

»Mist. Wir müssen einen Zugangsweg gekreuzt haben. Wir sind im Kreis gelaufen. Wir sind wieder...«

Er blieb stehen und richtete seine Fackel auf die gegenüberliegende Wand. Dort lehnte eine Gestalt, so steif als käme sie geradewegs aus dem Kühlhaus.

Rains.

Er sah sie nicht an, er starrte ins Nichts. Seine Augen waren weit geöffnet und so unbeweglich wie gefrorenes Gelee. Der Ausdruck auf seinem Gesicht war nicht für menschliche Wesen bestimmt. Sein Körper war... er war...

Boggs spürte einen säuerlichen Geschmack in der Kehle und beugte sich nach vorne. Er erbrach sich in einem kräftigen Schwall. Die Fackel fiel aus seinen zitternden Händen, und Golic bückte sich, um sie aufzuheben. Als er sich aufrichtete, fiel sein Blick an die Decke.

Dort oben war etwas. Etwas war an der Decke. Es war groß und schwarz und schnell, und sein Gesicht war wie eine Vision der Hölle. Während er es noch mit offenem Mund anstarrte, griff es nach unten, wie eine riesige Fledermaus an seinen klauenbehafteten Hinterbeinen hängend, und umschloß Boggs Kopf mit einem Paar Hände, das Finger wie gelenkige Kabel besaß. Der Häftling zog scharf den Atem ein und verschluckte sich an seinem Erbrochenen.

Mit einer abrupten, ruckartigen Drehung riß der arachnoide Horror Boggs den Kopf von den Schultern, so genau, als hätte Golic einen losen Bolzen von einer Schraube entfernt. Aber nicht ganz so sauber. Ein Springbrunnen aus Blut ergoß sich aus dem blutigen Torso und spritzte über das Wesen, Rains Körper und den fassungslosen Golic. Der blutige Schauer löste seine Lähmung, aber gleichzeitig ging etwas in seinem Kopf entzwei.

Mit abscheulicher Gleichgültigkeit warf das Ungeheuer Boggs enthaupteten Kopf beiseite und wandte sich der verbliebenen zweibeinigen Lebensform zu. Seine Zähne glänzten wie die Platinbarren, die man den Gedärmen Fiorinas entrissen hatte.

Golic wirbelte herum und raste den Tunnel hinab. Dabei heulte er auf, als seien alle Heerscharen der Verdammten hinter ihm her. Er achtete nicht darauf, wohin er lief, und er dachte nicht daran, was er gesehen hatte. Vor allem aber blickte er sich nicht um. Das wagte er nicht.

Er wußte: wenn er es tat, könnte er etwas sehen.

Bishops Überreste lagen sorgfältig ausgebreitet auf dem Arbeitstisch. Helle Spots beleuchteten jedes Einzelteil, Werkzeuge lagen in speziellen Behältern bereit. Die Fülle der haardünnen fiberoptischen Drähte war geordnet.

Ripley hatte einfach versucht, das Beste daraus zu machen. Ihre Kenntnisse reichten nicht aus, um Reparaturarbeiten auf Mikroskoplevel auszuführen. Sie hatte viel Zeit damit verbracht, die Drähte zusammenzuflicken, so gut wie sie konnte, sie zu versiegeln und zu umwickeln. Sie hatte die offensichtlichen Verbindungen hergestellt und konnte nur hoffen, daß ihr begrenztes Improvisationstalent ausreichte.

Nun wischte sie sich über die Stirn und betrachtete ihre Handarbeit. Es sah recht vielversprechend aus, aber das wollte gar nichts heißen. Theoretisch konnte es funktionieren, aber theoretisch hätte sie auch nicht in den Schwierigkeiten sein sollen, in denen sie nun war.

Man mußte es einfach versuchen. Sie testete die wichtigsten Verbindungen und berührte einen Schalter. Ein kurzes Knistern ließ sie in ihrem Stuhl hochfahren. Sie justierte eine Verbindung und betätigte den Schalter erneut. Dieses Mal gab es keinen unerwarteten Blitz.

Vorsichtig schob sie ein Bündel fiberoptischer Leitungen in das, was hoffentlich ein noch funktionierender, selbstordnender Kontaktstecher war. Eine rote Digitalanzeige an der Testeinheit ging sofort von Null auf sieben bis acht. Als sie einen weiteren Knopf drückte, flackerten die Werte auf, blieben aber beständig.

Das verbliebene intakte Auge des Androiden blinzelte. Ripley beugte sich vor und fragte sich, warum sie eigentlich flüsterte.

»Kommando für verbale Interaktion. Testsequenz ablaufen lassen.«

Irgendwo in dem angeschlagenen künstlichen Schädel

wimmerte etwas. Weitere Anzeigen auf der Testeinheit blinkten ermutigend. Aus dem künstlichen Kehlkopf drang ein verworrenes Blubbern und die Kollagen-Lippen bebten.

Vorsichtig griff sie in die offene Kehle und justierte etwas. Das Blubbern klarte sich auf, und das Auge richtete sich auf ihre Gesicht.

»Ripley.«

Sie holte tief Luft. Visuelle und sprachliche Koordination waren vorhanden, das Gedächtnis offenbar auch. Die externen Ohren sahen noch ganz brauchbar aus, aber das bedeutete nichts. Alles was zählte, war der Zustand der internen Leitungen.

»Hallo Bishop.« Sie wunderte sich über den warmen Klang ihrer Stimme. Schließlich sprach sie nicht mit einem menschlichen Wesen. »Bitte geben Sie mir einen vorläufigen Zustandsbericht.«

Es gab eine kleine Pause. Dann rollte zu Ripleys Erstaunen das eine Auge vielsagend in seiner Höhle. »Lausig. Motorische Funktionen bei Null. Extra-kraniale Sensoren antworten nicht. Aussichten für die Ausführung programmierter Funktionen Null. Minimale sensorische Möglichkeiten kaum operativ einsetzbar. Keine besonders optimistische Selbst-Diagnose, fürchte ich.«

»Tut mir leid, das zu hören«, sagte Ripley. Sie meinte es ehrlich. »Ich wünschte, es wäre anders.«

»Nicht so sehr wie ich.«

»Können Sie irgend etwas fühlen?«

»Ja. Mein Bein schmerzt.«

Sie zog die Lippen zusammen. »Ich muß Ihnen leider...«

»Schon okay. Schmerzsimulation. Das sind auch nur Daten. Und nach meinem jetzigen Zustand zu schließen, sind sie wahrscheinlich nicht korrekt. Bestätigung?«

»Leider ja.« Ripley brachte ein müdes Lächeln zustande. »Ich fürchte, daß Ihre Beine wie auch das meiste andere den Weg allen Fleisches gegangen sind.«

»Zu schade. Die ganze Qualitätsarbeit, alles weg. Nicht, daß es im großen und ganzen viel bedeutet. Schließlich bin ich letzten Endes nur ein frisierter Toaster. Wie geht es Ihnen? Ihre neue Frisur gefällt mir. So sah ich auch aus, bevor man mir meine Accessoires verpaßt hat. Sogar genauso glänzend.«

»Offenbar ist Ihr Sinn für Humor noch vollkommen intakt.«

Das Auge blinzelte. »Wie ich schon sagte, die entscheidenden mentalen Funktionen sind einsetzbar. Humor nimmt nur einen kleinen Teil meiner RAM-interpretativen Speicherkapazität ein.«

»Dem würde ich nicht zustimmen.« Ihr Lächeln verschwand. »Ich brauche Ihre Hilfe.«

Aus den künstlichen Lippen drang ein gurgelndes Geräusch. »Erwarten Sie nichts besonderes.«

»Ich glaube nicht, daß extensive Analyse notwendig ist. Eher ein offenes Sondieren. Wo ich jetzt bin, gibt es nicht viel, mit dem man intrusiv arbeiten könnte. Was ich wissen muß, ist folgendes: können Sie sich Zugang zur Datenbank eines RF-Flugschreibers verschaffen?«

»Kein Problem. Warum?«

»Das kann Ihnen der Flugschreiber schneller erklären als ich. Und sagen Sie mir, warum wir hier sind.«

Das Auge drehte sich. »Ich kann es so gerade eben sehen. Sie müssen einen direkten Anschluß an das Gehirn vornehmen, da meine Hilfsanschlüsse nicht mehr vorhanden sind.«

»Ich weiß. Ich habe alles vorbereitet... hoffe ich.«

»Also los, schließen Sie es an.«

Sie nahm die Kabelstränge, die aus der schwarzen Box liefen und beugte sich über den enthaupteten Schädel. »Ich habe so etwas noch nie gemacht. Es wird Ihnen doch nicht weh tun?«

»Im Gegenteil, ich hoffe, daß ich mich dann besser fühle.«

Sie nickte und führte die Stränge vorsichtig in einen der vielen Rezeptoren auf der Hinterseite des Kopfes ein und bewegte sie leicht hin und her, um zu prüfen, ob sie auch fest saßen.

»Das kitzelt.« Ihre Hände zuckten zurück. »Das war ein Scherz.« Der Android lächelte ihr aufmunternd zu. »Einen Moment.« Sein Auge schloß sich, und was von der Stirn noch übrig war, legte sich in nachdenkliche Falten. Das war, dachte sie bewundernd, natürlich nur ein überflüssiges Stück kosmetischer Programmierung, aber es war ermutigend zu sehen, daß außer den elementaren Funktionen noch mehr zu arbeiten schien.

»Ich bin da«, murmelte der Android einige Augenblicke später. »Hat länger gebraucht, als ich dachte. Ich mußte einen Probelauf durch verschiedene beschädigte Sektoren machen.«

»Ich habe den Flugschreiber untersucht, nachdem ich ihn entdeckt hatte. Er schien okay zu sein.«

»Ist er auch. Die beschädigten Sektoren sind in mir. Was wollen Sie wissen?«

»Alles.«

»McNary Flugschreiber, Modell OV-122, Seriennummer FR-3664874, installiert am...«

»Sind Ihre Spracherfassungsschaltkreise hinüber? Sie wissen, was ich meine. Alles von dem Zeitpunkt ab, an dem der Notfall eintrat. Was ist auf der Sulaco geschehen? Warum wurden die Hyperschlaftruhen abgestoßen?«

Eine neue Stimme drang aus der Kehle des Androiden. Sie klang weiblich und mechanisch. »Explosive Gase im Hyperschlafraum. Feuer im Hyperschlafraum. Die Besatzung soll die Evakuierungspunkte aufsuchen.« Bishops Stimme kam zurück. »Es gibt dann eine Anzahl von Wiederholungen, ohne daß sich am Inhalt der Mitteilungen viel ändert. Wollen Sie die alle hören?«

Ripley rieb sich das Kinn und dachte angestrengt nach. »Nein, das reicht für den Moment. Explosive Gase? Woher kamen sie? Und wie entstand das Feuer?« Als sie keine Antwort erhielt, fragte sie beunruhigt: »Bishop? Können Sie mich hören?«

Ein Gurgeln, dann ertönte wieder die seidige Kunststimme des Androiden. »Tut mir leid. Es ist schwerer für mich, als ich dachte. Das Aufladen und die Funktionen schwächen meine schon beschädigten Sektoren. Ich verliere ständig Gedächtnis- und Antwortfähigkeiten. Ich weiß nicht, wie lange ich das durchhalte. Halten Sie Ihre Fragen besser knapp.«

»Lassen Sie mich nicht im Stich, Bishop«, antwortete sie besorgt. »Ich habe Sie nach dem Feueralarm gefragt.«

»Feuer...« Ein leichtes Knistern. »Ja. Es war ein elektrisches Feuer im Fußboden des Hyperschlafraumes. Die Anwesenheit eines Katalysators in Verbindung mit beschädigten Stoffen hat das explosive Gasgemisch hervorgebracht. Die Entlüftung versagte völlig. Das Resultat war eine sofort lebensbedrohliche Situation. Daher die Entscheidung des Computers zu evakuieren. Das RF stellte fest, daß nach der Evakuierung eine Explosion an Bord stattgefunden hat, bei der Teile der RF-Steuerung beschädigt wurden. Deshalb verlief unsere Landung hier nicht ganz perfekt. Gegenwärtiger Status der Sulaco unbekannt. Weitere Details des Fluges von der Sulaco zur jetzigen Position sind verfügbar.«

»Nicht nötig. Haben die Sensoren auf der Sulaco vor der Notabsprengung irgendeine frei bewegliche Lebensform registriert?«

Einen Moment war es still. »Es ist sehr dunkel hier, Ripley«, flüstere der Android. »Hier drinnen. Ich bin das nicht gewohnt. Während wir sprechen, schalten sich Teile von mir ab. Es wird schwerer für mich, Überlegungen anzustellen. Ich muß mich auf die Gesetze der Logik stützen, und das gefällt mir nicht. Es ist mir zu starr. Dafür bin ich nicht gebaut worden. Ich bin nicht mehr der, der ich war.«

»Halten Sie noch durch, Bishop«, bedrängte sie ihn. Sie versuchte die Stromstärke zu erhöhen, aber erreichte bloß, daß sich sein Auge leicht weitete, und schaltete eilig auf die vorgegebene Spannung zurück. »Sie wissen, wonach ich frage. Gibt der Flugschreiber Hinweise darauf, daß außer den vier Überlebenden von Acheron noch jemand an Bord der Sulaco war. War ein Alien an Bord? Bishop!«

Nichts. Sie arbeitete an der Feinabstimmung, drückte auf Knöpfe. Das Auge rollte.

»Lassen Sie das. Ich bin noch da, genau wie die Antworten. Es dauert nur länger und länger, uns beide zusammenzubringen. Um Ihre Frage zu beantworten: ja.«

Ripley holte tief Atem. Der Arbeitsraum schien sich um sie zu schließen, die Wände rückten scheinbar zusammen.

Nicht, daß sie sich auf der Krankenstation sicherer gefühlt hätte. Es war lange her, daß sie ein Gefühl von Sicherheit gespürt hatte.

»Ist es noch auf der Sulaco, oder ist es im RF mit uns zusammen hier gelandet?«

»Es war die ganze Zeit bei uns.«

Ihre Stimme verfinsterte sich. »Weiß die Gesellschaft Bescheid?«

»Die Gesellschaft weiß genau, was auf dem Schiff passiert ist, von dem Zeitpunkt an, da es die Erde in Richtung Acheron verlassen hat bis jetzt, vorausgesetzt, daß es noch intakt ist. Alle Daten gingen in den Zentralcomputer und wurden dann in das Netzwerk eingespeist.«

Ein tödliches Déjà-vu-Gefühl ergriff von Ripley Besitz. Schon einmal hatte sie sich mit der Gesellschaft angelegt und gesehen, wie sie reagiert hatten. Jedes bißchen gesunder Menschenverstand oder Menschlichkeit, das jene gesichtslose Organisation besaß, wurde von einer alles umfassenden, übermächtigen Gier unterdrückt. Auf der Erde alterten die einzelnen Mitarbeiter und starben. Sie wurden von neuen Mitarbeitern ersetzt, von neuen Direktoren. Doch die Gesellschaft selbst war unsterblich. Ripley bezweifelte, daß die Zeit irgendwelche bedeutsamen Veränderungen der Firmenpolitik bewirkt hatte, ganz zu schweigen von der Firmenethik. Aber ein solches Risiko konnte sie sowieso nicht eingehen.

»Wollen sie noch immer einen Alien?«

»Ich weiß es nicht. Verborgene Firmenziele waren nicht Bestandteil meiner Programmierung. Zumindest glaube ich das. Ganz sicher bin ich mir nicht. Ich fühle mich nicht sehr gut.«

»Tun Sir mir einen Gefallen, Bishop: sehen Sie sich noch einmal genau um.«

Sie wartete, während er suchte. »Tut mir leid«, sagte er schließlich. »Ich finde nichts mehr. Das bedeutet nicht, daß dort niemals etwas war. Ich bin nicht länger in der Lage, mir Zugang zu denjenigen Sektoren zu verschaffen, wo solche Informationen normalerweise gelagert wurden. Ich wünschte, ich könnte mehr für Sie tun, aber in meinem jetzigen Zustand bin ich nicht mehr viel wert.«

»Unsinn. Ihr Identitätsprogramm ist noch immer intakt.« Sie beugte sich vor und strich sachte über den enthaupteten Schädel. »Da ist noch immer eine Menge Bishop drin. Ich werde Ihre Programme aufbewahren. Speicherkapazität habe ich hier genug. Wenn ich hier jemals wegkomme, dann nehme ich Sie auf alle Fälle mit. Dann kann man Sie wieder zusammenflicken.«

»Wie wollen Sie meine Identität aufbewahren? Sie in ein normales ROM-System kopieren? Ich weiß, wie das ist. Kein sensorischer Input, kein Output der Tastsinne. Blind, taub, stumm und unbeweglich. Die Menschen bezeichnen das als Vorhölle. Wissen Sie, wie wir Androiden das nennen? Elektrohölle, das elektronische Fegefeuer. Nein danke. Drehen Sie mich lieber ab, bevor ich durchdrehe.«

»Sie werden nicht durchdrehen, Bishop. Dafür sind Sie zu zäh.«

»Wirklich? Ich bin nur so zäh wie mein Körper und meine Programmierung. Der erstere ist fort, und die letztere verabschiedet sich langsam. Ich wäre lieber eine intakte Erinnerung als eine ausgedörrte Wirklichkeit. Ich bin müde. Mir gleitet alles davon. Tun Sie mir einen Gefallen und schalten Sie einfach ab. Vielleicht könnte ich noch einmal aufgearbeitet und in einem neuen Körper installiert werden, aber sicher nicht ohne omphalotische Schäden, wahrscheinlich auch nicht ohne Identitätsverlust. Ich wäre nie mehr Spitzenklasse. Damit möchte ich nicht konfrontiert werden. Verstehen Sie, was das bedeutet, in die Zukunft zu schauen, mit der Aussicht, weniger zu sein als vorher? Nein danke. Dann bin ich lieber nichts.«

Sie zögerte. »Sind Sie sicher?«

»Tun sie es für mich, Ripley. Das schulden Sie mir.«

»Ich schulde Ihnen gar nichts, Bishop. Sie sind bloß eine Maschine.«

»Ich habe Sie und das Mädchen gerettet, auf Acheron. Tun Sie es für mich... als Freund.«

Sie nickte zaghaft. Das Auge blinzelte ein letztes Mal und

schloß sich dann friedlich. Als sie die Kabelstränge herauszog, zeigte sich keine Reaktion, kein Zucken oder Beben. Der Kopf lag wieder bewegungslos auf dem Arbeitstisch.

»Tut mir leid, Bishop, aber du bist wie ein alter Rechner, freundlich und gut bedienbar. Wenn man dich reparieren kann, dann werde ich dafür sorgen, wenn es einmal so weit kommen sollte. Wenn nicht, dann schlafe sanft, wo immer die Androiden schlafen und versuche nicht zu träumen. Wenn alles klappt, kümmere ich mich später um dich.«

Der Schleier vor ihren Augen lichtete sich, und sie merkte, daß sie die ganze Zeit auf die gegenüberliegende Wand gestarrt hatte. Dort hing ein einzelnes Hologramm. Es zeigte ein kleines strohgedecktes Landhaus, das sich zwischen grüne Bäume und Hecken schmiegte. Ein kristallklarer grün-blauer Bach schlängelte sich vor dem Haus, und ein paar Wolken trieben am Himmel. Während sie das Holo betrachtete, verdunkelte sich der Himmel und ein brillanter Sonnenuntergang erschien über dem Gebäude.

Ihre Finger fuhren über die Tischplatte, bis sie sich um einen Präzisionsschraubenzieher geschlossen hatten. Sie schleuderte ihn mit all ihrer nicht unbeträchtlichen Kraft, die von ihrem Schrei der Wut und Frustration noch gesteigert wurde, gegen das Bild, und zufrieden lauschte sie dem Knall, mit dem die kitschige Simulation in glitzernde Scherben zerstob.

Ein Teil des Blutes auf Golics Jacke und seinem Gesicht war schon geronnen und hatte eine dicke, gelatineartige Konsistenz angenommen. Dennoch fielen einige Tropfen auf den Tisch in der Messe. Er aß ruhig und löffelte knusprige Corn Flakes in sich hinein. Ab und an streute er etwas Zucker darüber. Er starrte auf seinen Teller, ohne ihn wahrzunehmen. Was er sah, war ganz persönlich und tief in ihm verschlossen.

Eric, der Tageskoch, kam mit einer Ladung Teller in den Raum. Als er auf den ersten Tisch zuging, fiel sein Blick auf Golic, und er blieb stehen und starrte ihn an. Glücklicherweise waren die Teller unzerbrechlich. Neues Geschirr war auf Fiorina schwer zu beschaffen.

»Golic?« murmelte er endlich. Der Gefangene am Tisch aß weiter und sah nicht auf.

Das Scheppern der Teller lockte andere herbei; Dillon, Andrews, Aaron und Morse, den Häftling Arthur. Genau wie der fassungslose Koch starrten auch sie die Erscheinung an, die da vor ihnen saß.

Schließlich bemerkte Golic, daß ihm soviel Aufmerksamkeit zuteil wurde. Er blickte auf und lächelte.

Ein leeres Lächeln.

Ripley saß allein im hinteren Teil der Krankenstation, als sie ihn hereinbrachten. Sie sah schweigend zu, wie Dillon, Andrews, Aaron und Clemens den in einer Zwangsjacke steckenden Golic zu einem Bett führten und ihn hinsetzten. Sein Gesicht und sein Haar war mit dunklen Blutflecken bedeckt, und seine Augen bewegten sich ständig hin und her. Sie suchten unablässig die Decke ab, die Ventilatorklappen, die Tür.

Clemens tat sein Bestes, ihn zu säubern. Er benutzte weiche Tücher, ein mildes Lösungsmittel und Desinfektionsflüssigkeit. Es ging ihm offenbar nicht so schlimm, wie er aussah. Physisch, zumindest. Andrews, Aaron und Dillon fesselten ihn auf das Bett. Den Mund hatte man ihm nicht zugebunden.

»Macht nur weiter so, hört nicht auf mich. Glaubt mir nicht. Das spielt keine Rolle mehr. Nichts spielt mehr eine Rolle. Ihr frommen Arschlöcher werdet alle sterben. Das Biest hat sich erhoben und es ernährt sich von menschlichem Blut. Nichts kann es aufhalten. Die Zeit ist gekommen.« Er wandte sich vom Direktor ab und starrte geradeaus. »Ich sah es, und es sah mich an. Es hatte keine Augen, aber es sah mich an.«

»Was ist mit Boggs und Rains?« fragte Dillon ruhig. »Wo sind sie? Was ist mit ihnen geschehen?«

Golic blinzelte und betrachtete seine Befrager ohne Reue. »Ich habe es nicht getan. Unten im Tunnel. Sie hatten keine Chance, nicht die geringste. Ich konnte nichts machen, außer mich selbst zu retten. Der Drachen hat es getan. Hat sie wie Schweine abgeschlachtet. Ich war es nicht. Warum soll ich immer an allem schuld sein? Niemand kann es aufhalten.« Er begann gleichzeitig zu lachen und zu weinen. »Keine Chance, nein nein, keine Chance.«

Andrews betrachtete die zitternden Überreste eines menschlichen Wesens. Kein besonderes, sicherlich, aber immerhin ein Mensch. Es freute ihn nicht, aber er war auch nicht wütend. Hier war niemand, auf den man wütend sein konnte.

»Völlig übergeschnappt. Ich will nicht sagen, daß irgend jemand einen Fehler gemacht hat, aber man hätte ihn beizeiten anketten sollen. Natürlich nur figürlich gesprochen.« Der Direktor warf seinem Arzt einen Blick zu. »Unter Drogen gesetzt, meine ich. Haben Sie das nicht kommen sehen, Clemens?«

»Sie kennen mich, Sir. Ich stelle keine Diagnosen, ich verschreibe nur.« Clemens hatte seine Säuberungsarbeiten fast beendet. Golic sah wirklich besser aus, aber nur wenn man ihm nicht in die Augen schaute.

»Ja, natürlich. Vorsorgende Psychologie ist nicht gerade ihre Spezialität. Wenn es jemandem hätte auffallen müssen, dann mir.«

»Nehmen Sie die Schuld nicht auf sich, Sir«, sagte Aaron.

»Das tue ich auch nicht. Ich drücke lediglich ein gewisses Bedauern aus. Manchmal lauert der Wahnsinn ruhig und unsichtbar hinter der Fassade eines Menschen und wartet nur auf den nötigen Reiz, um hervorzubrechen. Wie gewisse Wüstensamen, die nur alle zehn oder elf Jahre aufgehen, wenn die Regenfälle heftig genug sind.« Er seufzte. »Ich würde einen normalen, freundlichen Regen vorziehen.«

»Sie haben es ganz richtig gesagt, Sir«, fügte Aaron hinzu. »Bei diesem Idioten sind sämtliche Sicherungen durchgeknallt.«

»Es freut mich immer wieder, Mr. Aaron, wie Sie die alltägliche Konversation mit einigen kernigen, wenn auch etwas anachronistischen Ausdrücken beleben.« Er wandte sich wieder an seinen Schutzbefohlenen. »Er scheint sich ein wenig beruhigt zu haben. Ihn permanent mit Tranquilizern zu behandeln, ist eine teure Angelegenheit, die ich in den Berichten begründen müßte. Halten wir ihn erst einmal eine Weile von den anderen fern, Mr. Dillon. Vielleicht hat ja schon das einen heilsamen Effekt. Ich will auf keinen Fall, daß er eine Panik verursacht. Clemens, geben Sie diesem armen Irren soviel Beruhigungsmittel, daß er für sich oder andere keine Gefahr darstellt. Mr. Dillon, ich verlasse mich darauf, daß Sie ein Auge auf ihn werfen, wenn er entlassen wird. Hoffentlich erholt er sich etwas. Das würde die Dinge erleichtern.«

»Gut, Direktor. Aber bevor wir nichts über die anderen Brüder erfahren haben, sollte er nicht völlig kaltgestellt werden.«

»Aus dem da werden Sie nichts herausbekommen.« Aaron deutete angewidert auf den zitternden Zwangsjackenträger.

»Wir müssen es versuchen.« Dillon beugte sich vor und studierte das Gesicht seines Mithäftlings. »Reiß dich zusammen, Mann. Sprich mit mir. Wo sind die Brüder? Wo sind Rains und Boggs?«

Golic leckte sich die Lippen. Sie waren böse zerkaut, und trotz der effizienten Behandlung durch Clemens bluteten sie immer noch leicht. »Rains?« flüsterte er. Unter der Anstrengung, die ihn die Erinnerung kostete, legte sich seine Stirn in Falten. »Boggs?« Plötzlich weiteten sich seine Augen wieder, und er blickte erschrocken auf, so als sähe er die Männer um ihn herum zum ersten Mal. »Ich habe es nicht getan! Ich war es nicht. Es war... es war...« Er begann erneut zu schluchzen und hysterisch zu schreien, während er sinnlose Wortfetzen stammelte.

Andrews betrachtete ihn und schüttelte traurig den Kopf. »Hoffnungslos. Mr. Aaron hat recht. Im Moment werden Sie nichts aus ihm herausbekommen, wenn überhaupt jemals. Solange werden wir nicht warten.«

Dillon richtete sich auf. »Wie lauten Ihre Anweisungen, Direktor?«

»Wir müssen einen Suchtrupp losschicken. Vernünftige Männer, die keine Angst vor der Dunkelheit oder voreinander haben. Ich fürchte, daß es gute Gründe für die Annahme gibt, daß dieser einfältige Bastard seine Begleiter getötet hat.« Er zögerte etwas. »Wenn Sie seine Papiere kennen, dann wissen Sie, daß ein solches Szenario nicht unvorstellbar ist.«

»Das kann man so nicht sagen, Sir«, meinte Dillon. »Er hat mich noch nie angelogen. Er ist verrückt. Er ist ein Narr. Aber er ist kein Lügner.«

»Sie meinen es gut, Mr. Dillon, aber glauben Sie nicht, daß Sie Ihren Mithäftling etwas überschätzen?« Andrews mußte seinen Sarkasmus zügeln. »Ich persönlich halte den armen Golic nicht mehr für sehr vertrauenswürdig.«

Dillon preßte die Lippen zusammen. »Ich bin nicht naiv, Sir. Ich weiß so viel von ihm, daß ich ihm helfen möchte, aber ich weiß auch, daß man ihn im Auge behalten muß.«

»Gut. Ich möchte nicht, daß er in seiner Raserei noch mehr Leute verschwinden läßt.«

Ripley erhob sich und kam auf die Gruppe zu. Alle Augen richteten sich auf sie.

»Es besteht eine große Wahrscheinlichkeit, daß er die Wahrheit sagt.« Clemens sah sie erstaunt an. Sie ignorierte ihn. »Ich muß mit ihm über diesen Drachen sprechen.«

Andrews Antwort war deutlich. »Sie werden mit niemandem sprechen, Leutnant. Da Sie nicht vollständig informiert sind, bin ich an Ihrer Meinung nicht interessiert.« Er deutete auf Golic. »Dieser Mann ist ein mehrfacher Mörder, und die Verbrechen, für die man ihn verurteilt hat, waren besonders brutal und scheußlich.«

»Ich habe es nicht getan«, brabbelte der Mann in der Zwangsjacke hilflos.

Andrews blickte umher. »Stimmt es nicht, Mr. Dillon?«

»Ja«, bestätigte Dillon zögernd. »Dieser Teil stimmt.«

Ripley blickte den Direktor eindringlich an. »Ich muß mit Ihnen reden. Es ist wichtig.«

Der ältere Mann überlegte einen Moment. »Wenn ich meinen offiziellen Pflichten nachgekommen bin, würde ich mich freuen, einen kleinen Plausch mit Ihnen zu halten. Einverstanden?«

Es schien, als wolle sie noch etwas sagen, aber dann nickte Ripley nur zustimmend.

VIII

Aaron kümmerte sich um den Wasserkrug und sorgte dafür, daß jeder ein gefülltes Glas vor sich stehen hatte. Er hätte sich die Mühe ersparen können. Sobald Ripley begonnen hatte, achtete niemand mehr auf die Gläser.

Ihre Erklärungen waren eingehend und detailliert. Sie ließ nichts unerwähnt. Sie schilderte, wie die ursprünglichen Alien-Eier im Rumpf des riesigen Schiffes, dessen Herkunft noch immer unbekannt war, auf Acheron entdeckt worden waren. Sie berichtete von der Vernichtung der Besatzung der *Nostromo* und ihrem eigenen Entkommen, von der unheilvollen Rückkehr nach Acheron und dem Flug mit ihren Begleitern, die nun tot waren.

Den Zuhörer mochte ihre Fähigkeit, sich an jede relevante Einzelheit und jedes Detail zu erinnern, verblüffen, aber sich zu erinnern, war nicht das Problem für Ripley. Was sie täglich quälte, war ihre Unfähigkeit zu vergessen.

Nachdem sie ihren Bericht beendet hatte, war es für einige Momente still im Quartier des Direktors. Ripley trank ihr Glas mit gefiltertem Wasser bis zur Hälfte leer und blickte zu Andrews hinüber.

Er faltete seine Hände über dem Bauch zusammen. »Habe ich Sie richtig verstanden, Leutnant? Sie sagen, daß wir es hier mit einem über zwei Meter großen, menschenfressenden Insekt zu tun haben, dessen Körperflüssigkeit säurehaltig ist und das mit Ihrem Raumschiff hier gelandet ist?«

»Wir wissen nicht, ob es tatsächlich ein Insekt ist«, verbesserte sie ihn. »Es ist lediglich die einfachste und offensichtlichste Analogie, aber niemand weiß es genau. Sie geben sich nicht gerne für taxonomische Studien her. Es ist schwierig, etwas zu sezieren, das Ihre Instrumente auflöst, wenn es tot ist, und versucht, Sie zu töten oder zu befruchten, wenn es lebt. Die Kolonie auf Acheron hat sich geradezu auf solche Studien gestürzt. Es hat ihnen nichts genützt. Die Kreaturen haben sie ausgelöscht, bevor sie irgend etwas Wichtiges über sie herausgefunden hatten. Und unglücklicherweise sind all ihre Berichte zerstört worden, als die Schmelzanlage der Basis ihren kritischen Punkt erreicht hatte. Wir wissen nur wenig über sie, gerade genug, um einige Verallgemeinerungen zu treffen.

Alles, was wir mit einiger Sicherheit sagen können, ist, daß sie über ein biosoziales System verfügen, das dem der staatenbildenden Insekten auf der Erde, wie Bienen, Ameisen und so weiter, ungefähr gleicht. Darüber hinaus weiß niemand etwas. Ihre Intelligenz ist wahrscheinlich wesentlich höher als die der Ameisen oder Bienen, aber noch ist es schwer zu sagen, ob sie zu einer Form des logischen Denkens, wie wir es nennen, fähig sind. Ich bin ziemlich sicher, daß sie über den Geruch miteinander kommunizieren. Sie verfügen vielleicht über zusätzliche perzeptive Fähigkeiten, von denen wir nichts wissen.

Sie sind unglaublich schnell, stark und zäh. Ich habe persönlich miterlebt, wie eins von ihnen selbst im interstellaren luftleeren Raum ganz gut überlebt hat, bevor ich es mit den Maschinen des RF rösten konnte.«

»Und es tötet sofort und ist ganz allgemein unangenehm«, fuhr Andrews an ihrer Stelle fort. »Behaupten Sie. Und natürlich erwarten Sie, daß ich diese ganze fantastische Geschichte glaube, nur weil Sie mir Ihr Wort darauf geben.«

»Genau, Sir«, pflichtete Aaron ihm bei. »Wirklich eine tolle Geschichte. So etwas habe ich noch nicht gehört, Sir.«

»Nein, ich erwarte nicht, daß Sie mir glauben«, antwortete Ripley sachte. »Ich habe mit Leuten wie Ihnen schon zu tun gehabt.«

»Ihre letzte Bemerkung möchte ich ignorieren«, entgegnete Andrews gelassen. »Wenn wir für den Augenblick einmal annehmen, daß ich Ihnen Ihre Geschichte im großen und ganzen abnehme, was sollen wir Ihrer Meinung nach unternehmen? Unser Testament aufsetzen und uns auffressen lassen?«

»Für manche Menschen wäre das sicher keine schlechte Idee, aber mir würde es nicht helfen. Man kann diese Dinger bekämpfen. Man kann sie töten. Über welche Waffen verfügen Sie hier?«

Andrews entknotete seine Finger. Er wirkte betrübt. »Dies ist ein Gefängnis. Obwohl es sich auf Fiorina für niemanden lohnt, von hier zu fliehen, wäre es zweifellos keine gute Idee, den Gefangenen Zugang zu Schußwaffen zu gewähren. Jemand könnte auf die Idee kommen, das Versorgungsshuttle zu kapern oder etwas ähnlich Schwachsinniges zu tun. Wenn es also gar keine Waffen gibt, entfällt auch die Versuchung, sie zu stehlen und zu benutzen.«

»Es gibt hier überhaupt keine Waffen?«

»Tut mir leid. Dies ist ein moderner ›sozialer‹ Strafvollzug. Wir arbeiten nach dem Ehrensystem. All diese Männer hier sind besonders schwere Fälle, aber trotzdem leisten sie mehr, als nur ihre Schuld an die Gesellschaft abzuzahlen. Sie arbeiten praktisch als Hausmeister. Die Gesellschaft war der Meinung, daß sie sich durch Waffen eingeschüchtert fühlen könnten und daß ihre Arbeit darunter leiden würde. Warum, glauben Sie, gibt es hier lediglich zwei Aufseher, Aaron und mich? Ohne das System könnten wir diesen Haufen auch nicht mit zwanzig Mann und einem Waffenarsenal unter Kontrolle halten.

Es gibt ein paar große Schlachtermesser im Schlachthaus, in der Kantine und der Küche noch ein paar mehr. Dann noch einige Feueräxte. Nichts besonders Eindrucksvolles.«

Ripley ließ sich in ihren Sessel zurückfallen. »Dann geht es uns an den Kragen«, murmelte sie tonlos.

»Zuerst einmal geht es Ihnen an den Kragen«, entgegnete der Direktor ruhig. »Sie bleiben ab sofort auf der Krankenstation. Unter Quarantäne.«

Sie starrte ihn an. »Wieso?«

»Weil Sie seit Ihrem Auftauchen hier ein Problem dargestellt haben und ich nicht will, daß sich dieses Problem noch vergrößert. Ich bin für diese Angelegenheit, was immer es auch ist, verantwortlich, und ich kann bedeutend besser schlafen, wenn ich immer weiß, wo Sie sich aufhalten. So wie die Dinge liegen, werden die Männer schon nervös genug sein. Wenn Sie dazu noch überall ihre Nase hineinstecken, dann wäre das alles andere als ein stabilisierender Faktor.«

»Das können Sie nicht machen. Ich habe nichts Verbotenes getan.«

»Das habe ich auch nicht behauptet. Ich arrestiere Sie zu Ihrer eigenen Sicherheit. Ich habe hier die Aufsicht und handle in meiner Eigenschaft als Anstaltsleiter. Es steht Ihnen frei, eine Beschwerde beim Untersuchungsausschuß einzureichen, wenn Sie wieder zurück sind.« Andrews lächelte väterlich.

»Sie haben die ganze Station für sich allein, Leutnant. Solange Sie dort sind, brauchen Sie keine Angst vor großen, bösen Monstern zu haben. Stimmt's? Also, seien Sie ein braves Mädchen. Mr. Aaron wird Sie begleiten.«

Ripley erhob sich. »Sie treffen keine gute Entscheidung.«

»Damit kann ich, glaube ich, ganz gut leben. Aaron, sobald Sie den Leutnant zu ihrem neuen Quartier gebracht haben, stellen Sie einen Suchtrupp zusammen. Und zwar schnell. Bis jetzt wissen wir nur, was Golic zusammengeplappert hat. Vielleicht sind Boggs und Rains nur verletzt und warten auf Hilfe.«

»Jawohl, Sir.«

»Sie irren sich vollkommen, Andrews«, meinte Ripley. »Vollkommen. Sie werden in diesen Gängen keinen Lebenden mehr finden.«

»Wir werden sehen.« Er schaute ihr hinterher, während sein Assistent sie hinausführte.

Düster und zornig saß sie auf ihrem Bett. Clemens stand neben ihr und beobachtete sie. Als Aarons Stimme durch die Sprechanlage tönte, blickte sie auf.

»Versammeln Sie sich sofort in der Kantine. Mr. Andrews will eine Versammlung abhalten. Die Kantine. Sofort, Leute.« Ein sanftes elektronisches Brummen begleitete die Durchsage des stellvertretenden Direktors.

Ripley sah den MedTech an. »Gibt es keine Möglichkeit, von Fiorina wegzukommen? Irgendein Notfallshuttle? Irgendeine verdammte Chance zur Flucht?«

Clemens schüttelte den Kopf. »Hast du vergessen, daß wir in einem Gefängnis sind? Es gibt keinen Fluchtweg. Unser Versorgungsschiff kommt alle sechs Monate.«

»Ist das alles?« Sie sackte zusammen.

»Kein Grund zur Panik. Sie schicken jemand her, der dich abholt und diese ganze Geschichte untersucht. Ziemlich bald, schätze ich.«

»Wirklich? Und wie bald?«

»Ich weiß es nicht.« Irgend etwas schien Clemens Sorgen zu machen. »Bis jetzt hatte es niemand eilig, hierherzukommen. Im Gegenteil. Ein Raumschiff von seiner normalen Route abzuleiten, ist schwierig und teuer. Willst du mir nicht sagen, worüber du mit Andrews gesprochen hast?«

Sie wich seinem Blick aus. »Nein. Du würdest mich nur für verrückt halten.« Ihre Aufmerksamkeit wurde auf die andere Seite gelenkt, wo Golic wie gelähmt und mit leeren Augen die Wand anstarrte.

»Eigentlich hätte ich die Information verdient«, murmelte der MedTech. »Wie fühlst du dich?«

Ripley fuhr sich mit der Zunge über die Lippen. »Nicht so toll. Mir ist schlecht, richtig übel. Und ich bin wütend.«

Er zog die Schultern hoch und nickte, mehr zu sich selbst. »Der Schock macht sich langsam bemerkbar. Nichts Ungewöhnliches, nach dem, was du durchgemacht hast. Es ist schon ein Wunder, daß du nicht mit Golic zusammen die leeren Wände anstarrst.« Er kam zu ihr, untersuchte sie kurz und ging zum Schrank. Nachdem er die Sicherung geöffnet hatte, begann er darin herumzustöbern.

»Am besten mixe ich dir noch einen Cocktail.«

Sie sah, wie er den Injektor in die Hand nahm. »Nein. Ich muß wach bleiben.« Instinktiv suchten ihre Augen nach möglichen Fluchtwegen; die Belüftungsklappen, die Tür. Aber ihr Blick verschwamm, ihr Kopf war leer.

Clemens kam mit dem Injektor auf sie zu. »Sieh dich nur an. Das nennst du wach? Du kippst praktisch schon um. Der Körper ist eine verdammt effiziente Maschine, aber eben doch nur eine Maschine. Wenn man ihm zuviel abverlangt, riskiert man eine Überbelastung.«

Sie schob einen Ärmel hoch. »Halt mir keine Vorlesung. Ich weiß, wann ich übertreibe. Gib mir das Zeug einfach.«

Die Gestalt in der Ecke murmelte laut vor sich hin. »Ich weiß nicht, warum sie mir immer die Schuld zuschieben. Komisch, was? Es ist nicht so, daß ich perfekt wäre oder so, aber, du liebe Güte, warum brauchen manche Leute immer einen Sündenbock, für die kleinen Probleme in ihrem Leben?«

Clemens lächelte. »Das war ja richtig tiefschürfend. Danke, Golic.« Er füllte den Injektor und überprüfte die Menge.

Während sie darauf wartete, ihr Medikament verabreicht zu bekommen, sah Ripley zu Golic hinüber. Zu ihrer Überraschung schien er sie anzulächeln, aber seine Miene war unmenschlich, ohne Verstand. Ein reines Idiotengrinsen. Angewidert sah sie weg und dachte an wichtigere Dinge.

»Sind Sie verheiratet?« fragte der Klotz in der Zwangsjacke plötzlich.

Ripley starrte ihn an. »Ich?«

»Sie sollten heiraten.« Golic sprach voller Ernst. »Kinder kriegen... ein süßes Mädchen. Habe viele von der Sorte gekannt. Damals, zu Hause. Mochten mich immer gern. Sie werden auch sterben.« Er begann vor sich hinzupfeifen.

»Bist du?« wollte Clemens wissen.

»Was?«

»Verheiratet?«

»Warum?«

»Ich bin nur neugierig.«

»Nein.« Sie sah, wie er den Injektor hob. »Wie wär's, wenn wir gleichzögen?« fragte sie.

»Könntest du mir das etwas genauer erklären?« antwortete er zögernd.

»Als ich dich gefragt habe, wie du hierhergekommen bist, hast du mir nicht geantwortet. Und als ich nach der Gefängnistätowierung auf deinem Kopf gefragt habe, bist du wieder ausgewichen.«

Clemens sah zur Seite. »Das ist eine lange, traurige Geschichte. Etwas melodramatisch, fürchte ich.«

»Dann unterhalte mich.« Sie verschränkte die Arme über der Brust und wartete.

»Nun, mein Problem war, daß ich smart war. Sehr smart. Ich wußte alles, wirklich. Ich war brillant, und deshalb konnte ich mit allem durchkommen. Und eine Weile gelang mir das auch. Ich war gerade mit der Ausbildung fertig, und trotz einer für meine Vorstellungen erträglichen Medaphinabhängigkeit war mir die ungewöhnliche Leistung gelungen, unter den besten fünf Prozent meiner Klasse abzuschließen. Kennst du diese Droge?« Langsam schüttelte Ripley den Kopf.

»Oh, es handelt sich um eine wirklich schöne Kette von Peptiden und so. Man fühlt sich unbesiegbar, und es schränkt dein Urteilsvermögen in keiner Weise ein. Man muß nur immer ein gewisses Level im Blutkreislauf aufrechterhalten. Aber ein so cleverer Bursche wie ich hatte keine Schwierigkeiten, die notwendigen Vorräte an meiner jeweiligen Arbeitsstätte abzuzweigen.

Ich galt als äußerst vielversprechend, ein zukünftiger Arzt, der außerordentlich talentiert und konzentriert wirkte, voller Einsicht und Mitgefühl. Niemand kam auf den Verdacht, daß ich stets der Patient war, an dem mir am meisten lag.

Es geschah während meiner ersten Anstellung. Das Krankenhaus war froh, daß ich mich bei ihnen beworben hatte. Und ich arbeitete für zwei, beklagte mich nie, lag bei meinen Diagnosen und den Behandlungsmethoden so gut wie immer richtig. Ich hatte gerade eine Sechsunddreißig-Stunden-Schicht im OP hinter mir. Ich ging nach Hause, spritzte mich high wie eine Rakete und kroch gerade ins Bett, um die ganze Nacht umherzutreiben, als mein Telefon klingelte.

Ein Druckbehälter des Treibstofflagers des Krankenhauses war explodiert. Jeder, den sie kriegen konnten, wurde zur Hilfe geholt. Dreißig Personen waren verletzt worden, aber nur ein paar davon mußten auf die Intensivstation. Die anderen brauchten schnelle, aber unkomplizierte Hilfe. Nichts, was ein halbwegs kompetenter Assistenzarzt nicht geschafft hätte. Ich sagte mir, daß ich mich schnell selbst darum kümmern könnte und mich nach Hause schleichen würde, bevor auffiel, daß ich für jemanden, den man um drei Uhr nachts aus dem Bett geholt hatte, verdammt munter und fröhlich wirkte.« Clemens machte eine kleine Pause und sammelte seine Gedanken.

»Elf von den dreißig starben, nachdem ich eine falsche Dosis eines schmerzstillenden Mittels verschrieben hatte. So eine kleine Sache. So eine einfache Sache. Jeder Idiot hätte das hinkriegen können. Jeder Idiot. So ist Medaphin. Schränkt das Urteilsvermögen nicht ein. Nur ab und zu.«

»Das tut mir leid«, sagte sie sanft.

»Das braucht es nicht«, sagte er ohne Selbstmitleid. »Sonst hat mich auch niemand bedauert. Ich bekam sieben Jahre Gefängnis mit lebenslanger Bewährung, meine Approbation wurde auf 3-C reduziert. Dadurch wurde enorm eingeschränkt, was und wo ich praktizieren durfte. Im Gefängnis habe ich mich von meiner wunderbaren Sucht entwöhnt. Egal. Es gab zuviele Verwandte, die sich an ihre Toten erinnerten. Ich hatte keine Aussicht, daß die Restriktionen je wieder aufgehoben würden. Ich hatte meinem Berufsstand Schande bereitet, und der Prüfungsausschuß genoß es, ein Exempel an mir zu statuieren. Du kannst dir vorstellen, wie viele Firmen scharf darauf gewesen wären, jemanden mit meinen beruflichen Qualifikationen einzustellen. So bin ich hier gelandet.«

»Es tut mir immer noch leid.«

»Um mich? Oder um das, was geschehen ist? Wenn es das ist, das tut mir auch leid. Aber die Gefängnisstrafen und die nachfolgenden Einschränkungen? Nein. Ich habe sie verdient. Ich habe alles verdient, was mir passiert ist. Ich habe elf Menschenleben ausgelöscht. Im Vorbeigehen sozusagen, mit einem dummen Grinsen im Gesicht. Sicher hatten die Leute, die ich getötete habe, ebenfalls glänzende Berufsaussichten vor sich. Ich habe elf Familien zerstört. Aber wenn ich es auch niemals vergessen kann, so habe ich doch gelernt, damit zu leben. Das ist das Positive an einem Ort wie diesem. Er hilft einem zu lernen, wie man mit den Dingen lebt, die man getan hat.«

»Warst du hier noch Gefangener?«

»Ja, und ich habe diesen bunten Haufen ganz gut kennengelernt. Na ja, und da sie blieben, bin ich auch geblieben. Mich hätte sowieso sonst keiner eingestellt.« Er beugte sich mit dem Injektor vor. »Also, vertraust du mir mit diesem Ding?«

Während er sich zu ihr herabbeugte, landete das Alien hinter ihm so leise auf dem Boden, wie es von der Decke gefallen war. Es richtete sich aus seiner gebückten Haltung zu voller Größe auf. Daß etwas von seiner Größe sich so lautlos bewegen konnte, war ebenso erstaunlich wie erschreckend. Ripley sah, wie es sich hinter dem lächelnden Arzt auftürmte. Seine metallischen Schneidezähne glänzten im Licht der Deckenstrahler.

Noch während sie versuchte, einen Ton hervorzubringen, fiel ihr auf, daß dieses Alien anders aussah als alle, die sie zuvor gesehen hatte. Der Kopf war größer, der Körper massiver. Die kleineren physischen Unterschiede nahm sie in diesem eingefrorenen Schreckensmoment als kurze Beobachtungsfetzen war.

Clemens beugte sich über sie, plötzlich mehr als nur besorgt. »He, was ist los? Du siehst aus, als würdest du keine Luft mehr kriegen. Ich kann...«

Das Alien riß ihm den Kopf ab und warf ihn beiseite. Noch immer schrie sie nicht. Sie wollte. Sie versuchte es. Aber sie konnte nicht. Aus ihrer Kehle kam Luft, aber kein Geräusch.

Es schob Clemens' blutspritzenden Leichnam weg und blickte zu ihr hinab. Wenn es doch wenigstens Augen hätte, dachte ein Teil von ihr, anstelle dieser visuellen Perzeptoren, die noch niemals jemand untersucht hatte. Egal, wie furchtbar oder blutunterlaufen Augen sein mochten, zumindest konnte man eine Art von Kontakt mit ihnen aufnehmen. Die Fenster der Seele, hatte sie einmal gelesen.

Das Alien hatte keine Augen und wahrscheinlich auch keine Seele.

Sie zitterte. Ripley war schon oft vor Wesen wie diesem geflohen, hatte auch schon oft gegen sie gekämpft. Aber zwischen den engen Wänden der gruftartigen Krankenstation gab es keinen Fluchtweg und keine Waffe. Es war vorbei. Etwas in ihr war froh. Keine Alpträume mehr, nie mehr würde sie schreiend in fremden Betten aufwachen. Endlich Frieden.

»He, los, kommen Sie rüber«, rief Golic plötzlich. »Machen Sie mich los. Ich kann Ihnen helfen. Wir können diese Arschlöcher killen.«

Das Wesen aus einem Höllengemälde von Hieronymus Bosch drehte sich langsam um und sah den Häftling an. Dann wandte es sich wieder der unbeweglichen Frau auf dem Bett zu. Plötzlich schwang es sich mit einer einzigen Bewegung wieder zur Decke hinauf. Die kabelartigen Finger griffen um die Kanten des offenen Belüftungsschachts, durch den es gekommen war. Dann war es verschwunden. Man hörte nur ein paar Gleitgeräusche, die schnell in der Ferne verhallten.

Ripley blieb unbeweglich. Ihr war nichts geschehen. Das Biest hatte sie nicht berührt. Aber sie wußte ja im Grunde nichts von ihnen. Irgend etwas hatte es zurückgehalten. Vielleicht griffen sie nur gesunde Menschen an, vielleicht hatte es mit Golics Verhalten zu tun.

Sie lebte, aber sie wußte nicht, ob sie dafür dankbar sein sollte oder nicht.

IX

Andrews stand in der Kantine vor seinen Schützlingen und blickte schweigend in ihre erwartungsvollen, neugierigen Gesichter, während Dillon seine traditionelle Ansprache beendete. Aaron saß neben ihm und fragte sich, was seinem Chef im Kopf herumging.

»Erhebt euch und betet. Gesegnet sei der Herr.« Die Gefangenen gehorchten und nahmen andächtige Haltungen ein. Dillon fuhr fort.

»Gib uns die Kraft, o Herr, die Mühen zu ertragen. Wir wissen, daß wir arme Sünder in den Händen eines zornigen Gottes sind. Möge der Kreis nicht zerbrechen, bis der Tag

Clemens (Charles Dance) ist Ripleys (Sigourney Weaver) einzige Vertrauensperson – und sogar noch etwas mehr.

Obwohl das Alien bereits unter den Männern seine Opfer gefunden hat, macht es vor Ripley (Sigourney Weaver) halt.

Ripley (Sigourney Weaver) übernimmt die Führung der Gruppe.

Ripley (Sigourney Weaver) beobachtet, wie sich flüssiges Metall über das Alien gießt, doch der Kampf erscheint aussichtslos.

Bishop II (Lance Henriksen) und seine Begleiter wollen das Alien um jeden Preis retten.

kommt. Amen.« Jeder Häftling erhob seine rechte Faust und nahm wieder Platz.

Dillon sah über sie hinweg, und sein huldvoller Blick veränderte sich plötzlich.

»Was für eine Scheiße läuft hier ab? Was ist das für ein Mist, der hier auf einmal passiert? Tod. Gewalt. Brüder in Not. Ich will, daß diese Scheiße aufhört. Wir haben Probleme, also müssen wir zusammenhalten.«

Andrews ließ das Schweigen, daß Dillons Ausbruch folgte, eine Weile andauern, bis er sicher war, daß ihm jeder zuhören würde. Er räusperte sich förmlich.

»Ja, danke, Mr. Dillon«, begann er in seinem bekannt vernünftigen Tonfall. »Also, hier spricht wieder die Gerüchtekontrolle. Hier sind die Tatsachen. Um vier Uhr wurde der Gefangene Murphy tot im Ventilationszugangsschacht siebzehn gefunden. Offenbar ist er durch Unachtsamkeit und seine eigene Dummheit ums Leben gekommen. Aus den Informationen, die wir an Ort und Stelle gesammelt haben, geht hervor, daß er zu nahe am Ventilator stand, als eine starke Windböe durch den Schacht fuhr. Er wurde entweder in die Fächer geblasen oder hineingezogen. Der medizinische Offizier Clemens als der Leichenbeschauer lieferte einen offiziellen Bericht ab, aus dem die Todesursache eindeutig hervorgeht.«

Einige Gefangene tuschelten untereinander, und Andrews heftete seinen Blick auf sie, bis sie wieder still waren. Er sprach jetzt schneller. »Nicht lange danach brachen die Häftlinge Boggs, Rains und Golic zu einer Routinesuche und Beschaffungsmission in die Schächte auf. Sie waren gut ausgerüstet und wußten um ihre Aufgabe wohl Bescheid.«

»Ich war vorher noch bei ihnen, ich kann das bestätigen«, warf Dillon ein.

Andrews akzeptierte den Kommentar des großen Mannes mit einem kurzen Blick und setzte seine Ansprache fort. »Gegen sieben Uhr kehrte der Häftling Golic in einem völlig verwirrten Zustand zurück; er war blutbespritzt und stammelte wirres Zeug. Momentan ist er in unserer Obhut und wird auf der Krankenstation behandelt. Die Häftlinge Boggs und

Rains werden noch immer vermißt. Wir müssen die Möglichkeit in Betracht ziehen, daß Golic eine Straftat an ihnen begangen hat.« Er hielt inne, um seine Worte wirken zu lassen.

»Eine solche Vermutung läßt sich mit dem Werdegang des Häftlings durchaus vereinbaren. Auch wenn niemand hierher geschickt wird, der nicht von der Rehabilitationszentrale auf der Erde behandelt und als geheilt betrachtet wurde, so ist doch nicht jede Behandlung völlig perfekt oder für immer.«

»Soll vorgekommen sein«, meinte Dillon.

»In der Tat. Nichtsdestotrotz; solange Boggs und Rains oder ihre Leichen nicht gefunden sind und die Ursachen ihres Ausbleibens festgestellt werden können, sind alle Schlußfolgerungen notwendigerweise voreilig. Vielleicht hocken sie in einem der Tunnel, verletzt und bewegungsunfähig und warten auf Hilfe. Oder sie haben sich auf dem Rückweg verirrt. Es muß also schnellstens ein Suchtrupp aufgestellt und ausgesandt werden. Ich würde es begrüßen, wenn sich Freiwillige melden. Ihr Angebot wird in ihren Papieren angemessene Berücksichtigung finden.«

Andrews stand vor der Nordwand, die man aus in der Anlage hergestelltem durchscheinendem Glas gegossen hatte.

»Ich denke, daß man zugeben muß, daß unsere bis jetzt so glatt laufende Einrichtung ein paar Probleme bekommen hat. Aber das ist kein Grund zur Panik oder zum Alarm. Tatsache ist, daß man auf so etwas in einer solchen Situation gefaßt sein muß. Wie immer die Aufklärung dieses besonders unglücklichen Zwischenfalls schließlich aussehen wird, ich kann mit Sicherheit sagen, daß wir in Kürze wieder zu einem normalen Ablauf der Dinge zurückkehren werden.

In der Zwischenzeit sollten wir alle unsere Sinne beisammenhalten und uns in den nächsten Tagen im Zaum halten, solange bis das Rettungsteam Leutnant Ripley abholt. Immerhin hat ihre unerwartete Ankunft, die auch einige Probleme aufgeworfen hat, die Gesellschaft dazu veranlaßt, ein Raumschiff nach Fiorina umzuleiten. Das bedeutet die Möglichkeit, weitere Vorräte und vielleicht ein paar Luxusartikel weitaus früher als erwartet zu bekommen. Sicherlich etwas, worauf man sich freuen kann. Wir sollten also alle den vor uns liegenden Tagen hoffnungsvoll entgegensehen.«

Die Tür zu seiner Rechten flog auf, und Ripley stürmte in den Raum. Sie rang nach Atem und schien verschreckt. Die erstaunten Blicke der Anwesenden ignorierte sie.

»Es ist hier! Es hat Clemens getötet!« Sie blickte wild um sich. Ihre Augen durchforschten die dunklen Ecken und fernen Flure der Versammlungshalle.

Die Adern in Andrews Hals traten hervor. »Leutnant, ich habe jetzt wirklich genug von Ihnen. Hören Sie sofort mit diesem Unfug auf! Hören Sie auf! Sie verbreiten ohne Beweise unnötige Panik, und ich werde das nicht dulden, verstehen Sie mich? Ich werde es nicht dulden!«

Sie starrte ihn an. »Wenn ich es Ihnen sage! Es ist hier!«

»Und ich sage Ihnen, nehmen Sie sich zusammen, Leutnant!« Er blickte scharf nach rechts. »Mr. Aaron, nehmen Sie diese närrische Person sofort in Gewahrsam. Bringen Sie sie in die Krankenstation zurück!«

»Jawohl, Sir.« Aaron ging einen Schritt auf Ripley zu, aber der Ausdruck in ihrem Gesicht ließ ihn zögern. Sie wirkte nicht weniger kräftig als die Mehrzahl der Häftlinge.

Während er noch überlegte, was er tun sollte, begann das elektrische Licht plötzlich wild zu flackern. Die Gefangenen schrien auf, liefen durcheinander oder schauten sich verwirrt um. Andrews schüttelte entsetzt den Kopf. »Ich werde diese Art von Unfug in meiner Anstalt nicht dulden. Hört ihr mich? Ich werde es nicht dulden!« Ein leises, kratzendes Geräusch veranlaßte ihn, nach oben zu blicken.

Das Alien langte hinab, packte den Direktor und zog ihn nach oben, so gekonnt, wie eine Spinne Fliegen fängt. Im nächsten Augenblick waren Jäger und Beute verschwunden. In der folgenden Hysterie konnten nur Ripley und der Häftling Morse wirklich sehen, wie das Ungeheuer die leblose Gestalt Andrews in einen offenen Luftschacht zog.

Ripley warf sich auf einen Stuhl in der Ecke und streckte sich eine Narko-Zigarette an. Sie mußte an Clemens denken. Ihre Miene verhärtete sich. Clemens. Es war besser, nicht mehr an ihn zu denken. Sie hatte gelernt, auch die anderen Männer, die sie kennengelernt hatte, zu vergessen, denn auch die anderen waren nur allzu schnell durch Vertreter der scheinbar unbesiegbaren Alienhorden verschleppt und getötet worden. Aber sie waren nicht unbesiegbar. Man konnte sie töten. Und solange sie lebte, schien das ihr Schicksal zu sein. Sie auszulöschen, sie vom Angesicht des Universums zu vertreiben. Es war eine Pflicht, die sie nur allzu gerne jemand anderem übergeben hätte.

Warum gerade sie? Öfter als einmal hatte sie sich diese Frage gestellt. Warum war sie auserwählt worden? Nein, das war nicht das richtige Wort. Niemand hatte sie auserwählt. Das Schicksal hatte ihr kein Leben voller Schrecken und Verwüstung zugedacht. Andere hatten sich gegen die Aliens gestellt und waren vernichtet worden. Nur sie mußte weiter leiden, weil sie überlebte.

Es war ein Schicksal, das sie jederzeit beenden konnte. Die Krankenstation war gut bestückt, jede Flasche klar gekennzeichnet. Eine einzige, kleine Injektion konnte all den Schmerz und den Schrecken auslöschen. Es war leicht genug, all dem ein Ende zu bereiten. Aber ihr Überlebenswille war zu stark. Vielleicht war das ihre Aufgabe im Leben: zu überleben. Nein, das Schicksal hatte sie nicht auserwählt, um ihr besondere Mühen zu bereiten. Sie konnte nichts für die Tatsache, daß sie härter war als die anderen. Es war nur etwas, mit dem sie zu leben gelernt hatte.

Wieder ein Mann weniger. Dieses Mal war es einer, den sie nicht besonders gemocht hatte. Trotzdem bedauerte sie es. Andrews war ein Mensch, und das wenigste, was er verlangen durfte, war ein Tod in Würde.

Nach dem erstaunlich schnellen Angriff des Alien war Totenstille in der Halle eingetreten. Die Männer standen schweigend herum, oder sie saßen und starrten ins Leere. Manche blickten ihre Nachbarn an, andere schauten in ihr Innerstes. Wie sonst auch, blieb es Dillon vorbehalten, sich niederzuknien und ein Gebet zu beginnen.

»Wir haben ein Zeichen erhalten, Brüder. Wie wir damit umgehen, wird unser Schicksal entscheiden.«

»Amen«, antworteten einige der Häftlinge im Chor. Die gemurmelten Kommentare einiger anderer blieben glücklicherweise unverständlich.

Dillon fuhr fort. »Wir danken dir, o Herr. Dein Zorn ist auf uns herabgekommen, und die Zeit des Gerichts ist nahe. Die Apokalypse ist hier. Wir sind bereit und hoffen auf Gerechtigkeit und Gnade.«

Im hinteren Teil der Halle hatten einige Häftlinge ungeachtet des Gebets untereinander zu tuscheln begonnen.

»Es war groß«, flüsterte der Häftling David. »Ich meine, wirklich groß. Und schnell.«

»Ich hab's selbst gesehen, Idiot.« Kevin blickte starr zur Decke hinauf, dorthin, wo das Alien gehangen hatte. »Ich war hier. Glaubst du, ich bin blind?«

»Ich meine ja nur, es war groß.« Sie waren noch derartig von den Ereignissen schockiert, daß sie sogar vergaßen, Ripley anzustarren.

Der Häftling William erhob sich und musterte seine Kameraden. »Also, was machen wir jetzt, Leute?« Ein paar Männer sahen einander an, aber niemand sagte etwas. »Nun, wer hat jetzt das Kommando? Ich meine, wir müssen uns organisieren, stimmt's?«

Aaron schluckte und blickte durch den Raum. »Ich bin wohl dran.«

Morse blickte zur Decke und rollte mit den Augen. »Fünfundachtzig will das Kommando übernehmen. Herr im Himmel, ich glaub' es nicht!«

»Nicht noch einmal diesen Namen!« Zornig blickte Aaron den Häftling an. »Nie mehr, nicht ein Mal!« Er erhob sich und trat vor die Gefangenen.

»Also, Andrews kann ich nicht ersetzen, das ist klar. Ich werde nicht mal so tun als ob. Ihr Typen habt ihn nicht sehr geschätzt. Er konnte manchmal ein harter Knochen sein, aber er war der beste Mann, mit dem ich je gearbeitet habe.«

Dillon war wenig beeindruckt. »Diese Scheiße können Sie sich sparen.« Sein Blick wanderte vom Stellvertreter zu der schlanken Gestalt, die am anderen Ende der Halle saß.

»Wie steht's mit Ihnen? Sie sind Offizier? Wie wär's, wenn Sie uns Ihre Führungsqualitäten demonstrieren würden?«

Ripley sah ihn kurz an, zog an ihrer Zigarette und wandte sich ab.

William durchbrach die folgende Stille, indem er auf Dillon deutete. »Du übernimmst die Sache. Du leitest sowieso alles.«

Dillon schüttelte eilig den Kopf. »Kommt nicht in Frage. Ich bin kein beschissener Befehlstyp. Ich kümmere mich nur um meine Sachen.«

»Also, was will dieses Mistvieh überhaupt?« fragte der enttäuschte William laut. »Will es uns allen den Arsch aufreißen?«

Ripley nahm die Zigarette aus dem Mund. »Ja.«

»Na, ist das nicht wunderbar?« knurrte Morse sarkastisch. »Wie halten wir es auf?«

Wütend warf Ripley den Zigarettenstummel auf den Boden und erhob sich.

»Wir haben keine Waffen, stimmt's? Keine Schußwaffen, keine Impulsgewehre, nichts?«

Aaron nickte langsam. »Stimmt.«

Sie sah nachdenklich aus. »Eines, das genauso aussieht, habe ich bisher noch nie angetroffen. Es ist größer, die Beine sind anders. Die anderen hatten Angst vor Feuer oder zeigten zumindest einen gewissen Respekt davor. Wenn auch nicht vor vielem anderen.« Sie sah sich um.

»Können wir dieses Gebiet versiegeln?«

»Keine Chance«, antwortete Aaron. »Der Minenkomplex hat eine Fläche von zehn Quadratmeilen. Es gibt sechshundert Luftschächte, die zur Oberfläche führen. Diese Anlage ist verdammt groß.«

»Wie sieht es mit Videokameras aus? Wir könnten versuchen, es damit zu lokalisieren. Ich sehe hier überall Monitore.«

Erneut schüttelte der Stellvertreter den Kopf. »Das interne Videosystem arbeitet seit Jahren nicht mehr. Es gab keinen Grund, ein teueres Hi-Tech-System in Gang zu halten, nur um lausige fünfundzwanzig Gefangene im Auge zu haben, die hier die Hausmeister spielen und die sowieso nirgendwo anders hingehen können. Tatsache ist, daß hier überhaupt nicht mehr viel funktioniert. Wir haben zwar die Technologie hier, aber wir können sie nicht instandsetzen.«

»Was Fünfundachtzig Ihnen sagen will...«, begann Morse.

»Sie sollen mich nicht so nennen!« bellte Aaron.

Der Gefangene ignorierte ihn. »...ist, daß wir keine Freizeiträume, keine Klimakontrolle, keine Videoanlagen, keine Überwachungsanlage, keine Kühltruhen, keine beschissene Eiscreme, keine Kanonen, keine Gummis und keine Frauen haben. Wir haben hier nichts als Scheiße.«

»Halt den Mund«, sagte Dillon warnend.

»Wieso, zum Teufel, reden wir überhaupt mit ihr?« fuhr Morse fort. »Sie hat doch dieses Biest erst hierhergebracht. Wir sollten sie ins Messer laufen lassen.«

Ripley zuckte kaum merklich mit den Schultern. »Klingt gut.«

Dillon baute sich vor Morse auf. »Ich möchte es nicht noch einmal sagen«, meinte er freundlich. »Halt deinen Mund.«

Morse zögerte. Dann senkte er den Blick und wich zurück. Aber er war nicht zufrieden.

Aaron wandte sich an Ripley. »Also schön. Und was tun wir jetzt?«

Sie war sich bewußt, daß nicht nur die drei Männer am Tisch, sondern auch fast alle Gefangenen sie erwartungsvoll beobachteten.

»Auf Acheron haben wir versucht, Zwischentüren zu versiegeln und eine Verteidigungsstellung aufzubauen. Es hat funktioniert, aber nur für kurze Zeit. Diese Dinger finden immer irgendeinen Weg. Zunächst muß ich sehen, nicht nur hören, wie unsere Lage eigentlich ist.«

»Beschissen«, murmelte Morse, aber so, daß es niemand mitbekam.

Aaron nickte. »Kommen Sie mit.« Er sah Dillon an. »Sorry, aber Sie kennen die Bestimmungen.«

Der große Mann nickte. »Bleiben Sie nur nicht zu lange.«

Aaron versuchte ein Lächeln. »Sehen Sie es mal so: heute gibt es keine Arbeitseinsätze.«

Dillon blickte nach oben, dort wo die Bücherei lag. »Und doch kann ich mich nicht so richtig entspannen.«

Sie gingen den Hauptgang entlang. Aaron hielt die Karte, und Ripleys Blicke wanderten vom Ausdruck zu den Korridoren und Wänden. Die Deckenlampen brannten noch, wenn auch nur dämmrig. Morse hatte unrecht. Einige der wichtigsten Versorgungsanlagen funktionierten noch.

Sie stieß mit dem Finger auf die Plastikkarte. »Was ist das?«

»Ein Serviceweg. Verbindet die Krankenstation mit der Kantine.«

»Vielleicht können wir da rein und es rausspülen.«

»Hören Sie mal. Das sind mehrere Meilen Tunnelstrecke.«

Sie folgte den Linien auf dem Blatt. »Es wird sich nicht weit entfernen. Es wird in diesem Gebiet hier nisten, in einem der kleinen Gänge oder Luftschächte.«

Er blickte sie erstaunt an. »Verzeihung, ich habe ›nisten‹ verstanden.«

»Ich meine, was ich sage«, entgegnete Ripley leicht gereizt. »Fragen Sie mich nur nicht nach Einzelheiten. Wenn wir es töten oder unschädlich machen können, erinnern Sie mich dran, und ich erkläre es Ihnen. Wenn nicht, sollten Sie es lieber nicht erfahren.«

Er sah ihr einen Moment in die Augen, bevor sein Blick sich wieder auf die Karte richtete. »Woher wissen Sie, daß es hier ist?«

»Es ist wie ein Löwe, es bleibt nahe bei den Zebras.«

»Wir haben hier keine Zebras.« Ripley blieb abrupt stehen und sah ihn von der Seite an. »Oh, natürlich«, sagte er verlegen. »Aber hier in der Dunkelheit herumlaufen? Sie machen Witze. Sobald man die Hauptgänge verläßt, endet auch die Deckenbeleuchtung.«

»Wie sieht's mit Taschenlampen aus?«

»Sicher. Wir haben sechstausend Stück. Und aufladbare Batterien. Bloß keine Glühbirnen. Dieses kleine Detail hat irgend jemand übersehen. Ich habe Ihnen ja gesagt, nichts funktioniert.«

»Wie ist es mit Fackeln? Können wir wenigstens Feuer machen? Dieses Privileg haben die meisten Menschen seit der Steinzeit genossen.«

Der alte senkrechte Schacht verschwand oben und unten in der Dunkelheit. Die angeschweißte Leiter war mit kohlehaltigem Schleim und angesammeltem Schmutz bedeckt. Aus der Tiefe stieg träge feuchte Luft auf, die in Ripleys Nase stach, als sie sich vorbeugte und ihre Fackel nach unten hielt. Es war kein Boden zu erkennen, aber sie hatte auch keinen erwartet.

Sie waren in den Tunnel aufgebrochen, in dem Murphy getötet worden war, vorbei an den riesigen Ventilatoren, die Aaron vorher abgeschaltet hatte. Sie schnüffelte und rümpfte die Nase. Die aufsteigende Luft war mehr als feucht. Sie war voller faulender Vegetation und dem scharfen Geruch recycleter Chemikalien.

»Was ist da unten?«

Aaron kletterte dicht hinter ihr. »Luft- und Wasseraufbereitung und Umlaufsystem.«

»Das erklärt den Gestank. Durch Kernkraft?«

»Ja, aber versiegelt. Alles läuft automatisch. Zwei Techniker vom Versorgungsschiff checken die Anlage alle sechs Monate.« Er grinste. »Warum sie nur die Wartungsdetails einer funktionierenden Kernschmelzanlage nicht den geschickten Händen eines Haufen Gefangener und zweier Anstaltsleiter ohne Doktortitel überlassen?«

Sie erwiderte sein Lächeln nicht. »Bei der Gesellschaft würde mich nichts überraschen.« Sie hielt sich an der Kante der Öffnung fest und hielt die Fackel hoch. Das Licht floß über die glatten Metallwände. »Und was ist oben?«

»Low-Tech Zeug. Lagerkammern, die meisten davon leer. Ausgeräumt, als Weyland-Yutani die Mine schloß. Servicetunnel. Strom- und Wasserleitungen. All die Tunnel und Schächte sind größer als eigentlich nötig. Die Ingenieure hatten soviel Bohr- und Ausschachtungsgeräte zur Verfügung, daß sie es sich so leicht wie möglich machen konnten. Sie haben alles in Übergröße gebaut.« Er hielt inne. »Glauben Sie, daß es nach dort oben gegangen sein kann?«

»Es wird sich von Natur aus eine große, geräumige Kammer als Nest suchen, und es ist gerne über seiner... Beute. Es läßt sich lieber darauf hinabfallen als von unten zu kommen. Außerdem sind die oberen Ebenen näher am Gefängnistrakt. Dort glaubt es uns eingeschlossen. Wenn wir Glück haben, können wir es von hinten angreifen. Wenn wir Pech haben...«

»Was dann?« warf Aaron ein.

»Können wir es von hinten angreifen.« Sie schwang sich auf die Leiter und begann hinaufzuklettern.

Sie war nicht nur von verkrustetem Schleim bedeckt. Die feuchte Luft, die von unten aufstieg, hatte das Wachstum von örtlichen Algen und anderen Mikroorganismen gefördert. Die Sprossen waren schlüpfrig und uneben. Sie achtete darauf, mit ihrer freien Hand fest am Rand der Leiter zuzupacken, während sie hochstieg.

Der Schacht wurde ungefähr alle drei Meter von einem horizontalen Korridor gekreuzt. Auf jeder Ebene leuchtete sie mit ihrer Fackel hinein und suchte im Lichtschein alles genau ab, bevor sie ihren Aufstieg fortsetzte.

Aaron achtete so genau auf Ripley, daß er die Konzentration auf seine eigenen Schritte vernachlässigte. Er rutschte ab, und Dillon, der hinter ihm ging, schwang den Arm mit der Fackel um die Leiter und ergriff den schwankenden Knöchel des Stellvertreters mit der anderen Hand. Dann schob er den bestiefelten Fuß wieder auf die nächste Sprosse.

»Alles in Ordnung da oben?« erkundigte er sich mit einem heiseren Flüstern.

»Prima«, erwiderte Aaron mit leicht zitternder Stimme. »Halten Sie mir nur nicht die Fackel unter den Hintern.«

»Komisch, daß Sie davon sprechen«, sagte Dillon im Halbdunkel. »Aber davon träume ich schon seit Jahren.«

»Sparen Sie es sich für ein anderes Mal auf, okay?« Aaron kletterte schneller. Er wollte nicht, daß Ripley sich gefährlich weit entfernte.

»Noch eines, Mann«, sagte der Häftling leise.

Der Assistenzdirektor blickte herab.

»Was?«

»Wenn Sie mal den Platz tauschen wollen, sagen Sie nur Bescheid.«

»Davon können Sie träumen.« Trotz der Umstände brachten die beiden Männer ein kumpelhaftes Grinsen zustande. Dann kletterten sie weiter. Das kurze Gefühl der Kameradschaft wich wieder der Sorge über ihre verzweifelte Lage.

Ripley warf einen Blick nach unten und fragte sich, worüber sie sprachen. Es war gut, wenn ihnen unter diesen Umständen noch ein Lächeln gelang. Sie wünschte, daß sie mit ihnen lachen könnte, aber sie wußte auch, daß sie nicht konnte. Ihr war viel zu klar bewußt, was vor ihnen lag. Sie seufzte ergeben, erklomm die nächste Stufe und leuchtete in die nächste Öffnung.

Genau in die Fratze des Wesens.

Wenn ihre Finger sich nicht instinktiv zusammengezogen hätten, wäre sie sicherlich schreiend von der Leiter gestürzt. Erschrocken schwang sie die Fackel. Sie traf das Horrorwesen mitten auf den glänzenden schwarzen Schädel... der in sich zusammenfiel.

»Was ist los, was ist?« schrie Andrews unter ihr.

Sie ignorierte ihn, während sie versuchte, ihre Fassung wiederzugewinnen. Erst dann zog sie sich hoch und betrat den Querschacht. Aaron und Dillon folgten ihr.

Gemeinsam betrachteten sie die zusammengefallene, ausgetrocknete Hülle des ausgewachsenen Alien.

»Ein häßlicher Vogel, was?« bemerkte Dillon.

Ripley kniete sich nieder, um die abgeworfene Schale näher zu untersuchen. Bei der ersten Berührung zitterten ihre Finger leicht, bis sie langsam ruhiger wurden. Es war vollkommen harmlos, lediglich der Schatten eines Geistes. Nichts war mehr da. Der Schädel, den die Fackel getroffen hatte, war leer. Versuchsweise gab sie ihm einen leichten Stoß, und die massive Stromlinienform rollte zur Seite. Sie richtete sich auf. »Es hat sich gehäutet.« Sie blickte eindringlich den Tunnel hinauf. »Das hier ist ein neues. Ich habe so eins noch nie gesehen. Nicht in diesem Entwicklungsstadium.«

»Was bedeutet das?« fragte Dillon.

»Ich weiß es nicht. Es gibt nichts Vergleichbares. Eines können wir aber mit Sicherheit sagen. Es ist jetzt größer.«

»Wieviel größer?« Auch Aaron schaute nun in den dunklen Tunnel.

»Kommt darauf an«, murmelte Ripley.

»Worauf?«

»Was es geworden ist.« Sie ging an ihm vorbei und machte sich mit erhobener Fackel auf den Weg in den Tunnel.

Irgend etwas trieb sie vorwärts, ließ sie eher eilen als ausruhen. Sie blieb kaum lange genug stehen, um die Seitengänge auszuleuchten, die vom Hauptschacht abgingen. Die Entdeckung des Alien hatte sie mit der gleichen unablässigen Willenskraft erfüllt, mit der sie die Zerstörung Acherons überlebt hatte. Willenskraft und ein wachsender Zorn. Sie mußte an Jonesy denken. Kein Wunder, daß sie und der Kater auf der Nostromo überlebt hatten. Neugier und ein Talent zum Überleben waren nicht die einzigen Fähigkeiten, die sie gemeinsam gehabt hatten.

Jonesy gab es nicht mehr, ein Opfer der Zeitverzerrungen, die beim Raumflug unvermeidlich waren. Keine Katzenalpträume mehr für ihn. Nur sie mußte noch mit dem Leben fertig werden und mit all den Erinnerungen.

»Langsamer.« Aaron mußte fast laufen, um mit ihr Schritt zu halten. Er hielt die Karte hoch und deutete nach vorne. »Wir sind fast da.«

»Ich hoffe, daß es den Aufstieg wert war. Was ist mit den ganzen verdammten Aufzügen in der Anlage?«

»Machen Sie Witze? Die hat man mit der ganzen Anlage stillgelegt. Hier sollten sich sowieso keine Gefangenen aufhalten.«

Sie gingen noch etwa hundert Meter weiter. Dann ging der Tunnel in einen noch breiteren Gang über, der hoch und weit genug war, um nicht nur Arbeitern, sondern auch Fahrzeugen Platz zu bieten. Aaron blieb stehen, um mit seiner Fackel eine Tafel zu beleuchten, die in die Wand geschweißt war.

GIFTMÜLLAGER
HERMETISCH ABGESCHLOSSENE KAMMER
KEIN ZUTRITT OHNE ERLAUBNIS

Nur Giftstoffe der Klasse B-8 oder höher.

»So, so. Was haben wir denn hier?« Zum ersten Mal erlaubte sich Ripley, so etwas wie einen Funken Hoffnung zu spüren.

»Es gibt auf dem Gelände ungefähr ein Dutzend solcher Kammern, weit verstreut.« Aaron beugte sich vor, um die detaillierten Informationen unter dem Warnschild zu studieren. »Diese hier liegt unseren Behausungen am nächsten.« Er tippte mit der Fackel an die Wand, und Funken stoben auf den Boden.

»Hier sollte vor allem Giftmüll erster Klasse gelagert werden. Abfallprodukte der Raffinerie und so etwas. Einige dieser Kammern sind auch gefüllt und permanent versiegelt, andere sind teilweise gefüllt. Das war billiger, leichter und auch sicherer, als den Müll in Fässer zu füllen und in den Weltraum zu kippen.

Diese hier ist nie benutzt worden. Vielleicht eben weil sie so nahe an den Wohnquartieren liegt. Vielleicht haben sie die Kammer auch einfach nicht benutzt, weil sie vorher dichtgemacht haben. Da drinnen ist es so sauber wie in einer Badewanne.«

Ripley untersuchte die Wand. »Wie sieht der Eingang aus?«

»Genauso wie man ihn für eine Lagereinrichtung in dieser Klasse erwarten darf.« Er führte sie zur Vorderseite. Die Tür war zerkratzt und dreckig, aber noch immer eindrucksvoll. Sie bemerkte die fast unsichtbaren Nähte an den Seiten. »Das ist also der einzige Weg hinein- oder herauszukommen?«

Aaron nickte. »Das stimmt. Ich habe die Einzelheiten überprüft, bevor wir losgingen. Der Eingang ist gerade groß genug, um einen kleinen Transporter-Lader samt Fahrer und Fracht aufzunehmen. Die Decke, die Wände und der Fußboden sind aus über einem Meter dickem, solidem Keramik-Karbid-Stahl, genau wie die Tür. Alle Kontrollarmaturen und aktiven Teile liegen außerhalb oder sind in das Gestein selbst eingebettet.«

»Wir müssen uns hier völlig im klaren sein. Wenn ich da

etwas hineinbringe und die Türe schließe, dann gibt es keinen Ausweg?«

Aaron knurrte zuversichtlich. »Genau. Keinen einzigen verdammten Ausweg. Dieses Baby ist dicht. Nach den Unterlagen erzeugt es ein perfektes Vakuum. Da kommt nichts durch, das größer wäre als ein Neutrino. Dieses Keramik-Karbid-Zeug zerstreut sogar Laser. Man bräuchte eine kontrollierte Atomsprengung, um da rein zu kommen.«

»Sind Sie sicher, daß alles noch funktioniert?«

Er deutete auf eine Kontrollbox ganz in der Nähe. »Warum probieren Sie's nicht einfach aus?«

Ripley trat vor und brach das dünne Siegel auf, das die in die Wand eingebaute Box bedeckte. Ein Deckel schob sich nach unten und enthüllte mehrere Kontrollknöpfe. Sie studierte die Apparatur einen Moment und drückte dann einen großen grünen Knopf.

Die riesige Tür schien sich weniger zu öffnen, als vielmehr lautlos in der Wand zu verschwinden. Sie ließ sie noch einmal hin- und zurückgleiten, so sehr bewunderte sie das sanfte Spiel der Kräfte, die solch eine Masse mit derartiger Geschwindigkeit und Leichtigkeit bewegen konnten. Auch die anderen waren gleichermaßen beeindruckt. Die Effizienz der Technologie, die so lange im Dornröschenschlaf gelegen hatte, machte ihnen wieder neuen Mut.

Hinter der geöffneten Barriere tat sich eine leere Kammer mit glatten Wänden auf. Ein hauchdünner Staubmantel bedeckte den Boden. Hier fanden mehrere ausgewachsene Aliens mit Leichtigkeit Platz.

»Zeigen Sie mir noch mal die Karte.« Aaron reichte sie Ripley, und sie malte mit dem Zeigefinger ein Muster auf das Plastik. »Wir sind hier?« Er lehnte sich heran und nickte. »Die Verwaltung ist hier, die Versammlungshalle hier diesen Gang hinauf?«

»Sie haben es erfaßt. Und zwar schnell«, fügte er beeindruckt hinzu.

»Der Tatsache, daß mein Sinn für räumliche Relationen so ausgeprägt ist, verdanke ich mein Leben.« Sie tippte auf das Blatt. »Wenn wir das Alien dazu bringen, uns durch diese

Gänge zu jagen, hier und hier, und sie hinter ihm nacheinander versiegeln, dann könnten wir es da hinein bekommen.« Alle drei blickten in die Lagerkammer.

»Verstehe ich Sie richtig?« meinte Dillon. »Sie wollen es ausräuchern und durch die Gänge hetzen, es hier rein lokken, die Tür zuschlagen und seinen Arsch hier einschließen?«

Sie antwortete, ohne von der Karte aufzusehen. »Mhmm.«

»Und Sie erwarten, daß wir Y-Chromo-Jungs Ihnen dabei helfen?«

»Haben Sie etwas Besseres zu tun?«

»Warum sollten wir unsere Ärsche für Sie ins Feuer halten?«

Jetzt erst sah sie ihn mit kalten Augen an. »Eure Ärsche hängen schon längst im Feuer. Die einzige Frage ist noch, was ihr dagegen machen wollt.«

X

Aaron zeigte Ripley die riesigen Vorratsräume, begleitet von Häftling David. Als sie zu der Abteilung kamen, wo die Fässer verstaut waren, blieb er stehen.

»Hier bewahren wir es auf. Ich weiß nicht mal den Namen von diesem Scheißzeug.«

»Quinitricetyline«, klärte ihn David beflissen auf.

»Ach ja, natürlich«, murmelte der Zweite Direktor, während er sein Notizbuch durchsah. »Okay. Ich mache mich dann auf den Weg, um mit Dillon die Sektionen für das Anstreichteam zu kennzeichnen. David, Sie sorgen dafür, daß diese Fässer transportbereit sind.« Er drehte sich um und ging in Richtung des Hauptschachtes davon.

»Jawohl, fünfundachtzig!« rief David ihm nach.

»Sie sollen mich nicht so nennen!« Aaron verschwand in der Finsternis des fernen Korridors.

Ripley untersuchte die Fässer. Sie waren leicht angerostet

und standen offenbar schon lange Zeit unberührt herum, aber ansonsten schienen sie intakt.

»Was bedeutet dieses ›fünfundachtzig‹?«

David packte den ersten Behälter. Er trug Handschuhe. »Die meisten nennen ihn so. Vor ein paar Jahren haben wir seine persönlichen Daten aus dem Computer gefischt. ›Fünfundachtzig‹ ist sein Intelligenzquotient.« Er grinste und rollte das Faß davon.

Ripley trat zur Seite. »Er scheint viel von diesem Zeug zu halten. Was meinen Sie?«

Der Häftling stellte die Tonne zum Aufladen bereit. »Verdammt, ich bin nur ein blöder Wachmann, wie die anderen Typen hier auch. Aber ich habe mal gesehen, wie ein Faß von diesem Mist in einen Hafenschuppen fiel. Nach der Explosion mußte ein Schlepper für siebzehn Wochen ins Trockendock. Tolles Zeug.«

In einem anderen Teil der Vorratsräume durchsuchten die Häftlinge Troy und Arthur die Berge ausgemusterter elektronischer Ausrüstung. Troy schob eine Glühbirne in den Zylinder, den er in der Hand hielt, drückte mit dem Daumen den Schalter, zog die kaputte Birne fluchend wieder heraus und sah sich nach einer neuen um.

»So ein Mist. Von diesen verdammten Glühbirnen funktioniert vielleicht eine von zweitausend.«

Sein Begleiter unterbrach seine eigene Suchaktion. »He, es könnte viel schlimmer sein. Wir hätten auch den Anstreichjob kriegen können.« Er steckte eine Glühbirne in seine Lampe und drückte den Schalter. Zu seinem Erstaunen und seiner Freude leuchtete sie auf.

Die beiden Männer füllten den Luftschacht fast aus. Sie strichen die Innenwände mit dem stechenden Quinitricetyline.

»Diese Scheiße stinkt furchtbar«, verkündete der Häftling Kevin zum hundertsten Mal. Sein Begleiter ließ sich kaum zu einer Antwort herab.

»Ich hab's dir schon gesagt; du sollst es nicht einatmen.«

»Warum nicht?«

»Wegen der beschissenen Dämpfe.«

»Ich stecke mit diesen Dämpfen in einer beschissenen Röhre. Soll ich aufhören zu atmen?«

Vor der Giftmüllkammer kippten andere Männer Eimer mit QTC auf den Boden und versuchten, es so gut wie möglich zu verteilen. Einige hatten Besen und Aufnehmer, andere konnten nur ihre Stiefel benutzen.

Ripley wartete mit Dillon im Gang. Alles war nach Plan verlaufen, aber ob das so weitergehen würde, blieb abzuwarten.

Er sah sie an und studierte ihren Gesichtsausdruck. Dillon war nicht übermäßig sensibel, aber er hatte viel vom Leben mitbekommen.

»Sie vermissen den Doc, stimmt's?«

»Ich kannte ihn gar nicht so gut«, murmelte sie ausweichend.

»Ich dachte, Sie wären sich ziemlich nahe gekommen.«

Jetzt erst sah sie ihn an. »Sie haben wohl durch ein paar Schlüssellöcher geschaut.«

Dillon lächelte. »Ich habe daran gedacht.«

Die Übelkeit überkam sie nicht langsam; sie griff heftig und blitzschnell an. Sie verlor fast das Gleichgewicht und mußte sich würgend und hustend an die Wand lehnen. Dillon wollte sie stützen, aber sie schob ihn weg. Er betrachtete sie besorgt, während sie nach Atem rang.

»Sind Sie okay?«

Sie holte tief Luft und nickte.

»Wie Sie meinen. Aber für mich sehen Sie nicht okay aus, Schwester.«

Aaron schaute auf die Gefangenen, die mit ihm gekommen waren. Einige standen vor ihm, andere auf dem oberen Laufsteg. Sie alle trugen scharfgemachte Notfallfackeln, die sich bei hartem Kontakt entzündeten.

»Okay, hört zu.« Alle Augen richten sich aufmerksam auf ihn. »Entzündet keine Flamme, bevor ich den Befehl gebe. Das ist das Signal.« Er hob den rechten Arm. »Habt ihr das kapiert? Könnt ihr das behalten?«

Alle hörten angespannt zu. Der Mann, der am nächsten neben dem vertikalen Luftschacht stand, war so angespannt, daß ihm die Fackel aus der Hand glitt. Er wollte sie packen, griff daneben und sah mit angehaltenem Atem, wie sie in die Leiste neben seinem Fuß rollte.

Sein Begleiter hatte nichts bemerkt. Er kniete nieder und brachte sie wieder an sich. Erleichtert atmete er auf.

Im gleichen Augenblick erschien das Alien hinter dem Rost, auf dem die Fackel so bedrohlich hin und her gerollt war und griff nach ihm. Er brachte einen Schrei heraus und ließ die Fackel erneut zu Boden fallen.

Wo sie hell aufloderte.

Aaron hörte und sah die Explosion gleichzeitig. Seine Augen weiteten sich. »Nein, verdammt noch mal. Wartet auf das verdammte Signal. O Scheiße!«

Dann sah er das Alien und dachte nicht mehr an die Flammen.

Sie verbreiteten sich so schnell, wie die verzweifelten Planer gehofft hatten. Das Feuer schoß die mit QTC gestrichenen Korridore hinab, züngelte Luftschächte hinauf und grillte die getünchten Böden und Gänge. Ripley hörte in ihrem Korridor, wie die Flammen näher kamen und preßte sich gegen eine unbemalte Stelle, während die Luftschächte über ihr in Flammen gehüllt wurden. Ein Häftling in der Nähe war nicht so schnell. Er schrie, als seine Kleidung durch die Hitze Feuer fing.

Morse rollte sich verzweifelt vor den züngelnden Flammen davon, gerade noch rechtzeitig, um zu sehen, wie das Alien über ihm vorbeihastete.

»Es ist hier drüben! He, es ist hier!« Niemand besaß die Neigung oder die Möglichkeit, seinem Alarm Taten folgen zu lassen.

Es war unmöglich, die Ereignisse auch nur noch halbwegs zu überblicken. Verletzte stürzten sich von brennenden Geländern oder von heißen Rosten. Der Häftling Eric sah, wie das Feuer nach ihm griff und schwang sich im letzten Moment in die Sicherheit einer unbemalten Serviceröhre. Kaum hatte er sich hineingezwängt, als die Flammen an ihm vorbeischossen und die Sohlen seiner Stiefel ansengten. Ein Mann wurde getötet, als das Alien aus einem dampfenden Ventilationsschacht auftauchte und direkt auf ihm landete.

Aaron und ein weiterer Häftling rannten wie von Sinnen auf die Giftmüllkammer zu und versuchten den Flammen zu entkommen. Der Zweite Direktor schaffte es. Der andere Mann war nicht ganz so schnell, er hatte weniger Glück. Das Feuer kreiste ihn ein, ohne ihn jedoch aufzuhalten.

Als sie stolpernd die Abzweigung zur Giftmüllkammer erreicht hatten, gelang es Ripley, Dillon und dem Häftling George, den brennenden Mann auf den Boden zu reißen und die Flammen auf seinem Rücken zu ersticken. Aaron schnappte nach Luft. Plötzlich hörte er über sich ein Geräusch. Erstaunlich geistesgegenwärtig schnappte er sich einen QTC-getränkten Aufnehmer und hielt ihn in die nahen Flammen. Dann riß er die improvisierte Fackel in die Höhe und stieß sie durch die offene Luke des oberen Schachts. Die hastenden Schritte entfernten sich.

Ein Häftling starb in Juniors Armen. Seine Lippen bewegten sich, ohne Worte zu formen. Junior sprang auf und stürzte sich wütend in den Rauch und das Feuer hinein. »Komm schon, du Scheusal, hol mich doch! Komm und hol mich!«

Im Hauptzugangskorridor brach ein Mann hustend und nach Atem ringend zusammen. Das letzte, was er sah, als er zu Boden ging, war das Alien, das vor einer Silhouette aus Feuer und enormer Hitze vor ihm aufstieg. Er versuchte zu schreien, aber es gelang ihm nicht mehr.

Junior bog um eine Ecke und kam schlitternd zum Stehen. Das Alien wirbelte herum.

»Lauf, lauf!« Der verzweifelte Mann rannte an dem Monster vorbei, das sofort seine Verfolgung aufnahm.

Vor dem Eingang zur Giftmüllkammer trafen sie alle wieder zusammen, Ripley und Dillon, Aaron und Morse, die Häftlinge, die überlebt hatten. Als das Alien auftauchte, um sie anzugreifen, folgten sie Aarons Beispiel, setzten Aufnehmer in Brand und feuerten die improvisierten Geschosse auf das Ungeheuer ab. Junior nutzte die Situation, um sich von hinten an es heranzuschleichen. »Hier! Nimm das, du Arsch!«

Wieder einmal demonstrierte das Alien seine Neigung, im Kampf das Nächstliegende dem Allgemeinen vorzuziehen. Es wirbelte herum und stürzte sich auf Junior. Zusammen stolperten sie nach hinten... in die Lagerkammer.

Ohne sich von der Hitze abhalten zu lassen, erstickte Dillon noch immer die Flammen auf brennenden Kameraden. Als die Kleidung des letzten Mannes nur noch qualmte, wandte er sich ab und versuchte, durch den Brand zur Rückwand zu gelangen.

Ripley hatte die Kontrollbox erreicht und drückte den roten Knopf, während Aaron weitere brennende Aufnehmer in die Kammer schleuderte. Eine Sekunde später setzte Dillon die Sprinkleranlage in Gang.

Junior stieß einen letzten, verzweifelten Schrei aus, der verstummte, als sich die schwere Tür vor ihm schloß und die Giftmüllkammer versiegelte. Gleichzeitig strömte das Wasser herab, und erschöpfte, geschockte Männer, alle mit den verschiedensten Brand- und Rauchverletzungen, hockten bewegungslos auf dem Gang.

Hinter der Tür ertönte ein Geräusch, wie ein weit entferntes Kratzen. Dinge, nicht Hände, ertasteten die Umgebung, Nicht-Finger kratzten an den Wänden. Das gefangene Alien suchte nach einem Ausweg. Langsam verstummte das Geräusch.

Zwei der Überlebenden sahen einander an, als wollten sie in Jubel ausbrechen. Ripley nahm ihnen barsch die Freude.

»Es ist noch nicht vorbei.«

»Unsinn!« entgegnete einer der Männer erregt. »Es ist drin, die Tür hat funktioniert. Wir haben es.«

»Wovon reden Sie?« wollte nun auch Aaron von ihr wissen. »Wir haben den Bastard in der Falle, ganz wie Sie es geplant hatten.«

Ripley sah ihn nicht einmal an. Sie brauchte auch nichts weiter zu erklären, denn plötzlich wurde die Stille von einem ohrenbetäubenden Schlag zerrissen. Einige Männer stöhnten auf, zwei rannten davon.

Die anderen starrten ungläubig auf die Tür, in der sich eine riesige Ausbuchtung zeigte. Das Echo des Aufpralls donnerte durch die verschiedenen Gänge. Bevor es noch ganz verhallt war, vibrierte ein zweiter donnernder Schlag durch die Vorkammer, und eine zweite Delle zeigte sich in der Tür.

»Dieser Scheißkerl«, knurrte Aaron. »Die Tür ist aus Keramik-Karbid.«

Dillon hörte ihm nicht zu. Auch er hatte das Talent zum Überleben. Er beobachtete Ripley, und da diese sich nicht bewegte, blieb auch er stehen. Wenn sie weglaufen würde, dann würde er ihr ohne Zögern oder anzuhalten auf dem Fuße folgen.

Aber sie lief nicht weg, auch nicht, als sich eine dritte Ausbuchtung bildete. Seine Ohren dröhnten. Diese Frau hätte ich gerne früher kennengelernt, ging es ihm durch den Kopf. Diese Frau konnte einen Mann verändern, konnte den Kurs und die Richtung seines Lebens ändern. Sie hätte auch seines ändern können. Aber das war vorher. Jetzt war es zu spät, und zwar schon lange.

Nun zerrten keine Schlagvibratonen mehr an seinem Trommelfell. In der Barriere erschien keine vierte Ausbuchtung. Totenstille hing über dem Korridor. Langsam wanderten die Blicke von der eingedrückten, aber intakten Tür zu der Frau, die einsam vor den Männern stand.

Als sie sich langsam an der Wand niederließ und die Augen schloß, klang der vereinte Seufzer der Erleichterung, der den Gang füllte, wie der letzte verebbende Windhauch, der das Ende des vorübergezogenen Sturmes anzeigt.

XI

Die Überlebenden trafen sich in der Versammlungshalle. Sie waren dezimiert worden, hatten aber wieder neuen Mut geschöpft. Dillon stand vor ihnen. Er wartete, bis alle anwesend waren. Erst dann begann er.

»Freut euch Brüder! Selbst für die, die gefallen sind, ist dies eine Zeit der Freude. Auch wenn wir ihr Dahinscheiden betrauern, so zollen wir ihrem Mut Ehre. Durch ihr Opfer leben wir, und wer von uns vermag zu sagen, wer es besser hat, die Lebenden oder die Toten?

Eines ist sicher: sie werden belohnt werden. Sie sind schon jetzt an einem besseren Ort, denn einen schlimmeren als diesen kann es nicht geben. Sie werden ewig leben. Freuet euch! Die von uns gegangen sind, sind nicht tot. Sie leben weiter, frei von ihren Fesseln, frei von den Wunden, die ihnen eine gedankenlose Gesellschaft zugefügt hat. Sie hat sie verstoßen, doch nun haben sie die Gesellschaft verstoßen. Sie sind emporgestiegen. Höher! Freut euch und sagt Dank!«

Die Männer neigten sich herab und murmelten leise vor sich hin.

Ripley und Aaron beobachteten die Szene von der Galerie aus. Nach einer Weile sah Aaron seine Begleiterin an. Beide hatten einige Zeit unter der Dusche gestanden. Sie waren zwar noch immer erschöpft, aber zumindest sauber. Ripley hatte die heißen, trommelnden Strahlen genossen. Sie wußte, daß sie dieses Mal kein wachsames Auge auf die Luftschächte oder die Rohrleitungen werfen mußte.

»Was halten Sie davon?« Er deutete auf die zerlumpte kleine Versammlung unter ihnen.

Sie hatte nur mit halbem Ohr zugehört, ihre Gedanken waren woanders. »Nicht allzuviel. Aber ich denke, wenn es ihnen etwas bringt...«

»Sie haben völlig recht. Die Typen sind irre. Aber es hält sie ruhig. Der Direktor und ich waren da einer Meinung. Andrews sagte immer, wie gut es sei, daß Dillon und seine Schäfchen auf diese Sektenekstase abfahren. Danach sind sie gefügiger.«

Sie warf ihm einen Blick zu. »Sie halten nichts von Religion?«

»Ich? Scheiße, nein. Ich habe einen Job.« Er sah nachdenklich aus. »Ich schätze, daß der Rettungstrupp in vier, fünf Tagen hier sein wird. Höchstens sechs. Sie öffnen die Tür, gehen mit ihren intelligenten Kanonen da rein und killen den Bastard? Richtig?«

Ihre Stimme klang gleichgültig. »Haben Sie schon was von ihnen gehört?«

»Nein.« Die Situation gefiel ihm mittlerweile recht gut. Er selbst gefiel sich ebenfalls recht gut. Aus diesem Mist würde sicherlich etwas Gutes für ihn entstehen.

»Wir haben nur ein ›Nachricht verstanden‹ erhalten. Keine Einzelheiten. Später haben wir eine Meldung bekommen, die besagte, Sie seien oberste Priorität. Wieder ohne Erklärung. Sie teilen uns nicht gerne etwas mit. Wir sind hier draußen am Arsch der Welt.«

»Hören Sie«, begann sie vorsichtig. »Wenn die Gesellschaft das Ding mitnehmen will...«

»Es mitnehmen? Machen Sie Witze? Die sind doch nicht wahnsinnig. Sie werden es sofort töten.« Er sah sie ungläubig an und zuckte dann im Geist mit den Schultern. Manchmal glaubte er diese ungewöhnliche Frau genau zu kennen, nur um wenig später völlig überrascht zu werden.

Nun, es war nicht seine Aufgabe, sie zu verstehen; nur sie am Leben zu halten. Das war es, was Weyland-Yutani wollte. Jetzt, wo Andrews tot und das Alien sicher verwahrt war, begann er, einige Möglichkeiten in der Situation zu sehen. Er hatte jetzt nicht nur die Leitung hier, er würde auch derjenige sein, der den Vertreter der Gesellschaft begrüßen und ihn über die Lage unterrichten würde. Er konnte die Ereignisse und seine eigene Rolle seinen Vorgesetzten sicherlich eindrucksvoll darstellen. Vielleicht war ein Bonus für ihn drin, oder vielleicht sogar eine frühzeitige Pensionierung von dem Job auf Fiorina. Es schien ihm nicht zuviel, was er sich erhoffte.

Außerdem verdiente er nach all den Jahren, in denen er vor Andrews hatte kriechen müssen, und den Ereignissen der letzten beiden Tage eine Belohnung.

»He, Sie machen sich wirklich Sorgen, was? Warum? Was gibt es noch für Probleme. Das verdammte Ding ist eingesperrt, es kann uns nicht mehr an den Kragen.«

»Es ist nicht das Alien. Es ist die Gesellschaft. Ich habe das schon zweimal mitgemacht. Sie wollten eines dieser Dinger, von dem ersten Augenblick an, da eines meiner ursprünglichen Crewmitglieder sie entdeckt hatte. Zur Erforschung biologischer Waffen. Sie haben keine Ahnung, womit sie es hier zu tun haben, und es ist mir völlig egal, wie viele Daten sie mittlerweile gesammelt haben. Ich habe Angst, daß sie versuchen werden, dieses hier mitzunehmen.«

Er starrte sie mit offenem Mund an, und sein ehrliches Erstaunen ermutigte sie. Sie hatte Verbündete, zumindest für den Augenblick.

»Zurückbringen? Sie meinen lebendig? Zur Erde?« Er sah, wie sie nickte. »Sie machen Witze.«

»Sehen Sie mich an, Aaron. Ich erzähle das nicht zum Spaß.«

»Scheiße, Sie meinen es ernst. Aber das ist Wahnsinn. Sie müssen es töten.«

Ripley lächelte grimmig. »Genau. Wir sind also derselben Meinung?«

»Jawohl, Sie haben verdammt recht«, entgegnete er eifrig.

Er stand also auf ihrer Seite, überlegte sie. Jetzt noch. Die Gesellschaft verstand es, Menschen umzustimmen, sie dazu zu bringen, ihre Meinung zu ändern. Von ihren Werten ganz zu schweigen.

Es war still auf der Krankenstation. Der Frieden war in die Anstalt zurückgekehrt, wenn auch nicht zu allen ihren Bewohnern. Aaron wußte, daß einige der Häftlinge auf Fiorina waren, weil sie gewisse rezeptpflichtige Pharmazeutika zu persönlichen Zwecken mißbraucht hatten. Nun, da Clemens nicht mehr da war, fürchtete er, daß einige von ihnen diese Stoffe oder ihre chemischen Verwandten entwenden könnten. Deshalb hatte er Morse entsandt, um auf die Giftschränke und auch auf den einzigen Patienten ein Auge zu werfen.

Morse saß auf einer der Kojen und überflog einen Viewer. Er war einer der wenigen, die sich nicht über die mageren Unterhaltungsmöglichkeiten beklagten, er hatte für solche Zerstreuungen nie viel übrig gehabt. Er war ein Mann der Tat, war es zumindest in früheren, aktiveren Tagen gewesen. Jetzt war er nichts als ein Gauner, der von Erinnerungen lebte. Obwohl sie einander seit Jahren kannten und schon Seite an Seite gearbeitet hatten, hatte Golic Morse mit keinem Wort begrüßt und auch danach keinen Ton hervorgebracht. Doch nun wandte der bullige Mann seinen Blick von der Wand. Seine Arme steckten noch immer in der altertümlichen Zwangsjacke.

»He, Morse.«

Der ältere blickte von seinem Viewer auf. »Du kannst also doch sprechen. Und wenn schon. Du hattest sowieso nie was zu sagen.«

»Komm, Bruder. Zieh mir dieses Ding aus.«

Morse grinste höhnisch. »Oh, jetzt, wo sie dich wie einen Sonntagsbraten eingewickelt haben, bin ich plötzlich ein ›Bruder‹. Komm mir nicht mit so einer Scheiße.«

»Komm doch, Mann, sei nicht so. Dieses Ding ist höllisch unbequem. Gib mir 'ne Chance.«

»Niemals. Ich hab' meine Befehle.«

»Bitte, Mann. Es tut weh.«

»Pech.« Morse wandte sich wieder seinem Viewer zu. »Wenn Aaron sagt, daß ich dich losmachen soll, mach' ich dich los. Bis dahin bleibst du in der Jacke. Ich will keinen Ärger, besonders nicht, wenn ein Schiff der Gesellschaft kommt.«

»Ich hab' nichts getan. Ich meine, sicher war ich eine Weile ein bißchen überdreht. Scheiße, nachdem was ich gesehen habe, wer wäre das nicht gewesen? Aber jetzt bin ich okay. Der Doc hat mich wieder hingekriegt. Frag ihn doch einfach.«

Morse sah ihn mißtrauisch an. »Das geht nicht. Den Doc hat's erwischt. Und du warst dabei.«

»O ja, stimmt. Jetzt fällt es mir wieder ein. Schade. Er war kein schlechter Kerl, auch wenn er mir dieses Ding angelegt hat.«

»Halt jetzt den Mund.« Morse verzog angewidert das Gesicht.

Golic bettelte weiter. »Was habe ich denn getan. Sag es mir doch, was habe ich getan?«

Morse seufzte und stellte den Viewer beiseite. Er sah zu seinem Mithäftling hinüber. »Ich weiß es nicht, aber ich sage dir jetzt eines. Ich werde deinen Arsch bewachen, genau, wie man es mir befohlen hat.«

Golic zog verächtlich die Nase hoch. »Du hast vor diesem Hosenscheißer Aaron Angst?«

»Nein, auch wenn er momentan der Anstaltsleiter ist. Ich will nur keinen Ärger mit Dillon, und wenn du schlau bist, was ich bezweifle, dann solltest du besser auch keinen wollen.«

Der größere Mann seufzte düster. »Ich habe nur von dem Drachen erzählt. Davon, was er mit Boggs und Rains gemacht hat. Keiner hat mir geglaubt, aber ich habe die Wahrheit gesagt. Ich bin der letzte, den man festbinden sollte. Es ist nicht fair. Du weißt, daß ich nicht lüge. Du hast es selbst gesehen.«

Morse nickte. »Und ob ich es gesehen habe! Es war groß. Und schnell. Mann, war das Biest schnell. Und häß-lich.« Er schüttelte sich leicht. »Es gibt sauberere Arten zu sterben.«

»Du hast recht.« Golic sträubte sich vergebens gegen seine Fesseln. »Binde mich los, Mann. Du mußt mich losbinden. Was passiert, wenn es hier reinkommt. Ich könnte nicht mehr weglaufen. Ich wäre totes Fleisch.«

»Du wärst auch so totes Fleisch. Ich habe genug von diesem Vieh gesehen. Aber das spielt keine Rolle, weil es nicht hier reinkommen wird.« Er lächelte stolz. »Wir haben es gefangen. Ich und die anderen. Hinter Schloß und Riegel. Ich wette, es ist völlig durchgedreht. Sobald das Schiff ankommt, wird sich die Gesellschaft darum kümmern.«

»Bestimmt«, pflichtete Golic ihm bei. »Und nach dem, was ich gehört habe, sind sie bald hier. Also was soll's? Warum muß ich in dieser Jacke bleiben? Wenn das Schiff kommt, sind meine Arme abgestorben. Dann muß ich operiert werden, völlig sinnlos. Komm schon, Mann. Du weißt, daß sie mich nicht mitnehmen werden, und es kann Monate dauern, bis ein neuer Arzt kommt. Ich werde leiden, und du bist schuld.«

»He, sachte, Mann. Ich hab' dir das Ding nicht angelegt.«

»Nein, aber du läßt mich drin, und der Typ, der es angeordnet hat, ist tot. Aaron kümmert es einen Dreck. Der hat zu viel damit zu tun, sich an den Leutnant ranzuschmeißen. Hat er sich überhaupt mal nach mir erkundigt?«

»Nun, eigentlich nicht«, gab Morse zu.

»Siehst du?« Golics Gesicht leuchtete vor pathetischem Eifer. »Ich mach' dir keinen Ärger, Morse. Ich verkrieche mich, bis das Schiff landet. Aaron wird gar nicht merken, daß ich da bin. Komm schon, mach mich los. Ich habe Hunger. Was ist denn schon dabei? Habe ich dir nicht immer Zigaretten geschenkt?«

»Na ja... das hast du.«

»Du bist mein Freund. Ich mag dich.«

»Ja, ich mag dich auch.« Morse zögerte und fluchte dann leise. »Scheiß drauf, warum nicht? Niemand verdient es, den ganzen Tag wie ein Tier festgebunden zu sein. Nicht mal ein großer, tumber Schwachkopf wie du. Aber du benimmst dich. Wenn du Scheiße baust, kriege ich verdammt viel Ärger.«

»Sicher, Morse. Ich mach' alles, was du sagst.« Golic drehte sich um, und Morse löste die Klammern an den Riemen. »Kein Problem. Vertrau mir, Kumpel. Ich hätte das auch für dich getan.«

»Ja, aber ich bin nicht blöd genug, mich in diesen Frack stecken zu lassen. Die wissen, daß ich normal bin«, meinte Morse.

»Mach dich nicht über mich lustig. Rede ich wie ein Verrückter? Natürlich nicht. Aber jeder macht sich über mich lustig. Nur weil ich soviel esse.«

»Es ist nicht die Tatsache, daß du gerne ißt, es sind deine Tischmanieren, Mann.« Morse kicherte über seinen eigenen Witz, während er den letzten Riemen löste. »Das wär's.«

»Hilf mir bitte, ja? Meine Arme sind so taub, daß ich sie nicht bewegen kann.«

»Scheiße. Schlimm genug, daß sie mir befehlen, auf dich aufzupassen, jetzt muß ich auch noch Kindermädchen spielen.« Er streifte Golic die Jacke ab. Der größere Mann half mit, so gut er konnte.

»Wo haben Sie das Biest eigentlich?«

»In der nächstgelegenen Giftmüllkammer auf Ebene fünf. Mann, haben wir das Ding reingelegt! Ich meine, das Vieh sitzt fest.« Er begann fast zu schwärmen. »Die Scheiß-Marines haben's nicht geschafft, aber wir.«

Golic ruderte mit den Armen. Sie flogen von hinten über seinen breiten Brustkorb, dann wirbelte er sie herum, um den Blutkreislauf wieder in Schwung zu bringen.

»Aber es lebt noch?«

»Ja. Schade. Du hättest die Dellen sehen sollen, die es in die Tür geschlagen hat. Eine Keramik-Karbid-Tür, Mann!« Er schüttelte nachdenklich den Kopf. »Ein verdammt zäher Organismus. Aber wir haben ihn erwischt.«

»Ich muß ihn wiedersehen.« Der Blick des großen Mannes war auf einen Punkt hinter Morse gerichtet, auf etwas, das nur Golic sehen konnte. Seine Miene war ausdruckslos und undurchdringlich. »Muß ihn wiedersehen. Er ist mein Freund.«

Morse wich argwöhnisch zurück. »Wovon, zum Teufel, sprichst du?« Er blickte zur Eingangstür der Krankenstation hinüber.

Golic riß fast beiläufig einen Feuerlöscher von der Wand. Die Augen des anderen weiteten sich. Er versuchte, an Golic vorbei zur Tür zu gelangen, aber er war zu langsam. Der Feuerlöscher sauste herab, einmal, zweimal, und Morse brach zusammen wie ein schlechtes Alibi.

Golic betrachtete ihn nachdenklich. Die Traurigkeit des Wahnsinnigen spiegelte sich in seinem Gesicht, sein Tonfall war entschuldigend. »Tut mir leid, Bruder, aber ich hatte das Gefühl, du würdest mich nicht verstehen. Keine Zigaretten mehr für dich, Kumpel.«

Lautlos stieg er über den bewußtlosen Körper und verließ den Raum.

XII

Aaron fingerte an dem Raumkommunikator herum. Er war in die Bedienung der Anlage eingeweiht worden, bei seinem Dienstgrad war es Pflicht, sie bedienen zu können. Aber seit er nach Fiorina geschickt worden war, hatte er keine Möglichkeit mehr gehabt, seine Kenntnisse anzuwenden. Die wenigen Male, bei denen die kostspielige, fast augenblickliche Kommunikation zwischen der Anlage und dem Hauptquartier erforderlich gewesen war, hatte Andrews die Dinge in die Hand genommen. So war er gleichermaßen erfreut und erleichtert, als die ersten Zeichen auf dem Bildschirm erschienen und anzeigten, daß der Kontakt mit den notwendigen Relais hergestellt war.

Ripley beugte sich über ihn, während er das Keyboard bediente. Sie gab ihm keine Ratschläge, und auf eine seltsame, aber dennoch ehrliche Art war er ihr dankbar dafür. Noch während er sendete, erschien die Botschaft auf dem Hauptbildschirm. Jeder Buchstabe repräsentierte eine ungeheuere Sendestärke. Glücklicherweise arbeitete die Kernschmelzungsanlage so effektiv wie immer, so daß an der notwendigen Energie kein Mangel bestand. Was die Kosten anbetraf, nun, das war etwas ganz anderes, aber er beschloß diesen Aspekt zu ignorieren, bis und falls die Gesellschaft darüber reden wollte.

FURY 361 – STRAFANSTALT KLASSE C

FIORINA

MELDUNG: TODESFÄLLE: DIR. ANDREWS, MED. OFF. CLEMENS, 8 HÄFTLINGE. NAMEN: ...

Als er die Liste beendet hatte, schaute er sich nach ihr um. »Okay, das war der erste Teil. Schön formal, so wie die Gesellschaft es gerne hat. Was sage ich jetzt?«

»Sagen Sie ihnen, was geschehen ist. Daß das Alien mit dem RF gelandet und in den Komplex eingedrungen ist, daß es die Bewohner des Planeten einen nach dem anderen niedergemacht hat, bis wir einen Plan entwickelt und es in eine Falle gelockt haben.«

»Gut.« Er wandte sich wieder seiner Tastatur zu. Er zögerte. »Wie soll ich es nennen? Einfach das ›Alien‹?«

»Das wird der Gesellschaft wahrscheinlich reichen. Sie wissen, was Sie meinen. Technisch gesehen ist es ein Xenomorph.«

»Gut.« Er zögerte erneut. »Wie buchstabiert man das?«

»Hier.« Sie schob ihn mit dem Ellbogen beiseite und beugte sich über das Keyboard. »Mit Ihrer Erlaubnis?«

»Machen Sie nur«, meinte er generös. Staunend sah er zu, wie ihre Finger über die Tasten flogen.

HABEN XENOMORPH GEFANGEN. ERBITTEN ERLAUBNIS ZUR LIQUIDIERUNG.

Aaron runzelte die Stirn, als sie zurücktrat. »Das war verschwendet. Wir können es gar nicht töten. Wir haben keine Waffen, haben Sie das vergessen?«

Ripley ignorierte ihn und konzentrierte sich auf den leuchtenden Bildschirm. »Das müssen wir ihnen ja nicht verraten.«

»Warum fragen wir dann?« Er war ganz offenbar verwirrt, und sie hatte es nicht eilig, ihn aufzuklären. Sie mußte an wichtigere Dinge denken.

Schon tauchten die ersten Buchstaben auf der Anzeige auf. Sie lächelte böse. Sie verschwendeten keine Zeit mit ihrer Antwort. Zweifellos hatten sie Angst, daß sie beim Ausbleiben einer schnellen Antwort ihre Anfrage einfach in die Tat umsetzen würde.

AN FURY 361 STRAFANSTALT KLASSE C
VOM NETZWERK COMCON WEYLAND-YUTAMI
NACHRICHT ERHALTEN

Aaron lehnte sich zurück und rieb sich erschöpft die Stirn. »Sehen Sie, das ist alles, was sie uns je mitteilen. Behandeln uns wie Dreck, so als ob wir es nicht wert wären, daß man Geld für ein paar zusätzliche Worte ausgibt.«

»Warten Sie nur«, meinte Ripley.

Er blinzelte erstaunt. Die erwartete offizielle Bestätigung verschwand vom Bildschirm, aber schon erschienen dort neue Buchstaben.

SUCHTRUPP TRITT IN 12 STUNDEN IN IHRE UMLAUF-

BAHN EIN. EINTREFFEN ABWARTEN. ERLAUBNIS ZUR LIQUIDIERUNG DES XENOMORPHS VERWEIGERT. VERMEIDEN SIE BIS ZUM EINTREFFEN DES SUCHTRUPPS JEDEN KONTAKT. WIEDERHOLE BEFEHL – ERLAUBNIS VERWEIGERT.

Es folgte noch mehr von der gleichen Machart, aber Ripley hatte genug gesehen. »Scheiße.« Sie wandte sich ab und kaute gedankenverloren auf ihrer Unterlippe herum. »Ich wußte es.«

Sein Blick verengte sich, während er versuchte, sich auf sie und den Bildschirm zu konzentrieren. »Was meinen Sie, Sie wußten es? Es bedeutet gar nichts. Vielleicht wissen sie, daß wir keine Waffen haben.«

»Und warum dann ein Befehl? Warum bestehen sie so ängstlich darauf, daß wir etwas nicht tun, wovon sie wissen, daß wir es gar nicht tun können?«

Er zuckte unschlüssig mit den Schultern. »Wahrscheinlich wollen sie keine Risiken eingehen.«

»Das stimmt«, murmelte sie entschlossen. »Sie wollen keine Risiken eingehen.«

»He«, meinte Aaron plötzlich. »Sie denken doch nicht etwa daran, die Firmenpolitik zu unterlaufen, oder?«

Jetzt lächelte sie. »Wer, ich? Verbannen Sie den Gedanken aus Ihrem Kopf.«

Der Vorraum der Giftmüllkammer war nur spärlich erhellt, aber die unzureichende Beleuchtung störte die beiden Wache schiebenden Gefangenen nicht. Es gab nichts mehr in den Schächten und Tunneln, das ihnen etwas tun konnte, und in der Kammer war es still. Die drei Dellen waren deutlich sichtbar, aber sie waren nicht größer geworden, und es war keine vierte hinzugekommen.

Ein Häftling lehnte lässig an der Wand und kratzte mit einem dünnen Stück Plastik den Dreck unter seinen Fingernägeln hervor. Sein Begleiter saß auf dem harten kalten Boden und sprach mit sanfter Stimme.

»Und ich sage dir, das Ding ist längst tot.« Der Sprecher hatte sandblondes Haar mit grauen Flecken an den Schläfen, und seine lange, gebogene Nase hätte einen Beobachter zu einer anderen Zeit und an einem anderen Ort an einen libanesischen Kaufmann erinnert.

»Woher willst du das wissen?« fragte sein Begleiter.

»Du hast doch gehört, was der Direktor gesagt hat. Nichts kann in diese Schachtel rein und nichts kann raus.« Er deutete mit dem Daumen zur Lagerkammer hin. »Nicht einmal Gase.«

»Na und?«

Der erste Mann tippte sich gegen die Stirn. »Denk nach, Schwachkopf. Wenn kein Gas entweichen kann, dann kann auch kein Sauerstoff reinkommen. Und dieses Mistvieh ist schon so lange da drin, daß es die Luft schon zweimal aufgebraucht hat.«

Der andere schielte zu der eingedellten Tür hinüber. »Na ja, vielleicht.«

»Was soll das heißen, ›vielleicht‹? Es ist groß, und deshalb verbraucht es viel Sauerstoff. Viel mehr als ein Mensch.«

»Das wissen wir nicht«, entgegnete sein Freund mit dem düsteren Tonfall des ewigen Skeptikers. »Es ist eben kein Mensch. Vielleicht braucht es weniger Luft. Oder es kann so eine Art Winterschlaf halten.«

»Vielleicht solltest du mal reingehen und nachsehen, wie es ihm geht.«

Der Angesprochene sah nur gelangweilt von seiner Arbeit auf.

»He, hast du das gehört?« Der andere sah plötzlich nach rechts, in das finstere Licht des Haupttunnels.

»Was ist denn los?« fragte sein Begleiter grinsend. »Kommt der Schwarze Mann?«

»Verdammt noch mal, ich habe was gehört.« Dann hörten sie beide deutlich die Fußschritte, die sich näherten.

»Mist.« Der Manikürte stieß sich von der Wand ab und schaute in die Dunkelheit.

Eine Gestalt tauchte auf, die Hände hinter dem Rücken. Die beiden Männer atmeten erleichtert auf und lachten verlegen.

»Scheiße, Golic.« Der kleinere Mann setzte sich wieder auf

den Boden. »Du hättest dich wirklich anmelden können. Wenigstens pfeifen oder so.«

»Ja«, sagte sein Freund und deutete auf die Kammer. »Das Ding kann bestimmt nicht pfeifen.«

»Ich werde dran denken«, meinte der große Mann. Sein Blick war leer, und er schwankte leicht hin und her.

»He, bist du okay, Mann? Du siehst komisch aus«, erkundigte sich der Skeptiker.

»Er sieht immer komisch aus«, gluckste der kleinere Mann.

»Schon okay. Ist nur ab und zu. Also, ich muß da rein.« Golic nickte zur Kammer hinüber.

Die beiden Männer sahen einander erstaunt an. Der eine ließ seinen Nagelreiniger langsam in einer Jackentasche verschwinden. Er betrachtete den Neuankömmling genauer.

»Wovon, zum Teufel, spricht er?« fragte der Theoretiker.

»Der Typ ist verrückt«, erklärte sein Begleiter mit Überzeugung.

»Was machst du überhaupt hier, Mann? Wann haben sie dich aus der Krankenstation entlassen?«

»Ist schon in Ordnung.« Golics Gesicht leuchtete vor Glück und Erwartung. »Ich muß nur da rein und das Monster sehen. Wir haben verdammt viel zu bereden«, fügte er hinzu, als würde das alles erklären. »Ich muß da rein, versteht ihr?«

»Nein, das verstehen wir nicht. Aber eines weiß ich. Weder du noch sonst irgend jemand wird da hineingehen, Blödmann. Dieses Vieh wird dir bei lebendigem Leib den Arsch aufreißen. Und wenn du dieses Stück Scheiße rausläßt, dann macht es das gleiche mit uns allen. Bist du denn völlig blöde, Bruder?«

»Wenn du dich umbringen willst«, meinte sein Begleiter, »dann spring in einen Minenschacht. Aber hier wirst du es nicht tun. Und jetzt verschwinde, wir wollen keinen Ärger mit dem Direktor kriegen.« Er ging auf den Störenfried zu.

»Der Direktor ist tot«, entgegnete Golic ernst, während er den Knüppel hervorholte, den er die ganze Zeit hinter seinem Rücken verborgen hatte. Blitzschnell schlug er den auf ihn zukommenden Häftling nieder.

»Was, zum Teufel?«... Nimm ihm...!«

Sie waren nicht darauf vorbereitet, wie schnell und beweglich Golic war, aber dieses Mal trieb ihn etwas voran, das viel stärker war als seine Freßlust. Auch der andere Mann ging unter seinen Schlägen zu Boden, das Blut strömte über ihre Köpfe und Gesichter. Alles war sehr schnell vorbei. Golic blieb nicht stehen, um zu sehen, ob seine Kameraden noch lebten, da es ihn einfach nicht interessierte. Alles, was jetzt noch zählte, war die Obsession, die die absolute Herrschaft über seinen Geist, seine Emotionen, ja über ihn selbst übernommen hatte.

Dann warf er doch einen Blick auf die Körper, die vor ihm lagen. »Ich wollte es eigentlich gar nicht. Ich werde mit euren Müttern sprechen, ich werde alles erklären.«

Er ließ den Knüppel fallen, ging zur Tür und fuhr mit den Händen über das eingedellte Metall. Er preßte ein Ohr an die glatte Oberfläche und lauschte aufmerksam. Kein Geräusch, kein Kratzen, nichts. Er kicherte leise und ging zur Kontrollbox. Nachdenklich betrachtete er sie eine Weile, so wie ein Kind ein kompliziertes neues Spielzeug studiert.

Glucksend begann er, verschiedene Knöpfe auszuprobieren, bis einer reagierte. Der Mechanismus der Keramo-Karbid-Wände ächzte, Metall strich gegen Metall. Die Tür glitt langsam zur Seite.

Doch nur bis eine der großen Dellen gegen den Rand stieß.

Stirnrunzelnd stemmte Golic seinen Körper in den schmalen Spalt und versuchte mit aller Kraft die hinderliche Barriere zu überwinden. Die Motoren summten verwirrt. Die Tür öffnete sich einen Spalt breiter, dann blieb sie ganz stehen. Das Geräusch der Motoren erstarb. Erneut regierte die Stille.

Golic konnte kaum mehr als einen Kopf in die Dunkelheit der Kammer stecken. »Okay, ich bin hier. Ich hab's geschafft. Sag mir nur, was du willst. Sag mir nur, was ich tun soll, Bruder.« Er lächelte.

In der Dunkelheit vor ihm war es still wie in einem Grab. Nichts rührte sich.

»Um eines klarzustellen: ich bin ganz auf deiner Seite. Ich

will meine Aufgabe erfüllen. Du mußt mir nur sagen, was ich als nächstes machen soll.«

Obwohl es eine ganze Weile durch die leeren Gänge hallte, konnten die beiden bewußtlosen, blutenden Männer auf dem Boden den langgezogenen, hohen Schrei nicht hören.

Dillon saß entspannt auf seinem Bett und spielte konzentriert die tausendste oder zehntausendste Partie Solitaire. Langsam drehte er eine neue Karte um und drehte seine eine lange Rastalocke, während er zu der Frau sprach, die vor ihm stand.

»Sie wollen mir erzählen, daß sie kommen und dieses Ding mitnehmen werden?«

»Sie werden es versuchen«, bekräftigte Ripley. »Sie wollen es nicht töten.«

»Warum? Das ist doch unsinnig.«

»Sie haben vollkommen recht, aber sie werden es trotzdem versuchen. Ich habe das schon einmal durchgemacht. Sie betrachten das Alien als potentielle Quelle neuer biologischer Kampfstoffe, vielleicht sogar eines ganzen Waffensystems.«

Dillons Lachen klang tief und voll. Aber die Vorstellung machte auch ihm angst. »Mann, die sind wahnsinnig.«

»Sie werden uns nicht zuhören, sie denken, sie wissen alles. Und da nichts auf der Erde ihnen etwas anhaben kann, glauben sie auch, daß dieses Ding das nicht kann. Aber ihm ist es egal, wieviel Macht die Gesellschaft hat und wie viele Politiker sie kontrolliert. Wenn sie es für Studienzwecke mit runternehmen, wird es ihnen außer Kontrolle geraten. Das Risiko ist zu groß. Wir müssen einen Weg finden, mit ihm Schluß zu machen, bevor sie hier sind.«

»Nach dem, was Sie mir erzählt haben, dürfte das Weyland-Yutani gar nicht gefallen.«

»Es ist mir scheißegal, ob es ihnen gefällt oder nicht. Ich weiß besser als jeder andere, besser als ihre sogenannten Spezialisten, zu was diese Dinger imstande sind. Sicher, man kann eine Zelle bauen, aus der sie nicht mehr herauskommen. Das haben wir bewiesen. Aber sie sind geduldig, und sie nutzen die kleinste Gelegenheit. Ein Fehler, und alles ist vorbei. Hier oder auf einem kleinen, isolierten Außenposten wie Acheron bedeutet das nicht viel. Aber wenn diese Dinger je auf die Erde losgelassen werden, dann wird das jüngste Gericht dagegen wie ein Schulausflug wirken.«

Der große Mann spielte noch immer mit seiner Rastalocke. Er zog an seiner Zigarette. »Schwester, bis wir dieses Mistvieh in der Falle hatten, habe ich viele Glaubensbrüder verloren. Männer, die ich kannte und mit denen ich lange, harte Jahre verbracht habe. So viel von uns gab es von Anfang an nicht, und ich werde sie vermissen.« Er sah auf. »Ich und meine Brüder werden nicht diejenigen sein, die in die Kammer gehen und mit Holzlatten auf dieses Vieh einschlagen. Außerdem, warum sollen wir es töten, wenn die Gesellschaft extra deswegen herkommt? Sollen die sich darum kümmern.«

Sie beherrschte sich. »Das habe ich Ihnen gesagt. Sie werden es mit zur Erde nehmen.«

Er zuckte gleichgültig mit den Schultern. »Was ist daran so schlimm?«

»Es wird sie vernichten. Sie können es nicht unter Kontrolle halten. Ich habe doch schon gesagt, es wird sie umbringen. Alle.«

Dillon lag auf dem Rücken, blickte zur Decke und zog nachdenklich an seiner Zigarette. »Wie ich schon sagte, was ist daran so schlimm?«

Auf dem Flur vor dem Zimmer des großen Mannes ertönten Fußschritte. Neugierig richtete er sich auf. Auch Ripley wandte sich um.

Morse stand vor ihnen. Er atmete schwer. Sein Blick wanderte vom einen zur anderen. Offensichtlich hatte er Ripley nicht hier erwartet. »He, Dillon.«

Der Angesprochene nahm die Zigarette aus dem Mund. »Du unterbrichst eine private Unterhaltung, Bruder.«

Morse blickte erneut zu Ripley, dann wieder zu seinem Mithäftling. »Verschiebt sie. Wir haben da ein ganz beschissenes Problem, Kumpel.«

Aaron war kein MedTech, aber man brauchte keinen Arzt, um zu erkennen, wie die beiden Männer umgebracht worden waren. Man hatte ihnen die Schädel eingeschlagen. Das war nicht die Art des Aliens. Der blutige Knüppel, den Aaron neben den Leichen entdeckte, bestätigte seinen Verdacht. Der Mörder hatte von seiner Tat allerdings auch nicht profitiert. Golics verstümmelter Körper lag ganz in der Nähe.

Nachdem Aaron sich erhoben hatte, blickte auch er, wie alle anderen, betäubt auf den Spalt in der Türöffnung der Giftmüllkammer. Dillon hatte mit einer Fackel hineingeleuchtet; die Kammer war leer.

»Jetzt reicht es«, zischte Aaron wütend. »Dieser armselige, verrückte Mistkerl hat es rausgelassen. Dieses Arschloch. Aber bei Gott, er hat bekommen, was er verdient hat. Andrews hatte recht. Den Kerl hätte man vom ersten Tag an unter Drogen setzen und anketten sollen. Diese verdammten, sogenannten Rehabilitationsexperten.« Aaron schäumte vor Wut. Dann fiel sein Blick auf Ripley. »Was ist los? Wieder Nebenwirkungen?« fragte er besorgt.

Sie lehnte an der Wand, atmete in langen, merkwürdigen Zügen ein und hielt sich den Magen.

»Ich scheiß' auf sie«, knurrte Morse. »Das Scheiß-Vieh läuft frei herum.« Er starrte wild um sich. »Was, zum Teufel, machen wir jetzt?«

»Das fragst du?« knurrte Aaron. »Du bist der Idiot, der Golic hat laufen lassen. Du verdammter Mistkerl, du hast uns alle auf dem Gewissen.«

Für einen Mann, dessen Körperbau recht unauffällig war, besaß er einen harten Schlag. Morse ging schwer zu Boden, und das Blut strömte aus seiner Nase. Der Direktor beugte sich drohend über ihn, aber plötzlich packte ihn jemand von hinten. Dillon hob ihn wie ein Kind in die Luft und ließ ihn etwas weiter wieder auf den Boden. Aaron schnappte nach Luft und funkelte ihn zornig an.

»Diese Scheiße läuft hier nicht«, warnte Dillon ihn.

»Sehen Sie sich vor, Dillon! Noch habe ich hier die Aufsicht!«

»Das stelle ich nicht in Frage. Aber so etwas machen Sie

nicht noch einmal. Haben Sie mich verstanden? Sie schlagen keinen der Brüder. Das ist mein Job.«

Einen Augenblick lang sahen sie einander an. Dann holte der Direktor tief Luft und deutete auf Morse, der sich noch immer auf dem Boden wand. »Dann sag deinem Hampelmann hier, daß er sich zusammenreißen soll. Er ist an dieser ganzen Scheiße schuld.«

Dillon ignorierte beide Männer und wandte sich an Ripley. »Was glauben Sie? Wir haben es einmal geschafft. Haben wir noch eine Chance?«

Sie lehnte noch immer an der Wand. Ihr Atem ging schwer, ihre Gesichtszüge waren schmerzverzerrt. Ihr Kopf brachte sie fast um. Als sie schließlich aufblickte, sah man ihr den Schmerz und die Übelkeit an.

»Ich muß... ich muß zum RF.«

»Ja, sicher, aber zuerst sollten wir über das Vieh reden.«

»Nein.« Sie schüttelte heftig den Kopf, und ihre Augen füllten sich mit Tränen. »Zuerst das RF... jetzt.«

Aaron betrachtete sie beunruhigt. »Ja, okay. Wie Sie wollen. Kein Problem. Aber warum?«

»Der Neuroscanner. Ich brauche einen der Scanner, die in Hyperschlaftruhen eingebaut sind. Ich weiß nicht, ob Sie auf der Krankenstation etwas Ähnliches haben, aber das spielt keine Rolle. Clemens ist nicht mehr da, und ich bin nur in der Lage, die Geräte im RF zu bedienen. Wenn sie noch funktionieren.« Sie zuckte zusammen, beugte sich nach vorne und preßte eine Hand gegen den Bauch.

Dillon eilte zu ihr und schob Aaron auf die andere Seite. Dieses Mal wehrte sie sich nicht gegen die Hände, die sie stützten. Sie lehnte sich gegen Dillon, bis ihr Atem wieder regelmäßiger wurde.

»Was ist mit Ihnen los? Sie sehen nicht gut aus.«

»Nebenwirkungen der Medikamente, die Clemens ihr gegeben hat«, klärte Aaron ihn auf. »Denke ich zumindest«, fügte er unsicher hinzu.

»Wer schert sich einen Dreck darum, wie es ihr geht«, schnappte Morse, der sich wieder erholt hatte. »Was machen wir jetzt?«

Aaron warf ihm einen drohenden Blick zu. »Willst du wieder auf die Bretter, du kleiner Scheißer? Halt dein verdammtes Maul und hör auf, Panik zu verbreiten.«

Morse ließ sich nicht einschüchtern. »Panik! Sie sind so blöd, daß Sie das Wort nicht mal buchstabieren könnten. Erzählen Sie mir nichts von Panik! Panik ist angesagt. Wir sind dran!«

»Ja? Und wessen Fehler ist das?«

»Haltet den Mund! Beide!« brüllte Dillon.

Einen Moment lang war es still, während die zwei Männer einander anstarrten. Schließlich zuckte Aaron mit den Schultern.

»Okay. Also, mir fällt nichts mehr ein. Was sollen wir tun?«

»Wie wär's, wenn wir am Strand warten würden?« schlug Morse hoffnungsvoll vor.

»Oh, am Strand«, entgegnete der Direktor sarkastisch. »Es dauert ja nur noch eine Woche, bevor sich die Sonne wieder zeigt, und bis dahin sind es draußen lediglich minus vierzig Grad. Das Rettungsteam kommt in zehn Stunden. Ein sehr guter Vorschlag.«

»Na, wunderbar«, murmelte Morse, während Ripley sich umdrehte und fortging. »Also bleiben wir hier und lassen uns von diesem beschissenen Vieh zum Frühstück auffressen.«

»Hol alle zusammen, die noch übriggeblieben sind«, befahl ihm Dillon plötzlich. »Bring sie in die Versammlungshalle. Leutnant, Sie können...« Er sah sich verwundert um. »Wo ist sie hin?«

Das RF lag noch immer in der riesigen Entladebucht, dort wo man es zurückgelassen hatte. Unberührt und irgendwie einsam leuchtete es im flackernden Schein des düsteren, industriellen Lichts. Ripleys Fußschritte hallten durch die Gänge, präzise und kurz klangen sie in der Metallgrube wider. Eine schwache Beleuchtung vor ihren Füßen zeigte ihr den Weg durch das Halbdunkel.

Als sie die zusammengedrückten Quartiere erreicht hatte,

zog Ripley sich aus und legte ihre Kleider sorgfältig zur Seite. Nackt setzte sie sich vor ein kleineres Keyboard. Nach mehreren Anläufen erwachte es schließlich flackernd zum Leben.

Ihre Finger bearbeiteten die Tastatur. Sie dachte kurz nach, gab noch weitere Daten ein. Dann betrachtete sie nachdenklich die Informationen, die auf dem kleinen Bildschirm auftauchten. Sie erhob sich, drehte der Anzeige den Rücken zu und ging zu der Hyperschlaftruhe, in der sie nach Fiorina gekommen war.

Es kostete sie Mühe, sich in den Behälter zu zwängen, und als sie die Hand ausstreckte, um das Keyboard zu betätigen, konnte sie es kaum erreichen.

»Brauchen Sie Hilfe?«

Aarons plötzliches Auftauchen ließ sie zusammenfahren.

»He, ich wollte Sie nicht erschrecken. Aber Sie sollten nicht allein herumlaufen.«

»Das habe ich schon mal gehört. Tun Sie mir einen Gefallen. Bedienen Sie das Keyboard. Ich komme kaum ran und kann nicht sehen, was ich tue.«

Er nickte und nahm den Sitz ein, während sie sich wieder in der Truhe zurücklehnte. »Was muß ich tun?«

»Nur sehr wenig, hoffe ich. Die Prozedur ist ziemlich simpel. Fertig?« fragte sie, ohne ihn anzusehen.

Er saß vor dem Bildschirm, hilfsbereit, aber von der Vielzahl der Optionen und Befehle ziemlich verwirrt. »Ich denke schon. Was mache ich jetzt?«

»Vergessen Sie die Fachsprache. Unten am Bildschirm finden Sie ein Menü.«

Er senkte den Blick und nickte. »Ich sehe es. Was jetzt?«

»Drücken Sie entweder B oder C. Was ist C?«

Er studierte die schimmernde Anzeige. »Zeige Biofunktionen.«

»Genau das.«

Auf den Befehl hin erschien ein neues Bild auf dem Schirm, nicht weniger kompliziert als das zuvor. »Okay, jetzt habe ich hier eine neue Seite voller Kauderwelsch.«

»Genau das gleiche. Menü am unteren Bildschirmrand.

Da müßte ein V-Befehl sein, für visuelle Anzeige. Geben Sie den ein.«

Er gehorchte und warf einen Blick über die Schulter.

In der klaustrophobischen Enge der Truhe begann ein kleiner Motor zu summen. Ripley rutschte unbehaglich auf der gepolsterten Liegefläche hin und her. Sie kam sich wie eine Wanze unter einem Mikroskop vor. Plötzlich schien alles zusammenzuschrumpfen, die Wände und die Decke des RF drohten zusammenzustürzen und sie für immer in der Truhe zu begraben. Sie konzentrierte sich darauf, ihren Herzschlag regelmäßig zu halten. Sie schloß die Augen und atmete ruhig. Das half, wenigstens etwas.

Der Monitor vor Aaron flackerte auf. Die unverständlichen technischen Informationen verschwanden und wurden von einem dreidimensionalen Abbild des Inneren von Ripleys Schädel ersetzt, der langsam abgetastet wurde.

»Okay«, sagte er zu ihr. »Ganz heiß. Ich sehe mir gerade Ihr Gehirn an. Der Scanner druckt neben dem Bild noch eine ganze Reihe von Informationen aus, und unten am Bildschirm gibt es noch alle möglichen Optionen.«

»Damit kann man das Scanner-System präzisieren«, hörte Ripley ihre eigene Stimme sagen. »Sie wissen schon: Nervensystem, Blutkreislauf, und so weiter. Aber ich brauche es nur ganz allgemein. Rühren Sie nichts an.«

»Das ist kein Problem.« Fasziniert starrte er auf den Bildschirm. »Wonach soll ich suchen? Ich weiß nicht, wie man dieses Zeug richtig liest.«

»Ingorieren Sie die Informationen und achten Sie nur auf das Visuelle. Wo ist der Scanner jetzt?«

»Bewegt sich Ihren Hals hinab. Sollte ich da schon etwas feststellen können?«

»Wenn es da ist, dann werden Sie es erkennen, sobald Sie es sehen.«

»Okay, aber bis jetzt sieht alles ganz normal aus. Ich bin natürlich kein Clemens.«

»Machen Sie sich deswegen keine Sorgen«, beruhigte sie ihn. »Das brauchen Sie auch nicht zu sein.«

Sie hörte das leise Säuseln des Scanners, der ihren Körper

hinunterfuhr. Irgendwo in der mit Instrumenten vollgepackten Hyperschlaftruhe glitt er auf seinen verborgenen Schienen weiter. Obwohl es zwischen ihr und dem Gerät keinen direkten körperlichen Kontakt gab, zuckte sie bei dem Gedanken daran leicht zusammen. Wer behauptete, daß es zwischen der Vorstellungskraft und dem Körper keine Verbindung gab, hatte noch nie einige Zeit in einer Hyperschlaftruhe verbracht.

»Jetzt kommt der obere Brustkorb«, meldete Aaron. »Ich kann die Spitzen Ihrer Lungen sehen. Jetzt kommt das Herz in Sicht.«

Trotz ihrer Unbeirrbarkeit merkte sie, wie sie sich unwillkürlich verspannte. Die Muskeln ihres rechten Oberarms begannen spasmodisch zu zucken. Die Stimme des Direktors hallte wie ein tödliches Dröhnen in ihren Ohren.

»Volle Sicht auf den Brustkorb, zumindest nach dem, was hier steht. Herz und Lunge scheinen normal zu funktionieren. Weiter abwärts.«

Das Zucken ließ nach, ihr Atem wurde ruhiger. »Sind Sie sicher?«

»Also, ich sehe nichts. Wenn Sie mir genauer erklären, wonach ich suchen soll... vielleicht habe ich es übersehen.«

»Nein.« Sie schüttelte heftig den Kopf. »Nein, Sie haben es nicht übersehen.«

»Wie kann man das Bild vergrößern?«

»Versuchen Sie B.«

Er folgte ihrem Vorschlag. »Nichts.« Er versuchte es erneut, wobei er vor sich hinmurmelte. »Ich muß einen besseren Winkel kriegen.«

Das Gerät summte. Plötzlich fuhr er zusammen.

»O Gott, das ist...« Er hielt mitten im Satz inne und starrte mit aufgerissenen Augen auf den Bildschirm.

»Was ist los?« wollte sie wissen. »Was ist da?«

»Ich... ich weiß nicht, wie ich es Ihnen sagen soll. Ich glaube, Sie tragen eins von denen in sich.«

Er starrte ungläubig auf den Schirm. Die embryoartige Kreatur zeigte eindeutige Ähnlichkeiten mit dem Monster, das die Männer getötet hatte... und doch war es anders, auf subtile, aber nicht zu übersehende Art und Weise.

Das war nicht fair, dachte sie. Sie hatte schon seit Tagen einen Verdacht, ja, sie hatte es gewußt. Dann hatte der Brustkorbscanner nichts gezeigt, und sie hatte Hoffnung geschöpft. Und jetzt das: die ultimative, tödliche Enthüllung. Aber ein Schock war es nicht mehr.

Jetzt, da ihre Befürchtungen bestätigt waren, fühlte sie sich merkwürdig erleichtert. Die Zukunft war nicht länger ungewiß. Sie konnte vertrauensvoll vorangehen, sie wußte nun, daß sie den richtigen Weg eingeschlagen hatte. Den einzigen Weg.

»Wie sieht es aus?«

»Grauenhaft, furchtbar«, antwortete Aaron. Was er sah, schockierte und faszinierte ihn zugleich. »Wie eins von denen, nur kleiner. Vielleicht ein bißchen anders.«

»Anders? Sind Sie sicher?«

»Wie kann ich sicher sein! Ich bin nicht lange genug geblieben, um ein paar Schnappschüsse von dem anderen zu machen.«

»Keyboard«, sagte sie zu ihm. »Drücken Sie auf ›Pause‹.«

»Schon geschehen. Der Scanner steht still.«

»Drehen Sie den Bildschirm zu mir. Ich muß einen Blick darauf werfen.«

Aaron zögerte. Er blickte zur Truhe und der Frau, die darin lag. »Ich weiß nicht recht. Lieber nicht.«

»Ich will es so. Machen Sie schon.«

Er kniff die Lippen zusammen. »Okay. Wenn Sie soweit sind.«

»Ich habe nicht gesagt, daß ich soweit bin. Sie sollen es nur machen.«

Er verschob den Monitor und wartete, während sie einen langen, furchtlosen Blick darauf warf.

»Okay, das reicht.« Sofort deaktivierte Aaron den Scanner.

»Es tut mir leid«, murmelte er so sanft wie möglich. »Ich weiß nicht, was ich sagen soll. Wenn ich irgend etwas tun kann...«

»Ja.« Sie versuchte, sich aus dem engen Behälter zu zwängen. »Helfen Sie mir hier raus.« Sie streckte ihm ihre Arme entgegen.

XIII

Die wenigen Gefangenen, die noch lebten, ließen die Versammlungshalle um so größer erscheinen. Die Männer diskutierten leise untereinander, bis Dillon einen Glaskasten an der Wand einschlug. Er griff hinein und riß eine Feueraxt aus ihrer Halterung. Dann drehte er sich um und hielt sie über seinen Kopf.

»Gib uns die Kraft, o Herr, unser Schicksal zu ertragen, bis der Tag kommt. Amen.«

Fäuste reckten sich in die Höhe. Die Männer wußten nicht, was sie erwartete, aber sie waren bereit. Dillon sah sie eindringlich an.

»Es ist frei. Es ist irgendwo da draußen. Ein Suchtrupp mit Gewehren und allem möglichen ist auf dem Weg. Für uns gibt es jetzt keinen Ort mehr, der sicher wäre. Ich sage, wir sollten hier bleiben. Hier gibt es keine Ventilationsschächte in der Decke. Wenn es hier herein will, dann muß es durch die Tür. Wir stellen eine Wache auf, die Alarm schlägt, wenn es auftaucht. Bleibt auf alle Fälle ruhig. Seid bereit und gewappnet, falls eure Zeit kommen sollte.«

»So ein Quatsch, Mann«, meinte der Häftling David. »Hier sitzen wir doch wie die Ratten in der Falle.«

Dillon funkelte ihn an. »Die meisten von euch haben irgendwo Messer versteckt. Holt sie raus.«

»Aber klar«, murrte William. »Und du glaubst, daß wir das Biest dann einfach zu Tode stechen?«

»Ich glaube gar nichts«, fuhr Dillon ihn an. »Aber vielleicht können wir ihm wenigstens eins verpassen, während wir uns verabschieden. Das ist immerhin etwas. Hast du etwa eine bessere Idee?«

William hatte keine. Die anderen auch nicht.

»Ich sag's euch noch mal«, fuhr Dillon fort. »Bis das Rettungsteam hier auftaucht, sitzen wir in der Scheiße. Bereitet euch vor.«

»Ich bleibe nicht hier.« William wich langsam zurück. »Darauf könnt ihr wetten.«

Dillon drehte sich um und spuckte aus. »Wie du meinst.«

Aaron gab den Code ein und fuhr dann mit dem Daumen über den Identitätsprüfer. Die innere Tür, die die zentrale Kommunikationsanlage sicherte, glitt zur Seite, Anzeigen erwachten zu flackerndem Leben und der Bildschirm leuchtete gehorsam auf. Das System wartete auf Input.

»Okay«, meinte er zu der Frau, die sich über ihn beugte. »Was wollen Sie senden?«

»Haben Sie Kontakt zum Netzwerk?«

Seine Stirn furchte sich, während er die Anzeigen überprüfte. »Okay, ist hergestellt. Was soll ich der Gesellschaft mitteilen?«

»Teilen Sie ihr mit, daß der ganze Planet verseucht ist. Ich glaube, darauf werden sie reinfallen. Hier liegt genug Raffinerieabfall herum, um eine solche Meldung glaubwürdig erscheinen zu lassen.«

Er starrte sie ungläubig an. »Machen Sie Witze? Wenn Sie ihnen das senden, landen sie hier nicht. Nicht, bevor sie die Meldung durch eine Fernanalyse überprüft haben. Der Rettungstrupp wird umkehren.«

»Genau.«

»Wovon reden Sie? Wir sitzen hier wie die Fische auf dem Trockenen. Unsere einzige Hoffnung ist, daß sie rechtzeitig eintreffen und dem Vieh den Garaus machen, bevor es auch den Rest von uns holt. Vielleicht können sie auch Ihnen helfen. Haben Sie daran mal gedacht? Sie sind sich so sicher, daß dieses Ding alles schlagen kann, was sie haben, aber ganz genau wissen Sie das auch nicht. Vielleicht kann man Sie einfrieren, vielleicht gibt es eine besondere Operationsmethode. Sie haben gesagt, daß sie Informationen gesammelt haben. Glauben Sie, daß die Gesellschaft versuchen würde, das Ding mitzunehmen, wenn sie nicht sicher wären, es unter Verschluß halten zu können? Zum Teufel, wir haben es eingesperrt, und wir waren nicht einmal darauf vorbereitet. Sie sind für eine Gefangennahme ausgerüstet. Sie haben die Technologie...«

Sie blieb ungerührt. »Wo andere ein Gehirn haben, sitzt bei der Gesellschaft nichts als Gier. Ich weiß es. Ich habe mit ihnen zu tun gehabt, und ich habe mit Aliens zu tun gehabt, und ganz ehrlich, auf lange Sicht ist die Gesellschaft vielleicht doch die größere Gefahr. Ich kann das Risiko nicht eingehen. Wenn eines dieser Dinger auf die Erde kommt, dann wird es alles vernichten. Dafür ist es gebaut: zu vernichten und sich zu vermehren. Die Gesellschaft darf nicht hierherkommen. Sie werden alles in ihrer Macht stehende versuchen, um das Ding mitzunehmen.« Sie zischte verächtlich. »Um Profit zu machen.«

»Sie können mich mal. Tut mir wirklich verdammt leid, Lady, daß Sie dieses Ding in sich sitzen haben, aber ich will gerettet werden. Wahrscheinlich ist mein Vertrauen in die Gesellschaft größer als Ihres. Wie es aussieht, betrachten Sie die Situation nicht von einem rationalen Standpunkt aus, und wahrscheinlich haben Sie sogar gute Gründe dafür. Aber deshalb muß ich die Dinge noch lange nicht genauso sehen wie Sie, und das tue ich auch nicht.

Diese armseligen Häftlinge sind mir scheißegal. Sie können das Ding von mir aus töten, vor ihm davonlaufen und Hosiannas zum Himmel senden, bis sie tot umfallen, aber ich habe Frau und Kind auf der Erde. Wir haben jung geheiratet, so daß wir trotz der Zeitverschiebungen immer noch die besten Jahre vor uns hätten, wenn mein Job hier abläuft. Bei der nächsten Rotation sollte ich nach Hause kommen. Wegen dieser ganzen Geschichte kann ich vielleicht außergewöhnliche Belastungen anführen und mit dem Rettungsschiff zurückkehren. Ich bekomme die volle Bezahlung und vielleicht sogar noch einen Bonus. Wenn das alles geschieht, dann hat mir Ihr Xenomorph vielleicht sogar einen Gefallen getan.«

»Tut mir leid. Ich weiß, dies ist hart für Sie«, entgegnete sie und versuchte, ihre Wut im Zaum zu halten. »Aber ich muß diese Nachricht senden. Hier steht viel mehr auf dem Spiel als Ihre persönliche Vorstellung von einem glücklichen Rentnerdasein in der Vorstadt. Wenn das Alien über die Erde herfällt, sind all Ihre dummen Träume nur noch Schrott.«

»Ich vertraue der Gesellschaft«, erklärte er fest.

»Verdammt noch mal, Aaron. Ich brauche den Code.«

Er lehnte sich in seinem Sessel zurück. »Tut mir leid, meine Dame. Er ist geheim. Und Sie erwarten doch nicht etwa, daß ich die Bestimmungen verletze, oder?«

Sie wußte, daß sie nicht mehr viel Zeit hatte und ihr die wenige, die ihr blieb, aus den Händen glitt. Wieder einmal war sie auf die typische Haltung der Gesellschaft und ihrer Angestellten gestoßen; jene abgeschlossene, restriktive Firmenwelt, in der Ethik und Moral sich hinter Bestimmungen verschanzten.

»Hören Sie mir zu, Sie Hosenscheißer, Sie können sich Ihre kostbaren Bestimmungen in den Arsch schieben. Ich muß es tun. Geben Sie mir den Code!«

»Ums Verrecken nicht, Lady. Den Code kriegen Sie nicht aus mir heraus, und wenn Sie mich umbringen.«

Sie wollte schon auf ihn los, hielt sich aber zurück. Erneut spürte sie eine nie gekannte Müdigkeit. Warum quälte sie sich so? Sie schuldete niemandem etwas, schon gar nicht den Vertretern der Gesellschaft. Wenn sie das Alien mit an Bord nahmen und es sie alle umbrachte, was kümmerte es sie?

»Ich meine es nicht persönlich, verstehen Sie?« Aaron beobachtete sie aufmerksam und achtete auf jede plötzliche Bewegung. Er glaubte nicht, daß sie eine wirkliche Gefahr für ihn darstellte, aber in der kurzen Zeit, in der er mitbekommen hatte, zu was sie imstande war, hatte er gelernt, daß es gefährlich wäre, sie zu unterschätzen. »Sie sind in Ordnung?«

»Danke.« Ihre Stimme war flach und tonlos.

»Also das wäre geklärt. Wir arbeiten wieder zusammen.« Er schien überaus erfreut. »Haben Sie irgendeine Idee?«

Für einen Augenblick spannte sich alles in ihrem Körper an, aber dann ging sie an ihm vorbei zur Service-Theke und goß sich ein Glas Wasser ein. Sie verspürte ständig Durst, und das nicht nur, weil sie angespannt und nervös war. Ihr Körper stellte jetzt Flüssigkeit für zwei bereit.

»Dieses Alien ist ein Arbeiter-Krieger«, sagte sie und ging wieder zu ihm. »Es wird mich nicht töten.«

Er hob die Augenbrauen. »Ach ja? Warum nicht?«

Sie nippte an ihrem Glas. »Es kann mich nicht umbringen, ohne die Gesundheit der Embryo-Königin aufs Spiel zu setzen. Ich weiß zwar, daß ein einzelnes Alien andere seiner Art reproduzieren kann, aber vielleicht kann es nicht mehr als eine einzige Königin hervorbringen. Nicht genug richtiges genetisches Material oder so etwas. Ich kann das nicht beweisen, aber daß es mich bis jetzt nicht getötet hat, spricht dafür.«

»Wollen Sie wirklich darauf setzen, daß dieses Biest Verstand besitzt?«

»Der Verstand hat vielleicht gar nichts damit zu tun. Möglicherweise ist es reiner Instinkt. Füge dem Gastkörper Schaden zu und du riskierst vorgeburtliche Schäden an der ungeborenen Königin. Das ergibt Sinn.« Sie erwiderte seinen Blick. »Es hätte mich schon zweimal töten können, hat es aber nicht getan. Es weiß, was ich trage.« Nachdenklich rieb sie ihr Kinn.

»Ich werde es finden«, verkündete sie plötzlich. »Wir werden ja sehen, wieviel Verstand es besitzt.«

Er starrte sie an. »Sie wollen danach suchen?«

»Ja. Ich kann mir denken, wo es steckt. Auf dem Dachboden.«

Er runzelte die Stirn. »Was für ein Dachboden? Wir haben keine Dachböden hier.«

»Das ist metaphorisch gemeint.« Sie trank ihr Wasser aus.

»Oh.« Er starrte sie immer noch an.

»Kommen Sie mit?«

Aaron schüttelte den Kopf. Sie lächelte, stellte das Glas wieder in den Halter und verließ den Kommunikationsraum. Er sah ihr nach.

»Ach du Scheiße«, murmelte er vor sich hin.

XIV

Der Zugangskorridor war leer. Sie blieb stehen und rammte die Fackel, die sie trug, in eine Naht in der Metallwand. Ihr Blick galt den Reihen der alten, verrosteten Röhren in der Nähe. Sie packte die erstbeste, spannte ihre Muskeln an und zerrte einmal kräftig. Das Metall knickte ein und bog sich. Ein Tritt, und es war los. Zufrieden ging sie weiter.

Die Krankenstation wirkte verlassener als je zuvor. Einen Moment lang blieb sie stehen. Fast erwartete sie Clemens zu sehen. Wie er gebeugt über seinem Arbeitstisch saß, aufblickte und ihr zulächelte. Aber der Bildschirm des Computers war dunkel, kein Geräusch war zu hören, und sein Stuhl war leer.

Es war gar nicht so einfach, sich mit der über einen Meter langen Röhre und der Taschenlampe in den Luftschacht an der Decke zu zwängen, aber sie schaffte es. Der Schacht war finster und verlassen. Sie erweiterte den Lichtstrahl der zerbeulten Taschenlampe und leuchtete noch einmal nach hinten. Dann machte sie sich auf den Weg in die andere Richtung.

Sie wußte nicht genau, wie lange oder wie weit sie gekrochen war, als sie das erste Mal rief. Aber das schwache Licht der Krankenstation war schon lange verblaßt. Zuerst klangen ihre Rufe dünn, dann, als die Furcht dem Zorn weichen mußte, immer lauter.

»Komm her! Ich weiß, daß du hier bist!« Auf Händen und Knien bewegte sie sich vorwärts. »Komm her! Das ist doch einfach. Mach nur, was du sonst auch machst.« Der Luftschacht bog scharf nach links ab. Sie kroch weiter, abwechselnd murmelnd und rufend. »Komm her, du Arschloch, wo bist du, wenn ich dich brauche?«

Als sie endlich anhielt und angestrengt lauschte, waren Hände und Knie aufgeschabt. Ein Geräusch? Oder nur ihre Fantasie, die Überstunden machte?

»Scheiße.« Sie nahm ihren seltsamen, unbequemen Gang wieder auf und erreichte eine neue Ecke.

Hier erweiterte sich der Gang zu einem kleinen Nebenraum, in dem sie stehen konnte. Erleichtert richtete sie sich auf und streckte sich. Der Raum beherbergte eine verrottete, rostige Wasseraufbereitungseinheit mit einem Tausend-Gallonen-Tank und einem Irrgarten vernachlässigter Röhren.

Hinter dem Tank setzte sich der Ventilationsschacht fort, eine endlose, schwer begehbare Röhre in die Finsternis. Noch während sie hineinsah, überkam sie eine erneute Welle der Übelkeit, und sie mußte sich an den Tank lehnen, um nicht zu stürzen.

Kaum hatte sie das getan, da zuckte der Alien-Schwanz hervor und schlug ihr die Lampe aus der Hand.

Sie landete auf dem Betonboden, wo sie sich hin und her drehte, aber nicht erlosch. Ripley wirbelte herum.

Das Alien blickte sie von seinem Versteck hinter dem Netzwerk aus Röhren und Leitungen an. Es betrachtete sie.

»Du Scheusal«, murmelte sie und nahm all ihre Kraft zusammen. Dann rammte sie ihm das Metallstück direkt in die Kehle.

Sein Brüllen echote durch die Gänge, als es hinter dem Irrgarten hervorbrach. Die Röhren gaben nach, als seien es Strohhalme. Aufgebracht stand es vor ihr, hielt sich aber zurück. Dicker gelatineartiger Speichel tropfte aus seinem Kiefer.

Sie wich nicht zurück und zog die Schultern hoch. »Komm doch, Miststück! Töte mich!« Als es nicht reagierte, schlug sie erneut mit dem Metallteil auf es ein.

Mit einem Brüllen holte das Alien aus und schlug ihr die Röhre aus der Hand. Wieder stand es vor ihr und betrachtete sie. Der Schweiß strömte Ripley das Gesicht hinab, aber sie blieb stehen.

Das Alien wirbelte herum und schoß in die Dunkelheit davon. Sie ließ sich auf den Boden fallen und sah ihm hinterher.

»Bastard!«

Dillon fand den Leutnant in der Versammlungshalle. Sie saß allein in dem riesigen Raum, in den tiefe Schatten fielen. Sie stützte ihren Kopf mit den Händen, unendlich erschöpft, unendlich einsam. Er ging auf sie zu, die Feueraxt in der rechten Hand. Sie mußte ihn bemerkt haben, deutete dies aber mit keinem Zeichen an.

Unter normalen Umständen hätte er ihr Schweigen akzeptiert, aber die Umstände hatten sich drastisch verändert.

»Sind Sie okay?« Sie antwortete nicht, blickte nicht auf.

»Was machen Sie hier? Sie sollten sich verkriechen, wie alle anderen auch. Was passiert, wenn das Ding hier auftaucht?«

Sie hob den Kopf. »Es wird mich nicht töten.«

»Warum nicht?«

»Weil ich einen von ihnen in mir habe. Das Große wird seine eigene Art nicht töten.«

Dillon starrte sie an. »Das ist doch Unsinn.«

»Ich bin ihm vor einer Stunde begegnet. Es stand genau vor mir. Es hätte mich leicht zum Lunch haben können, aber es hat mich nicht angerührt. Es rannte davon. Es wird seine eigene Zukunft nicht vernichten.«

»Woher wissen Sie, daß dieses Ding in Ihnen ist?«

»Ich habe es auf dem Scanner im RF gesehen. Es ist eine Königin. Es kann Tausende von der Sorte produzieren, die jetzt hier herumläuft.«

»Sie meinen, so wie eine Bienenkönigin?«

»Oder eine Ameisenkönigin. Wie gesagt, es ist nur eine Analogie. Diese Wesen sind keine Insekten. Sie haben nur ein ungefähr ähnliches soziales System. Wir wissen nicht sehr viel von ihnen. Wie Sie vielleicht bemerkt haben, geben sie kein einfaches Studienobjekt ab.«

»Woher wissen Sie, daß es eine Königin ist?« fragte er nach.

»Zum einen ist die Form des Schädels sehr charakteristisch. Hinten hat es eine große, nach oben gebogene Krause. Die ersten Ansätze waren auf dem Scanner-Bild deutlich erkennbar. Außerdem ist die embryonale Entwicklung der Arbeiter-Krieger sehr kurz, manchmal nicht länger als ein Tag. Sie durchlaufen die verschiedenen Wachstumsstufen mit ungeheurer Geschwindigkeit.« Sie sah fast wehmütig aus. »Eine sehr effektive Überlebensstrategie.

Wenn dieses hier ein normaler Arbeiter wäre, dann wäre

er jetzt schon herausgekommen, und zwar durch den Brustkorb. Aber in mir wächst es nicht in der Brust heran, sondern in der Gebärmutter. Da die Königin ein sehr viel komplexerer Organismus ist, braucht er offenbar sowohl mehr Raum als auch mehr Zeit, um heranzuwachsen. Andernfalls wäre ich schon längst tot.

Ich habe gesehen, wie sie arbeiten, und es ist nicht sehr nett. Wenn es ausgewachsen ist, ist dieses Ding riesig, viel größer als das, gegen das wir kämpfen. Es wird eine Königin, sie wird Eier legen. Millionen von Eiern. Es wird etwas völlig anderes als das, was da draußen herumläuft.« Ihre Stimme sank. »Wie gesagt, mit einer solchen Larven-Königin hat niemand Erfahrung. Ich weiß nicht, wie lange die Schwangerschaftsphase dauert, ich weiß nur, daß sie offenbar länger ist als die eines normalen Arbeiters.«

Er blickte auf sie herab. »Ich verstehe es immer noch nicht. Wenn dieses Ding in Ihnen ist, wie ist es da hineingekommen?«

Sie betrachtete ihre Hände. »Während ich im Hyperschlaf war. Offenbar war dieser schreckliche Traum, den ich hatte, viel mehr als ein Traum. Ich bin vergewaltigt worden, obwohl das vielleicht nicht einmal der richtige Ausdruck ist. Vergewaltigung ist ein vorsätzliches, brutales Verbrechen. Dies war ein Fortpflanzungsakt, selbst wenn meine Beteiligung daran unfreiwillig war. Wir würden es Vergewaltigung nennen, aber ich bezweifle, daß es das für das Wesen war. Wahrscheinlich fände es die Vorstellung eher... nun, fremd.«

»Das Wesen auf dem ersten Schiff, der Nostromo, war dabei, sich selbst zu reproduzieren, obwohl es keine Königin war. Zumindest einige von ihnen müssen zweigeschlechtlich sein. Selbst-befruchtend, so daß sogar ein einzelnes, isoliertes Individuum die Spezies fortpflanzen kann. Ein Arbeiter-Krieger kann auch Eier legen, aber nur langsam und immer nur eins. Irgendwann aber bringt er eine Königin hervor, die dann den Job übernimmt. Und bei mir war er dann soweit. So stelle ich es mir zumindest vor. Ich bin keine Fortpflanzungsexpertin.« Sie zögerte.

»Großartig, was? Ich werde die Mutter der Apokalypse. Ich kann nicht tun, was ich tun sollte. Also müssen Sie mir helfen. Sie müssen mich töten.«

Er trat einen Schritt zurück. »Wovon, zum Teufel, sprechen Sie?«

»Sie kapieren es nicht, stimmt's? Ich bin am Ende. In der Sekunde, da es auf die Welt kommt, bin ich tot. Ich bin dann nicht mehr notwendig für sein weiteres Überleben. Ich habe gesehen, was geschieht. Aber damit kann ich leben, wenn Sie mir diesen widersprüchlichen Ausdruck gestatten. Seit ich das erste Mal eines dieser Dinger gesehen habe, rechne ich mit dem Tod. Aber ich will verdammt sein, wenn ich zulasse, daß diese Idioten von Weyland-Yutani es mit zur Erde nehmen. Sie könnten es sogar schaffen, und das wäre dann das Ende für die Menschheit. Vielleicht für alles Leben auf dem Planeten. Es ist nicht einzusehen, warum diese Wesen sich nicht in jedem Tier fortpflanzen könnten, das größer wäre als, sagen wir mal, eine Katze.

Es muß sterben, und deshalb muß jemand mich töten. Verstehen Sie jetzt?«

»Ja, jetzt verstehe ich.«

»Irgendwie ist es komisch. Ich habe so viele von diesen Wesen getötet, aber noch ein Mord will mir nicht gelingen. Vielleicht habe ich mich zu sehr auf mein Überleben konzentriert. Sie müssen mir also helfen.« Sie sah ihm in die Augen.

»Tun Sie's einfach. Ohne große Reden.« Sie drehte ihm den Rücken zu. »Kommen Sie«, drängte sie ihn. »Tun Sie's! Sie sind doch ein Killer... töten Sie mich. Kommen Sie, Malcolm. Geben Sie sich einen Ruck. Denken Sie an früher. Sie können es bestimmt noch, Sie großer, häßlicher Mistkerl.«

Er betrachtete ihre schlanke Gestalt, den blassen Nacken und die hängenden Schultern. Ein einziger gutgezielter Schlag mit der Axt würde genügen, würde ihre Wirbelsäule und ihr Rückenmark schnell und sauber durchtrennen. Sie wäre sofort tot. Dann könnte er sich um ihren Bauch kümmern, um den monströsen Organismus, der darin wuchs. Er würde den Leichnam zur Schmelze bringen und in das

Feuer werfen. In ein paar Minuten wäre alles erledigt, ein für alle mal. Er hob die Axt.

Die Muskeln in seinem Gesicht und in seinen Armen zuckten krampfhaft, und die Axt zischte mit einem leisen Geräusch durch die abgestandene Luft. Mit aller Kraft ließ er sie niedersausen... und rammte sie in die Wand neben ihr. Sie zuckte zusammen und wirbelte mit aufgerissenen Augen herum.

»Was, zum Teufel, soll das? Sie tun mir wirklich keinen Gefallen.«

»Ich verliere nicht gerne einen Kampf, gegen niemanden, gegen nichts. Dieser große Kerl da draußen hat schon die Hälfte meiner Männer umgebracht, und die andere Hälfte macht sich vor Angst in die Hosen. Solange er noch lebt, retten Sie kein Universum.«

»Was ist los? Ich dachte, Sie seien ein Killer?«

»Ich will dieses Ding erwischen, und ich brauche Sie dabei. Wenn es Sie nicht töten will, dann hilft uns das vielleicht.« Er sah, wie sie ihn hilflos anblickte. »Wenn nicht, vergessen Sie's. Bringen Sie sich selbst um.«

»Wir reißen ihm den Arsch auf, und Sie töten mich?«

»Kein Problem. Schnell und schmerzlos.« Er zog die Axt aus der Wand.

Der Rest der Männer hatte sich in der Haupthalle versammelt. Aaron hatte sich etwas seitlich abgesetzt und trank aus einem Becher. Dillon und Ripley standen nebeneinander in der Mitte vor den anderen.

»Ihr könnt wählen«, erklärte der große Mann. »Entweder sterbt ihr, während ihr auf eurem Hintern sitzt, oder ihr sterbt vielleicht dort draußen. Aber zumindest haben wir dann noch mal versucht, es zu töten. Wir haben mit ihm noch eine Rechnung offen, es hat uns reingelegt. Vielleicht können wir uns für die anderen Brüder revanchieren. Also, wie wollt ihr's?«

Morse sah ihn ungläubig an. »Wovon, zum Teufel, sprichst du überhaupt?«

»Davon, dieses Miststück zu killen.«

Aaron trat mit unbehaglicher Miene vor. »Moment mal.

Das Rettungsteam ist unterwegs. Warum setzen wir die Sache nicht einfach aus?«

Ripley sah ihn zornig an. »Ein Rettungsteam für wen?«

»Für uns.«

»Quatsch«, fuhr sie ihn an. »Alles, was die wollen, ist das Biest, und das wissen Sie.«

»Es ist mir verdammt egal, was die wollen. Aber sie werden uns nicht umbringen.«

»Da bin ich nicht so sicher. Sie kennen die Gesellschaft nicht so wie ich.«

»Hören Sie doch auf. Die werden uns hier rausholen, uns nach Hause bringen.«

»Uns werden sie sicher nicht nach Haus bringen«, warf Dillon ein.

»Aber das heißt doch noch lange nicht, daß wir rausgehen und es bekämpfen müssen«, wimmerte Morse. »Herr im Himmel, das schaffe ich nicht.«

Aaron schüttelte langsam den Kopf. »Ihr Typen seid völlig verrückt. Ich habe eine Frau, ich habe ein Kind. Ich gehe nach Hause.«

Dillons Gesichtsausdruck war hart, unnachgiebig, und seine Stimme drückte die unangenehme Wahrheit aus. »Hör auf zu träumen. Niemand kümmert sich einen Dreck um dich, Fünfundachtzig. Du bist keiner von uns. Du bist nicht gläubig. Du bist nichts weiter als ein Mann der Gesellschaft.«

»Das stimmt allerdings«, entgegnete Aaron. »Ich bin ein Mann der Gesellschaft und kein mieser Krimineller. Ihr erzählt mir dauernd, wie blöd ich bin, aber ich bin clever genug, keine lebenslange Haftstrafe auf diesem Felsen absitzen zu müssen, und ich bin clever genug, auf Leute mit richtigen Waffen zu warten, bevor ich rausgehe und es mit dem Ding aufnehme.«

»Okay. Gut. Du bleibst einfach hier auf deinem Hintern sitzen. Das ist prima.«

Morse zuckte mit dem Kopf. »Und wenn ich auch lieber hier auf meinem Hintern sitzenbleibe?«

»Kein Problem«, versicherte ihm Dillon. »Ich hatte es ja ganz vergessen: du bist der Kerl, der mit Gott abgemacht hat, daß er ewig leben wird. Und der Rest von euch Duckmäusern kann es auch hier aussitzen. Ich und sie«, er deutete auf Ripley, »wir werden ganz allein kämpfen.«

Morse zögerte. Er spürte, daß die anderen auf seine Antwort warteten. Er fuhr sich mit der Zunge über die Unterlippe. »Okay, ich mache mit. Ich will, daß es draufgeht. Ich hasse das Vieh. Es hat meine Freunde getötet. Aber warum können wir wirklich nicht ein paar Stunden warten, bis uns die beschissenen Techs von der Gesellschaft mit ihren Kanonen helfen. Warum, zum Teufel, sollen wir auf diesen beschissenen Selbstmord-Trip gehen?«

»Weil sie es nicht töten werden«, erklärte Ripley ihm. »Sie werden euch umbringen, weil ihr es gesehen habt, aber das Ding werden sie nicht töten.«

»Das ist doch verrückt.« Aaron schüttelte wieder den Kopf. »Einfach Unsinn. Sie werden uns nicht töten.«

»Glauben Sie nicht?« Ripley lächelte böse. »Als sie das erste Mal davon hörten, war meine Crew entbehrlich. Beim zweiten Mal schickten sie die Marines, und auch die Marines waren entbehrlich. Glauben Sie etwa, ein Haufen Gefangener im hintersten Winkel des Alls interessiert die? Glauben Sie wirklich, daß die Gesellschaft sich bei ihrer Waffenforschung von irgend jemandem stören läßt? Für die Gesellschaft seid ihr nichts als Abfall, ihr alle zusammen. Ob eure Freunde gestorben sind, interessiert die einen Dreck.« Ihren Sätzen folge Stille. Dann meldete sich jemand von hinten.

»Habt ihr irgendeinen Plan?«

Dillon studierte die Gesichter seiner Kameraden, mit denen er diese Hölle teilte. »Dies ist nicht nur eine Mine, sondern auch eine Raffinerie, stimmt's? Das Ding hat doch Angst vor Feuer. Wir müssen das verdammte Vieh nur in die große Gießform kriegen, dann können wir geschmolzenes Metall darauf kippen.« Er kickte einen Stuhl über den Boden.

»Sterben werdet ihr alle. Die Frage ist nur, wann. Und um den ersten Schritt zum Himmel zu wagen, ist dieser Ort so gut wie jeder andere. Er gehört uns. Er mag nicht viel wert sein, aber er gehört uns. Die einzige Frage im Leben ist, wie man sich verabschiedet. Nun, wollt ihr aufrecht abtreten oder auf den Knien, um Gnade bettelnd? Ich persönlich halte nicht so viel vom Betteln, mir hat keiner jemals was gegeben. Also sage ich, scheiß drauf. Laßt uns kämpfen.«

Die Männer sahen einander an und warteten darauf, daß jemand die entstandene Stille durchbrach. Als es endlich jemand tat, kamen die Antworten schnell und bestimmt.

»Also, okay. Ich bin dabei.«

»Warum nicht? Wir haben nichts zu verlieren.«

»Ja... okay... gut... ich mache mit...«

Eine Stimme übertönte die anderen. »Reißen wir ihm den Arsch auf.«

Ein anderer grinste. »Du hältst ihn, ich reiß' ihn auf.«

»Scheiß drauf«, stieß Morse schließlich hervor. »Machen wir's.«

Irgendwie war es ihnen gelungen, einen Teil der Beleuchtung in den Gängen wieder einzuschalten. Es war keine Frage von Energie... die zentrale Kernanlage versorgte sie mit mehr als genug Strom. Aber Terminals, Schalter und Kontrollanlagen waren seit Jahren nicht mehr gewartet worden, und das bei dem feuchten Klima auf Fiorina. Einige Korridore und Zugänge waren also beleuchtet, während andere weiterhin im Dunkeln lagen.

Ripley betrachtete die Gußkammer nachdenklich, während Dillon und der Häftling Troy näher kamen. Troy verstand von den Überlebenden am meisten von Technik. Er hatte eine kurze Karriere als erfolgreicher Ingenieur eingeschlagen, bevor er eines Tages seine Frau mit seinem Chef im Bett überraschte. Er hatte alle beide ermordet, mit der ganzen technischen Fertigkeit, über die er verfügte. Bei seiner Festnahme hatte er wie ein Hund geheult, war für zeitweise unzurechnungsfähig erklärt worden und hatte einen Fahrschein nach Fiorina bekommen.

Jetzt demonstrierte er, wie die Anlage bedient wurde, welche Instrumente für die Funktion der Kammer besonders wichtig waren. Ripley hörte und sah ihm etwas skeptisch zu.

»Wann ist dieses Ding das letzte Mal benutzt worden?«

»Vor fünf oder sechs Jahren haben wir es einmal angefeuert. Routinemäßige Wartung. Das war das letzte Mal.«

Sie schürzte die Lippen. »Sind Sie sicher, daß die Kippvorrichtung funktioniert?«

Dillon antwortete für Troy. »Nichts ist sicher. Sie eingeschlossen.«

»Alles, was ich sagen kann ist, daß die Indikatoren alle positiv sind.« Troy zuckte hilflos mit den Schultern. »Es ist das Beste, was wir haben.«

»Denkt daran«, erinnerte Dillon die beiden. »Zuerst lokken wir es hier in die Falle. Wir drücken den Auslöser, starten den Kolben, und dann schiebt die Kippvorrichtung das Mistvieh direkt in die Gießform. Das hier ist eine High-Tech-Kaltwalzanlage. Ende des Biests. Ende der Geschichte.«

Ripley warf ihm einen Blick zu. »Was ist, wenn jemand Mist baut?«

»Dann sind wir am Arsch«, teilte ihr Dillon sachlich mit. »Wir haben nur eine Chance. Einen Schuß nur, mehr nicht. Keine Zeit mehr, nachzuladen. Denken Sie daran, wenn Sie den Auslöser betätigen, dann sitzen Sie für einige Sekunden gemeinsam mit dem Ding in der Falle.«

Sie nickte. »Ich mach's. Wenn von euch Typen keiner den Ball fallenläßt, dann tu' ich's auch nicht.«

Dillon betrachtete sie genauer. »Schwester, hoffentlich haben Sie recht damit, daß Ihnen das Biest nichts tut. Denn wenn es raus will, dann gibt es nur einen Weg. Mitten durch Sie hindurch.«

Sie erwiderte seinen Blick. »Würde Ihnen doch nur Arbeit ersparen, nicht wahr?« Troy blinzelte verständnislos, aber er wußte, daß jetzt nicht die Zeit für Fragen war.

»Wo werden sie sein?« fragte sie den großen Mann.

»In der Nähe.«

»Was ist mit den anderen? Wo sind sie?«

»Sie beten.«

Die Überlebenden verstreuten sich, arbeiteten sich durch die Gänge, schlugen gegen die Wände, um sich anzufeuern und stießen Flüche und Schlachtrufe aus. Sie kümmerten sich nicht mehr darum, ob das Monster sie hörte. Im Gegenteil, sie wollten gehört werden.

Fackellicht strömte durch Zugangswege und Schächte und warf harte Schatten auf nervöse, aber erregte Gesichter. Häftling Gregor sah aus einem Nebenraum, daß sein Kumpel William tief in ein Gebet versunken war.

»He, Willie? Glaubst du etwa an diese Himmelsscheiße?«

Der Angesprochene blickte auf. »Weiß nicht genau.«

»Ich auch nicht.«

»Scheiß drauf. An was sollen wir sonst glauben? Bißchen spät, jetzt wo wir hier festsitzen.«

»Ja, da sagst du was Wahres. Aber zum Teufel damit, was?« Er lachte herzlich und beide Männer hörten, wie das Gelächter den Gang hinabhallte. Die Wände verstärkten und verzerrten den Klang.

Morse hörte alles: die fernen Echos nervösen Gelächters, die Geräusche der Angst, der nahenden Hysterie. Er drückte den Knopf, der die Tür aktivieren sollte, die ihm zugewiesen worden war. Sie ächzte... und öffnete sich halb.

»He, Jungs? Wartet doch mal. Ich weiß nicht so recht. Vielleicht sollten wir uns die ganze Scheiße noch mal überlegen. Ich merke hier gerade, daß meine Scheißtür nicht richtig funktioniert. Jungs?«

Aus dem Korridor vor ihm kam keine Antwort.

Weiter hinten wandte sich Gregor seinem Begleiter zu.

»Was, zum Teufel, ruft er da?«

»Scheiße, keine Ahnung«, antwortete William schulterzuckend.

Häftling Kevin hielt die Langzeitfackel vor sich, während er sich an der Wand des Ganges entlangtastete. Hinter ihm ging ein anderer Mann und dahinter ein dritter, und so weiter, den ganzen Tunnel entlang. Aber im Moment sah er niemanden, und seine Nerven lagen blank wie Leitungsdraht.

»He, habt ihr das gehört?« rief er demjenigen zu, der gerade in Hörweite sein mochte. »Das war Morse. Klang irgendwie...«

Der Schrei ließ ihn verstummen. Er war so nah, daß es schmerzte. Seine Beine bewegten sich noch vorwärts, aber es war so, als hätte ihn eine geistige Lähmung erfaßt, die die untere Hälfte des Körpers noch nicht erreicht hatte.

Vor ihm zerstückelte das Alien seinen Freund Vincent, der nichts mehr hatte, womit er noch schreien konnte. Kevin zögerte nur kurz.

»Komm und hol mich doch, du Scheißvieh.«

Gehorsam ließ das Monster ein Stück von Vincent fallen und griff an.

Kevin war seinerzeit ein ziemlich guter Sportler gewesen. Während er den Gang hinunterrannte, mußte er daran denken, daß es noch vor zwei Jahren keinen gegeben hatte, der schneller war als er. Aber dieses Mal rannte er nicht gegen ein menschliches Wesen. Das Monster holte schnell auf, auch als er all seine Kraft aufwandte. Je langsamer er wurde, desto näher kam sein höllischer Verfolger.

Kevin stürzte sich praktisch auf den Schalter und wirbelte herum. Er krachte mit dem Rücken gegen die Tunnelwand, sein Brustkorb ging auf und nieder wie ein Blasebalg. Die Stahltür fiel ins Schloß.

Keine Sekunde, nachdem er sie versiegelt hatte, krachte etwas dagegen und drückte eine große Delle in die Mitte der Tür. Er sackte erleichtert zusammen und fand irgendwo noch die Luft für eine Meldung. »Tor C9... geschlossen.«

Am anderen Ende des eben durchquerten Tunnels erschien Häftling Jude. Er hielt eine Fackel in der Hand und erleuchtete den Korridor.

»Hu-hu! He, Arschgesicht, komm und hol mich. Aber ziele gut.«

Die unnachgiebige Tür irritierte das Alien. Als es die neue Stimme hörte, drehte es sich um und bewegte sich in die andere Richtung. Jude lief los, nicht so schnell wie Kevin, aber mit einem größeren Vorsprung. Das Alien kam schnell näher, aber dieses Mal fehlten ihm einige Sekunden. Die Schiebetür trennte es von seiner Beute.

Auf der anderen Seite der Schranke rang Jude nach Atem. »Im Ostflügel. Tor B7. Sicher.«

Plötzlich krachte das Bein des Alien durch das Sichtfenster, das in den Stahl eingebaut war. Schreiend krabbelte Jude zurück, gegen die Wand, außerhalb der Reichweite der frenetisch zuckenden Klauen.

Dillon stand allein in dem Gang, den er sich zur Kontrolle ausgesucht hatte. »Es hat angefangen«, murmelte er.

»Es ist in Kanal B«, schrie Morse, während er seinen eigenen, ganz privaten Tunnel entlanglief. »Es nähert sich Kanal A!«

An einer Kreuzung stieß William fast mit Gregor zusammen. »Ich hab's gehört«, keuchte Gregor. »Kanal E, verdammt.«

»Was, B?«

»Nein, E.«

»Wir sollen doch hierbleiben«, brachte William hervor.

»Beweg deinen verdammten Hintern!« Gregor hatte keine Lust zu diskutieren, wie ihre Position theoretisch aussehen sollte. Er rannte wortlos weiter. William folgte ihm.

In einem Seitengang traf Jude auf Kevin und warf ihm einen wissenden Blick zu. »Du auch?«

»Ja.« Kevin schnappte nach Luft.

»Okay. Rüber zu E. Alle.«

Kevin verzog das Gesicht. Er versuchte sich zu erinnern. »Wo zum Teufel ist E?«

Sein Begleiter streckte ungeduldig die Arme aus. »Hier lang. Jetzt beweg dich endlich vorwärts, verdammt noch mal.«

David war noch immer allein, und er genoß die andauernde Einsamkeit keineswegs. Nach dem Plan hätte er schon längst auf jemanden treffen sollen. Was er fand, waren die Überreste von Vincent. Er wurde langsamer, blieb aber nicht stehen.

»Kevin? Gregor, Morse? Ich habe Vincent gefunden.« Keine Antwort. Er lief weiter, er hatte nicht die Absicht, für irgend jemanden oder irgend etwas anzuhalten. »Kesseln wir das Mistvieh ein.« Der Abschnitt des Tunnels, der vor ihm lag, war dunkler als der vorherige, aber zumindest war er leer.

Im Hauptgang sah Dillon zu Troy hinüber. »Hilf ihnen.«

Der andere Häftling nickte und startete, nur mit einer Karte bewaffnet, in den Irrgarten der Gänge.

Der Häftling Eric stand neben ihnen. Sein Blick wanderte von Dillon zu Ripley. Er kaute auf seinen Lippen herum, dann an seinen Fingernägeln.

Sie beobachtete den Monitor, der anzeigte, daß Gregor und Morse in entgegengesetzte Richtungen liefen und zuckte zusammen.

»Wohin läuft der, verdammt noch mal. Warum halten sie sich nicht an den Plan?«

»Ripley, Sie haben keine Angst vor dem Biest«, erinnerte sie Dillon. »Die da schon.«

»Aber was, zum Teufel, machen sie da?«

Dillons Aufmerksamkeit galt dem schwach erleuchteten Ende des Hauptkorridors. »Sie improvisieren.«

Ihre Hand ruhte auf dem Hauptschalter der Kippvorrichtung. Eric sah ihr zu. Der Schweiß lief ihm in Strömen hinab.

David stolperte durch den dunklen Korridor. Er hielt seine Fackel hoch und versuchte, die Dunkelheit vor ihm zu erhellen.

»Hierher, mein Kätzchen, komm, komm. Hier...« Er beendete den Satz nicht. Deutlich konnte er das Alien in der Ferne erkennen. Es bemühte sich vergeblich, die Tür zu überwinden, durch die Jude entkommen war.

Er spannte die Muskeln seines Armes an, als sich das Alien umdrehte. »Hierher, Kätzchen. Zeit zum Spielen.« Er schwenkte die zischende Fackel. Das Alien sprang hoch und war schon hinter ihm her, als es noch in der Luft hing. So schnell er konnte, rannte Jude den Weg zurück, den er gekommen war. Die Strecke bis zur nächsten Tür war relativ kurz, und er zweifelte nicht daran, daß er es schaffen würde. Sicher, er hatte genug Zeit. Seine Faust landete schwer auf dem ›Schließen‹-Knopf. Die Tür glitt hinab... und blieb stekken.

Seine Augen weiteten sich, und er stöhnte leise auf, während er zurückstolperte, einen tastenden Schritt nach dem anderen.

Er sah, wie die Tür weiterhin stockend und zitternd hinabsackte, und fuhr zusammen, als das Alien in vollem Lauf dagegenkrachte. Das Metall beulte sich aus, bewegte sich aber auf seine ungleichmäßige, ruckartige Weise weiter nach unten.

Eine Alien-Tatze langte unter der Tür durch und griff nach seinem Bein. Schreiend sprang David auf einen Sims in der Tunnelwand. Die Hand tastete nach ihm, jagte ihn, während die Tür weiter nach unten zuckte. Im letzten Moment zog das Alien seine Klauen zurück.

Im Tunnel wurde es still.

Er brauchte einige Zeit, bis er seine Stimme wiedergefunden hatte, und auch dann brachte er nicht mehr als ein entsetztes Winseln heraus.

»Tor 3, Kanal F. Geschlossen... hoffe ich.«

Morse, der blind seinen eigenen Gang hinunterstolperte, hörte ihn nicht. »Kevin? Gregor? Wo, zum Teufel, steckt ihr? K, L, M: alle verschlossen und gesichert.« Er blickte auf ein Schild, das in die Wand eingelassen war. »Ich bin wieder in A.«

Auch Gregor zählte in einem Seitengang die Buchstaben ab. »Kanal V sicher. Kanal P dicht.«

Hinter ihm versuchte William Schritt zu halten. »Hast du P oder D gesagt?« rief er. »Verdammt noch mal...«

Ohne stehenzubleiben rief Gregor zurück: »Halt dein verdammtes Maul! Beweg dich!«

Kevin wußte nicht mehr, wo er war, aber schließlich entdeckte er, daß er zu seinem Ausgangspunkt zurückgelaufen war. »Scheiße. Ich bin wieder in R. Hier bin ich doch sicher, oder?«

Jude hatte ihn gehört und antwortete mit lauter Stimme. »Mann, du hast vergessen, daß R wieder zu F zurückführt. Ich bin jetzt in F und schließe gleich das Tor.«

Auch Troy fand sich orientierungslos an einer Kreuzung wieder. Er war zu schnell gelaufen, hatte sich lieber auf sein Gedächtnis als auf die Karte verlassen. Jetzt blickte er unsicher von einem Tunnel zum anderen.

»Kanal F? Wo, zum Teufel... hier gibt es keinen verdammten Kanal F.«

Er ging zögernd weiter und wählte den Gang, der rechts von ihm verlief.

Doch hier wartete schon ein anderer, ebenfalls recht frustrierter Wanderer.

Dillon und Ripley hörten die Schreie aus der Ferne. Wie sonst auch verstummten sie nach kurzer Zeit.

»Morse?« rief Dillon. »Kevin, Gregor?«

Ripley versuchte über seine Schulter zu sehen. »Was geht da vor?«

Der große Mann wirkte nervös. »Sie brauchen doch bloß die verdammten Gänge entlangzulaufen.« Er ergriff seine Axt und machte sich auf den Weg. »Sie bleiben hier.«

Der seitliche Gang, aus dem sie ihren Besucher erwarteten, blieb leer. Kein Alien. Kein Mensch. Nur das schwache Echo von Stimmen, einige offenbar panische Angst verkündend.

Hinter ihr meldete sich Eric. »Wo, zum Teufel, ist es?« Ripley sah ihn nur an.

David nahm seinen ganzen Mut zusammen, schlich sich zur Tür zurück und lugte durch das kleine Fenster. Der Gang war leer. »Ich habe ihn verloren!« rief er laut. »Ich weiß nicht, wo das Scheißvieh ist. Die Tür mache ich nicht mehr auf. Ich nehme an, daß es den Luftschacht raufgeklettert ist.« Er drehte sich langsam um und sah in den Luftschacht des Tunnels über ihm.

Seine Annahme war richtig.

Ripley wartete, bis das letzte Echo verhallt war. Eric bewegte sich nervös hin und her, seine Augen zeigten an, daß er kurz vor dem Zusammenbruch stand. Wenn sie nichts unternahm, konnte er jeden Augenblick die Nerven verlieren und davonlaufen. Auch wenn es keinen Weg zum Davonlaufen gab. Sie ging zu ihm, sah ihm in die Augen und blickte ihn eindringlich an, so als könne sie etwas von ihrer eigenen Zuversicht auf ihn übertragen.

Dillon war im Seitengang verschwunden. Er brauchte nicht lange, um Troys Überreste zu finden. Nach einem kurzen Blick ging er wieder den Weg zurück, den er gekommen war.

Morse und Jude waren endlich aufeinandergestoßen. Sie

liefen Seite an Seite... bis Jude ausrutschte und hart auf den Boden fiel. Seine Finger fuhren durch das warme, klebrige Etwas, auf dem er ausgeglitten war.

»Verdammte Scheiße... iih!«

Als Jude das Zeug nach oben hielt, um es besser erkennen zu können, fuhr Morse entsetzt zurück. Als Jude erkannte, was er da in der Hand hielt, stimmte er in den Schrei ein.

Ripley lauschte angespannt. Einen Moment lang vergaß sie Eric. Die Schreie kamen näher; man hörte sie selbst, nicht ihre Echos. Plötzlich fuhr Eric herum und hastete zum Kontrollpult der Kippvorrichtung. Sie lief ihm nach.

Denn in diesem Augenblick war das Alien im Korridor aufgetaucht und raste auf sie zu.

Eric fingerte hektisch an den Schaltern herum, und sie konnte ihn gerade noch abhalten, sie zu betätigen.

»Noch nicht! Es ist noch nicht in Position!« Mit all ihrer Kraft hielt sie seine Arme fest.

Es war soweit. Sowohl geistig als auch körperlich überfordert, sackte er nach hinten, erschöpft und zitternd.

Kevin bewegte sich langsam durch den Tunnel. Er näherte sich nun dem Kolbenraum. Einen sicheren Ort gab es nicht, und er hatte wirklich alles getan, was man von ihm erwarten konnte. Mehr konnte sie nicht von ihm verlangen, jetzt nicht.

Etwas veranlaßte ihn, nach oben zu schauen. Das Alien im Schacht über ihm machte sich nicht die Mühe, herabzuspringen. Statt dessen griff es nach unten und packte ihn mit einer Leichtigkeit, als fische es nach einem Frosch. Blut spritzte.

Am anderen Ende des Ganges erschien Dillon. Als er die zuckenden Beine des Mannes sah, rannte er los und umschlang dessen Arme und Knie. Darauf war das Alien nicht gefaßt. Es ließ los, und beide Männer stürzten zu Boden.

Ripley beobachtete, wie Dillon den verwundeten Eric in den Hauptgang zog. Sie warf einen Blick auf den unbrauchbaren Eric und lief los, um zu helfen.

Das Blut spritzte aus dem Hals des Verwundeten. Ripley streifte ihre Jacke ab und wickelte sie um die Wunde, so fest sie konnte. Das Blut floß langsamer, aber nicht langsam genug. Dillon hielt den Mann im Arm und betete leise.

»Nicht der Tod, nur...«

Es blieb keine Zeit, das Gebet zu beenden. Das Alien kam auf sie zu. Ripley sprang auf und wich zurück.

»Lassen Sie ihn liegen. Locken Sie es zu mir.«

Dillon nickte und schloß zu ihr auf. Gemeinsam bewegten sie sich rückwärts zum Kontrollraum.

Das Alien beobachtete sie. Sie gingen langsam, hatten keinen Platz zum Ausweichen mehr. In der blutigen Gestalt auf dem Boden schien noch Leben zu sein. Es sprang vor, um seinen Job zu beenden.

Ripley drehte sich um, machte eine Bewegung, als würde sie jemandem die Kehle durchschneiden. Eric kam aus seinem Versteck hervor und ließ seine Faust auf den Schalter knallen.

Der Kolben der Kippvorrichtung schoß hervor. Er erfaßte sowohl den toten Kevin als auch das Alien und schob sie auf die Spalte zu, die zum Feuer führte. Hitze und flirrende Luft erfüllte den Gang.

Doch plötzlich war das Alien verschwunden.

Schwitzend trat Ripley einen Schritt vor. »Wo, zum Teufel, ist es hin?«

»Scheiße!« Dillon versuchte, um das Gerät herumzuschauen. »Es muß hinter dem beschissenen Kolben sein.«

»Dahinter?« Sie sah ihn ungläubig an.

»Versiegelt die Türen«, schrie er. »Wir müssen es zurückkriegen!« Sie warfen einander einen Blick zu und eilten in verschiedene Richtungen davon.

»Jude, Morse!« Dillon rannte polternd durch den Korridor, den er gewählt hatte und suchte nach Überlebenden. Ripley suchte ebenfalls. Bald traf sie auf William und den Hals über Kopf davongestürmten Eric. Sie waren durcheinander, im wahrsten Sinne des Wortes, und für immer sorglos. Sie lief weiter.

Morse lief nicht mehr, er kroch nur noch. Er hörte ein Geräusch und hielt an, um den seitlichen Gang zu überprüfen, aus dem es gekommen war. Er sah nichts und atmete erleichtert auf. Er begann, seine Schritte zurückzuverfolgen, und hielt seine Augen nach vorne gerichtet.

Bis er auf etwas Weiches, Lebendiges stieß.

»Was, zum...!«

Es war Jude. Gleichermaßen aufgeschreckt fuhr der andere Mann herum und hielt die Schere, die er als Waffe bei sich trug, dem anderen entgegen. Erleichtert, aber auch zornig, ergriff Morse die Zwillingsschneide und schob sie zusammen.

»Nicht so. So, du Idiot.« Er verpaßte dem anderen eine leichte Kopfnuß. Jude blinzelte, nickte und startete in die andere Richtung.

Dillon stand im Hauptgang. »Jude, Jude!« schrie er. Der Häftling hörte ihn und zögerte.

Das Alien war genau hinter ihm.

Der Häftling rannte wie der Teufel auf Dillon zu, der ihn antrieb.

»Schau nicht zurück. Lauf, so schnell du kannst!«

Jude kam näher. Er lief verzweifelt um sein Leben, aber er war nicht Kevin oder Gregor. Das Alien holte ihn ein. Das Blut spritzte wie eine Fontäne gegen die Tür, die Dillon in ohnmächtiger Wut hatte schließen müssen.

Im Nebengang hörte Ripley alles mit und fluchte vor sich hin. Die Zeit lief ihnen davon, und der Kolben glitt unaufhaltsam und völlig sinnlos vorwärts.

Gregor schrie um Hilfe, aber es war niemand in der Nähe, der ihn hören konnte. Blind rannte er den Zwischengang hinunter und schleuderte um die Ecke wie eine Flipperkugel, bis er direkt in Morse rannte, der ihm ebenso schnell entgegengekommen war. Nervös lachend halfen sie einander auf und sahen sich erleichtert an.

Bis das Alien auftauchte und sich auf den lachenden Gregor stürzte. Es riß ihn förmlich auseinander.

Blutiger Brei spritzte über Morses Gesicht und Körper. Er stolperte zurück und bat schreiend ein Wesen um Gnade, das seine Verzweiflung weder verstand noch interessierte. Während es Gregors Körper sorgsam in Fetzen riß, konnte er nur mit starrem Blick davonkriechen.

Er stieß gegen etwas Festes und wandte den Kopf. Füße. Er zuckte zurück. Ripleys Füße.

Sie warf die Fackel, die sie in der Hand hielt, nach dem Alien, das gerade in einen Luftschacht wollte. Das brennende Magnesiumgemisch zwang es, Gregors verstümmelten Körper fallen zu lassen.

»Komm her, du Bastard!«

Morse beobachtete staunend, wie sich das Alien an die andere Wand zurückzog, anstatt nach vorne zu stürzen und dem Leutnant den Kopf abzureißen. Sie ging ohne zu zögern auf das sich windende und speicheltriefende Wesen zu.

»Komm her. Ich habe, was du willst. Komm mir nach, ich will dir etwas zeigen. Komm schon, verdammt noch mal!«

Der Schwanz des Alien zuckte hervor und schlug nach ihr, nicht um sie zu töten, sondern um sich vor ihr zu verteidigen.

In diesem Augenblick tauchte Dillon im Gang auf. »Zurück! Sie stehen im Weg!« rief Ripley ihm zu.

Das Alien nahm wieder seine Angriffsstellung ein und wandte sich dem neuen Gast zu. Verzweifelt stellte sich Ripley zwischen das Wesen und Dillon, der mit einem Mal begriff, was geschah und was sie vorhatte. Er ging von hinten auf sie zu, schlang seine Arme um sie und hielt sie fest.

Das Alien schäumte vor Wut, aber es kam nicht näher, während die beiden Menschen langsam zurückgingen, fest aneinandergeklammert.

Es folgte ihnen in den Hauptgang. Die Entfernung zwischen ihnen veränderte sich nicht. Es wartete. Dillon sah zur Gießform hinüber.

»Hierher, Schwachkopf!« rief er.

Das Alien zögerte. Dann sprang es zur Decke und huschte über die Tür.

»Zumachen!« schrie Ripley aufgeregt. »Jetzt!«

Dillon mußte nicht erst aufgefordert werden. Er aktivierte die Tür. Sie knallte zu und sperrte sie beide im Hauptgang ein, zusammen mit dem Biest.

Morse tauchte hinter ihnen auf und sah, was los war. »Raus! Verdammt noch mal, raus!«

»Mach die Tür zu!« schrie Ripley zurück. Der Mann zögerte, und das Alien kam auf ihn zu. »Jetzt!«

Morse sprang vor und drückte den Knopf. Die Tür schoß

nach unten und trennte sie von seiner Position. Einen Moment später tauchte der Kolben auf, der seine Putzarbeit fortsetzte und ihm die Sicht auf sie nahm.

Er drehte sich um und rannte zurück.

Im Hauptgang wurde das Alien ein zweites Mal erfaßt und nach hinten geschoben. Es vergaß die beiden Menschen und versuchte, sich an der schweren Barriere vorbeizudrücken. Aber weder oben noch an der Seite war genug Platz. Der Kolben schob es immer näher an die Gießform heran.

Dillon und Ripley waren schon dort. Ende des Weges. Schluß.

Morse krabbelte die Leiter hinauf, die zur Krankabine führte. Er fragte sich, ob er noch wußte, wie man die Apparaturen bediente. Für die Konsultation von Handbüchern fehlte ihm die Zeit, und es gab keinen mehr, den er fragen konnte.

Das massive Landeschiff zog es vor, den kaum noch gewarteten Landeplatz der Mine nicht zu benutzen. Statt dessen setzte es auf dem Kies davor auf. Der Rückstrahl der Maschinen wirbelte Schmutz und Steine hoch. Kurze Zeit später eilte eine Gruppe schwer bewaffneter Männer und Frauen auf den Haupteingang der Anlage zu.

Dahinter beobachtete Aaron das Landemanöver mit einem zufriedenen Lächeln. Sie hatten intelligente Gewehre, Panzerfäuste, feuerfeste Schilde und Schnellfeuerwaffen. Sie wußten, mit was sie es zu tun hatten, und waren vorbereitet. Er glättete, so gut es ging, seine Uniform und bereitete sich auf das Öffnen des Schlosses vor.

»Ich wußte, daß ihr es schafft. He, hierher!« rief er laut und begann mit der Aktivierung des Schloßmechanismus.

Aber er kam nicht weit. Die Tür explodierte von innen, und die Soldaten und zwei medizinische Offiziere waren durch, noch bevor sich der Staub gelegt hatte. Geschäftsmäßig verteilten sich die Truppen, um das Eingangsgebiet abzusichern. Aaron ging auf den Captain zu. Ihm fiel auf, daß er das Ebenbild des toten Androiden war, den man im RF des Leutnants geborgen hatte.

»Sir!« Er baute sich vor dem Offizier auf und salutierte stramm. »Wärter Aaron, 137512.«

Der Captain ignorierte ihn. »Wo ist Leutnant Ripley? Lebt sie noch?«

Diese Gleichgültigkeit verstimmte Aaron etwas, aber er war noch immer bereit zu helfen. »Jawohl, Sir. Wenn sie noch lebt, ist sie an der Gießform. Sie sind alle mit dem Biest zusammen im Metallwerk. Absoluter Wahnsinn. Sie wollten nicht warten. Ich habe versucht, ihnen zu sagen...«

Der Offizier unterbrach ihn einfach. »Sie haben dieses Biest auch gesehen?«

»Jawohl, Sir. Schrecklich. Unglaublich. Sie trägt eins in sich.«

»Das wissen wir.« Der Offizier nickte knapp zu seinen Leuten hinüber. »Wir übernehmen die Sache jetzt. Zeigen Sie uns, wo Sie Ripley zuletzt gesehen haben.« Er nickte und führte sie eifrig in die Tiefen des Komplexes.

Ripley und Dillon wichen immer weiter zurück, bis sie vor der Keramiklegierung standen und sie nicht mehr weiter konnten. Das Knirschen von Metallgelenken ließ Ripley nach oben blicken. Sie sah, wie sich die Maschinenteile bewegten. Die Raffinerie folgte unaufhaltsam ihrer programmierten Sequenz.

»Klettern Sie hoch«, riet sie ihrem Begleiter. »Das ist Ihre einzige Chance!«

»Was ist mit Ihnen?« Kaum hatte Dillon seine Frage gestellt, da tauchte das Alien im hinteren Teil der Gießform auf. Der massive Kolben hatte es dazu gezwungen.

»Es wird mich nicht töten.«

»Unsinn! Hier werden bald zehn Tonnen heißer Stahl sein.«

»Gut! Ich will immer noch sterben.«

»Ja, aber ich nicht...«

Bald würde das Alien bei ihnen sein. »Jetzt haben Sie die Chance. Los!«

Er zögerte und packte sie plötzlich. »Ich nehme Sie mit.« Er schob sie nach oben.

Trotzdem sie sich wehrte, kletterte er weiter. Als sie merkte, daß er ohne sie nicht gehen würde, gab sie zögernd nach und bewegte sich über ihm an der Seite der Form hoch. Das Alien wandte sich von dem Kolben ab, entdeckte sie und folgte ihnen. Auf der Spitze der Form verschaffte sich Ripley einen sicheren Halt an der Kante und half Dillon hinauf. Das Maul des Alien schnappte nach ihm. Dillon trat nach unten und schlug mit seiner Feueraxt zu.

Ripley setzte ihren Aufstieg fort, während sich Dillon bemühte, den Verfolger abzuwehren. Erneuter Lärm zeigte ihr, daß der Portalkran funktionierte. Sie konnte Morse ausmachen, der fluchend auf die Kontrolltasten einhämmerte.

Die Truppe der Gesellschaft erschien am Rand der Beobachtungsplattform. Ihr Führer erfaßte mit einem Blick, was vor sich ging. Morse sah, daß die Männer ihm etwas zuriefen, doch er ignorierte sie und bediente die Anlage hektisch weiter. Er drückte einen Knopf, und der Container, in dem das geschmolzene Metall brodelte, wurde nach vorne gekippt.

»Tun Sie es nicht!« schrie der Führer der Neuankömmlinge. »Nein!«

Das Alien war sehr nahe, aber nicht nahe genug. Nicht ganz. Weißglühendes, flüssiges Metall strömte an Dillon und Ripley vorbei, ein Sturzbach von solch intensiver Hitze, daß sie mit beiden Händen ihr Gesicht bedecken mußten. Die metallische Kaskade prasselte auf das Alien und ließ es mit einem schrecklichen Laut in die Gießform stürzen. Es wurde davongewischt, während die Flammen in alle Richtungen schossen.

Hoch oben stand Morse und starrte aus dem Fenster seines Krans. Seine Miene drückte nur noch Befriedigung aus.

»Friß Scheiße, du verdammter Bastard!«

Dillon trat am Rand der Gießform neben Ripley. Sie schützten ihr Gesicht mit den Händen vor der Hitze, die aus dem Becken mit brodelndem Metall emporstieg und starrten hinab. Plötzlich bemerkten sie die Soldaten.

»Sie sind hier!« Verzweifelt klammerte sich Ripley an ihren Begleiter. »Halten Sie Ihr Versprechen!«

Dillon sah sie an. »Sie meinen es ernst.«

»Ja. Es ist in mir! Machen Sie endlich!«

Unschlüssig legte er seine Hände um ihren Hals. Sie starrte ihn zornig an.

»Tun Sie es!«

Seine Hände schlossen sich. Ein wenig Druck, eine Drehung, und ihr Genick würde brechen. Mehr brauchte es nicht. Ein kurzer Augenblick der Anstrengung nur. Es war nicht so, daß er nicht wußte, wie es ging; er hatte es öfter als eimal getan, vor langer Zeit.

»Ich kann nicht!« Der Satz kam als krächzender Schrei aus seinem Hals. »Ich kann es nicht tun!« Er sah sie beinahe flehentlich an.

Doch plötzlich verwandelte sich seine Miene in eine Maske des Schreckens. Etwas riß ihn nach hinten.

Das Alien war brennend und qualmend aus dem Becken aufgetaucht und zerrte ihn in seine Arme. Zusammen verschwanden sie unter der schwankenden Oberfläche aus geschmolzenem Metall.

Ripley sah ihnen nach, entsetzt und fasziniert zugleich. Eine Sekunde später tauchte der geschwungene Alienschädel erneut auf. Geschmolzenes Metall tropfte von ihm herab, aber dennoch begann es, sich aus der Gießform zu ziehen.

Verzweifelt sah sie um sich und entdeckte die Notfallkette. Sie war alt und verrostet, wie wahrscheinlich auch der Mechanismus, den sie auslöste. Aber das war egal. Es gab nichts anderes. Sie zerrte daran.

Das Wasser strömte aus dem riesigen Löschbehälter, der über dem Rand der Gießform hing. Ripley verhedderte sich in der Kette, konnte sich nicht losmachen. Die Fluten ergossen sich über sie und ließen die Ketten in Spiralen herumwirbeln. Sie hing fest.

Das kalte Wasser prasselte auf das Alien und seinen heißen Metallmantel. Zuerst explodierte der Kopf, dann der Rest des Körpers. Dann brach die Gießform auseinander und erbrach Brocken überkalteten Metalls. Dampf stieg auf, und Morse wurde auf den Boden der Kabine geschleudert, während der Kran auf seinen Stützen schwankte. Die Männer des Rettungstrupps gingen instinktiv in Deckung.

Warmes Wasser und abkühlendes Metall regneten herab.

Als sich die Überschwemmung legte, rückte das Team wieder vor. Mittlerweile hatte sich Ripley mit Hilfe von Morse auf die Plattform des Krans schwingen können.

Als sie festen Halt unter den Füßen hatte, lehnte sie sich über das Schutzgeländer und starrte in das Feuer. Erneut wurde ihr schlecht. Die Wellen der Übelkeit und des Schmerzes kamen nun immer häufiger über sie.

Sie sah, wie die Männer der Gesellschaft die Stufen hinaufkamen und sich dem Kran näherten. Aaron war an ihrer Spitze. Sie mußte lächeln, war über seine Anwesenheit weder überrascht noch zornig. Er wußte es einfach nicht besser.

»Kommen Sie nicht näher!« rief sie warnend. »Bleiben Sie, wo Sie sind!«

Aaron blieb stehen. »Warten Sie. Diese Leute sind hier, um Ihnen zu helfen.«

Mitleidig sah sie den Einfaltspinsel an. Er hatte nicht die geringste Ahnung, worum es ging oder was wahrscheinlich mit ihm geschehen würde, wenn die Gesellschaft bekommen hatte, was sie wollte. Aber das würde sie nicht.

Eine weitere Welle der Übelkeit schwappte über sie hinweg, und sie stolperte gegen das Geländer. Als sie sich wieder aufrichtete, trat eine Gestalt zwischen den schwer bewaffneten Soldaten hervor. Ripley konnte ihren Augen kaum glauben. Sie kannte dieses Gesicht.

»Bishop?« murmelte sie zweifelnd.

Er blieb stehen, und die anderen schlossen zu ihm auf und warteten auf Befehle. Er gab ihnen ein Zeichen, und sie rührten sich. Dann wandte er sich beruhigend lächelnd an Ripley.

»Ich will Ihnen nur helfen. Wir sitzen alle im selben Boot.«

»Keinen Unsinn mehr!« herrschte sie ihn an. Trotz ihrer Schwäche bemühte sie sich, ihren Ausruf so überzeugend wie möglich klingen zu lassen. »Gerade hat sich das verdammte Ding in mir bewegt.«

Sie trat etwas weiter auf die Plattform hinaus, und alle Augen folgten ihr. Etwas stieß gegen ihre Lungen, und sie zuckte zusammen, ohne den Blick von der Gestalt vor ihr abzuwenden.

Es war Bishop. Nein, nicht *der* Bishop, sondern ein perfektes Duplikat. Ein bis auf die Poren seiner Haut perfektes Double des auf so traurige Weise zerfetzten und kybernetisch toten Bishop. Dieser Bishop hatte alles unter Kontrolle. Bishop II ging es ihr durch den Kopf. Bishop-Doppel. Bishop auf B 4. Bishop schlägt Königin.

Nicht, solange ich lebe, dachte sie grimmig.

»Sie wissen, wer ich bin«, sagte der Mann.

»Ja. Ein Android. Das gleiche Modell wie Bishop. Und die beschissene Gesellschaft hat Sie hergeschickt.«

»Ich bin nicht der Bishop-Android, ich habe den Bishop-Androiden entwickelt. Ich bin der Prototyp, also war es ganz natürlich, daß ich ihm das gleiche Aussehen gegeben habe. Ich bin sehr menschlich. Man hat mich hergeschickt, damit ich Ihnen freundlich entgegentrete und Ihnen beweise, wie wichtig Sie für uns und auch für mich sind. Ich hatte von Anfang an mit diesem Projekt zu tun. Sie bedeuten mir viel, Leutnant Ripley, und einer Menge anderen Leuten auch. Bitte, kommen Sie herunter.

Ich will Ihnen nur helfen. Wir haben alles dabei, was Sie brauchen, Ripley.« Er blickte nervös zu ihr herauf. Jetzt erkannte sie die Uniformen, die zwei von Bishop II Begleiter trugen: es waren biomedizinische Techniker. Sie mußte an Clemens denken.

»Ich scheiß' drauf. Ich kenne die ›Freundlichkeit‹ der Gesellschaft. Der letzte, der mir so freundlich entgegengetreten ist, war ein Arschloch namens Burke.«

Bishops Lächeln verblaßte. »Es hat sich erwiesen, daß es ein Fehler war, Burke als Begleiter für Ihre vorige Mission auszuwählen. Er war mehr an seiner persönlichen Bereicherung interessiert als daran, die Firmenpolitik zu verfolgen. Ich versichere Ihnen, daß ein solcher Fehler nicht mehr vorkommen wird. Deshalb bin ich hier und nicht irgendein unerfahrener, überehrgeiziger Laufbursche.«

»Und Sie haben natürlich keinen persönlichen Ehrgeiz.«

»Ich will Ihnen nur helfen.«

»Sie sind ein Lügner«, sagte sie ruhig. »Sie scheren sich einen Dreck um mich oder sonst jemanden. Sie wollen es nur mitnehmen. Diese Dinger mögen Säure statt Blut haben, aber in euren Adern fließt nur Geld. Kein großer Unterschied.«

Bishop II blickte eine Weile auf den Boden, bevor er seinen Blick wieder nach oben richtete, wo die einsame Gestalt auf der Plattform stand. »Sie haben gute Gründe, mißtrauisch zu sein, aber bedauerlicherweise nicht mehr genug Zeit dazu. Wir wollen nur Sie nach Hause bringen. Das Ding interessiert uns nicht mehr. Wir wissen, was Sie durchgemacht haben. Sie waren sehr tapfer.«

»Dummes Zeug!«

»Sie irren sich. Wir wollen helfen.«

»Was soll das heißen?«

»Wir wollen Sie von dem Ding befreien.«

»Und es behalten.«

Bishop II schüttelte den Kopf. »Nein. Wir werden es vernichten.«

Zögernd stand sie da. Ein Teil von ihr wollte ihm glauben. Er bemerkte ihr Schwanken und beeilte sich weiterzusprechen. »Ripley, Sie sind erschöpft, ausgelaugt. Halten Sie einmal inne und denken Sie nach. Ich habe nur Ihr Bestes im Sinn. Auf dem Schiff, mit dem wir gekommen sind, der Patna, befindet sich eine chirurgische Abteilung auf dem neuesten Stand der Technik. Wir können den Fötus entfernen, die Larve, oder wie man es immer auch nennen mag. Wir haben noch keinen Namen für die verschiedenen Entwicklungsstadien. Die Operation wird erfolgreich sein. Sie haben noch ein langes, erfülltes Leben vor sich.«

Sie sah zu ihm herab, ganz ruhig, in ihr Schicksal ergeben. »Ich hatte schon ein Leben, vielen Dank. Eines, um das ich niemanden bitten mußte und für das ich keine Rechenschaft schuldig bin.«

Beschwörend hob der Android die Hand. »Denken Sie doch einmal ganz nüchtern, Ripley. Wir geben zu, daß wir Fehler gemacht haben. Wir wußten es nicht besser. Aber wir wollen alles wiedergutmachen. All die Zeit, all den potentiellen Verlust. Sie können noch Kinder bekommen. Wir kaufen

Sie aus Ihrem Vertrag. Sie bekommen alles, was Sie verdienen. Wir schulden Ihnen etwas.«

Sie schwankte. »Sie werden es nicht mit zurücknehmen?«

»Nein. Wir haben erkannt, womit wir uns eingelassen haben. Sie hatten von Anfang an recht. Aber uns läuft die Zeit davon. Lassen Sie uns nur machen. Die Operation ist schon vorbereitet.« Der BioTech trat einen Schritt vor. »Es geht schnell und schmerzlos. Nur zwei Einschnitte. Sie sind zwei Stunden in Narkose, das ist alles. Danach können Sie schon wieder aufstehen und sind so gut wie neu. Wieder gesund.«

»Welche Garantie habe ich, daß Sie das Ding auch wirklich vernichten, nachdem Sie es rausgeholt haben?«

Bishop II kam erneut einen Schritt näher. Er war nun nicht mehr weit von ihr entfernt. »Sie brauchen mir nur vertrauen.« Freundschaftlich streckte er seine Hand aus. »Vertrauen Sie mir. Bitte. Wir wollen Ihnen wirklich nur helfen.«

Sie überlegte, ließ sich Zeit. Sie sah, daß Aaron und Morse sie beobachteten. Ihr Blick ging wieder zu Bishop II.

Sie schlug die Tür vor ihm zu. »Nein...«

Sie nickte zu Morse hinüber, der sofort die Schalter betätigte, die den Kran in Bewegung setzten. Rumpelnd verließ er die Stufen und bewegte sich über das Feuer. Bishop II versuchte sie festzuhalten, aber sie riß sich los.

Das Rettungsteam reagierte sofort. Morse wurde von einer Kugel in die Schulter getroffen und brach hinter dem Kontrollpult des Krans zusammen.

Zornig ergriff Aaron ein Stück Leitungsrohr. »Du beschissener Android!« Das Rohr landete hart auf Bishop II Kopf.

Es war, als hätte man auf einen Schwamm geschlagen. Der Android taumelte zuckend. Echtes Blut lief aus seinem eingeschlagenen Schädel. Aaron wurde von mehreren Kugeln niedergestreckt.

»Ich bin... kein... beschissener Android«, murmelte die blutende Gestalt überrascht, als sie zu Boden sank.

Ripley griff sich an die Brust. »Es bewegt sich!«

Einige Männer liefen auf den gestürzten Bishop zu. Er drehte sich auf die Seite und sah zu ihr hinauf.

»Sie schulden es uns. Sie schulden es sich selbst.«

Ein friedliches Lächeln erschien auf ihrem Gesicht. »Niemals!« rief sie zornig. Die Plattform des Krans schwebte nun genau über dem Kessel. Ihr Magen pochte, und für einen Moment geriet sie ins Stolpern. Doch dann trat sie ruhig und gelassen an den Rand der Plattform. Unter ihr brodelte ein See aus geschmolzenem Metall. Das imitierte Inferno ließ ihre Haut aufplatzen, die Hitze streckte einladend ihre Fühler nach ihr aus.

»Es ist zu spät!«

»Noch nicht!« flehte Bishop II sie an.

Plötzlich teilte sich die Uniform über Ripleys Brustkorb, und der Stoff färbte sich rot. Das kleine, strampelnde Ding, das hervorbrach, war schnell, aber sie war bereit. Taumelnd umklammerte sie es mit beiden Händen und hielt es über die Flammen. Es wehrte sich und zuckte wild in ihren Händen.

»Auf Wiedersehen.«

»Neiiin!« heulte Bishop II auf.

Sie sprang von der Plattform und verschwand in dem brodelnden Kessel.

Morse hatte sich aufgerappelt und ihren Sprung beobachtet. »Jene, die tot sind, sind nicht tot«, murmelte er. »Sie sind aufgestiegen. Hoch aufgestiegen.«

Da sie nun nichts mehr zu tun hatten, kümmerten sich die BioTechs um ihn und verbanden seine Wunde. Die anderen Männer redeten zunächst kein Wort miteinander. Schweigend begannen sie damit, alles systematisch stillzulegen: den Schmelzofen, die Raffinerie, die gesamte Weyland-Yutani-Strafanstalt Fury 161.

Dort draußen treiben Botschaften durch das All. Die Geister der Radiowellen schweben dahin, die Echos gesprochener Worte und vergangener Existenzen. Manchmal werden sie entdeckt und aufgezeichnet oder niedergeschrieben. Manchmal bedeuten sie denen, die sie erhalten, etwas. Manchmal nicht. Manchmal sind sie ausführlich, manchmal knapp und kurz. So wie in...

»Hier ist Ripley, letztes überlebendes Mitglied der Nostromo. Ich melde mich ab.«

HEYNE FILMBIBLIOTHEK

DIE NEUEN STARS IN HOLLYWOOD

32/139

32/147

32/138

32/156

32/109

WILHELM HEYNE VERLAG MÜNCHEN